Jean-Luc Héris

Mes ratés sexuels

Suivi de

Mé raté séksuéle

Histoire autobiographique
Essai de réforme orthographique

Editeur : Books on Demand, 12/14 rond point des Champs Elysées, 75008 Paris, France.
Impression : Books on Demand GmbH, Norderstedt, Allemagne.

Maman, tu ne liras pas non plus ce livre toi qui en as dévoré plus de mille dans ta vie que j'aurais aimée tellement plus longue…

ENTREE EN MATIERE

-   Papa, pourquoi ça s'accorde si c'est avant, et ça s'accorde pas si c'est après ?
-   C'est comme ça, ma fille, y'a pas de raison, c'est comme ça !

Je me sentais démuni face à ma fille (et à sa sœur dix ans plus tôt) lorsqu'elle me posait des questions de ce genre.

L'auxiliaire avoir est donc à l'origine de ce livre – avoir à accorder ou ne pas avoir à accorder – avec un participe passé qui s'accorde si le COD est placé avant le verbe et ne s'accorde pas s'il est placé après...

Totalement inutile et absurde !

Et les doubles lettres ne m'ont jamais paru aussi confortables que deux jolis seins, et les exceptions, pour moi, n'ont jamais eu le caractère positif de l'exceptionnel habituellement exprimé dans ce mot.

J'en suis venu tout naturellement à imaginer une nouvelle écriture de la langue française. Je ne suis pas le premier, mais je vais peut-être plus loin. J'ose.

OSER est d'ailleurs le maître mot de cet ouvrage, dans le manque comme dans l'action, dans l'histoire comme dans le projet.

La question que j'ai dû me poser pour me convaincre d'aller au bout de mon idée : le langage écrit doit-il être à tendance ésotérique ou être populaire ?

Je réponds populaire !

La première partie se compose de mes ratés sexuels, relatés pour rendre compte du handicap que peut causer la timidité. On passe à côté ou on rate parce que l'on n'ose pas, parce que l'on doute, parce que l'on n'a pas confiance en soi.

Dans la deuxième partie, avec modification extrême, la logique s'impose et je pars du principe que l'on entend rarement l'orthographe avec précision :
Je vais me baigner à la mer et je campe dans une tente.
Je vai me baigner a la mère et je canpe dans une tante.
Je vé me bénié a la mére é je canpe dan une tante.

Quelle que soit la façon d'écrire cette phrase, on la comprend parfaitement lorsqu'elle est entendue d'où, selon moi, l'évidence de ce bouleversement !

Les liaisons sont ancrées dans le langage, mais il est possible de se passer immédiatement des moins évidentes et de s'accommoder des indispensables par une pirouette orthographique.
Lorsque l'on devrait entendre certaines différences phonétiques, le langage populaire les a souvent dégradées voire carrément anéanties (les accents, etc…).

Le français, quelle belle langue, quelle richesse…, mais quelle connerie aussi !

Cette deuxième partie subit donc des modifications extrêmes qui simplifieraient radicalement la langue française écrite. Là, je me suis lâché !

A l'heure où beaucoup de jeunes la négligent, influencés par l'écriture texto, les abréviations, les phrases ou les mots qui se réduisent à quelques initiales ou consonnes, pourquoi ne pas appliquer une écriture phonétique logique basée sur les phonèmes des lettres de l'alphabet ? De nombreux mots aux sens différents auront alors la même orthographe (c'est déjà le cas aujourd'hui sur une quantité réduite) et ce n'est pas plus idiot que d'écrire des mots masculins avec une orthographe au féminin et vis versa (lycée / liberté).

Lorsque l'on sait que l'immense majorité des mots a une orthographe définie par l'Académie française (depuis plus de cinq siècles), on se demande parfois si, en plus des règles et de l'étymologie, la fantaisie ne les a pas aussi guidés…

Je considère les académiciens comme des artistes qui se sont servis de matériaux existants et ont réalisé une œuvre en perpétuelle et lente évolution. Mais autant les mathématiques sont rationnelles, avec une composition qui ne souffre d'aucune contestation et à laquelle on ne peut qu'adhérer, autant la graphie de la langue française s'apparente à une peinture abstraite et extravagante, et l'on ne devrait pas nous imposer d'accrocher ce tableau dans notre salon…

Cette écriture devrait d'ailleurs être exposée dans un musée pour être visitée par ses amateurs, qui ne manqueront pas d'ouvrir des clubs dédiés à sa pratique.

Au pire, le temps de l'extinction des plus anciens pratiquants, ne pourrait-on pas accepter deux façons d'écrire ? La classique pour les puristes, les accrocs, les nostalgiques, et la moderne pour ceux qui ne veulent pas se prendre la tête avec une orthographe obsolète par les temps qui courent…
Pour son exécution une programmation sur plusieurs années pourrait être annoncée avec deux ou trois modifications par an dans un ordre de priorités, d'évidences, de ridicule à rayer. On peut saluer les efforts consentis, en 2014, pour une réforme …minime, tout en déplorant des exeptions maintenues ou ajoutées à plusieurs rectifications… ! Il faudrait faire une cure de désintoxiquation messieurs-dames ! Un peu d'audace, que diable !

La troisième partie de cette publication est une petite liste des modifications qui me semblent indispensables si l'on choisit de simplifier l'écriture de la langue française sans tout chambouler. Cette suggestion me frustre, et j'ai dû me retenir parce que je me rapprochais inéluctablement de la version extrême.

Mes

Ratés

Sexuels

Chapitre 0

Difficile de se supporter quand on est timide !

Il a fallu que j'atteigne la trentaine pour me dire que je ne suis pas anormal. Mais, si je le suis un peu… alors je dirai que je l'ai accepté. J'ai accepté une certaine folie, une forme de maladie, un ridicule qui ne m'a pas encore tué. En tout cas ma timidité m'a entraîné dans des situations cocasses, du genre où vous ne savez plus où vous mettre, où vous pensez que vous êtes l'unique au monde à pouvoir vous empêtrer là-dedans. Je ris jaune de certaines lorsqu'elles me reviennent à l'esprit, et j'adopte la technique du « j'en rirai un jour » quand je connais aujourd'hui des moments délicats à négocier. Tant qu'il n'y a pas de danger ce ne sont que de mauvais moments à passer…

C'est en tout cas ce qui m'a donné envie d'écrire mes mémoires du pan «érotico-raté» de ma vie. En écrivant les plus désastreuses, à chaque pression sur les boutons du clavier c'est un peu comme si je pulvérisais une odeur de dépit et m'en aspergeais abondamment...

Désolé, mais je ne vous raconterai rien des réussites, des extases, des folles nuits, que j'ai quand même eu la chance de connaître. Elles remontent de temps en temps et pourtant la surface est occupée en grande partie par les situations ratées. Celles où j'aurai pu, où j'aurai dû et puis, et puis le néant, l'absurde. Je reste aplati contre un platane alors qu'une belle carrosserie, dans son élan, continue sa route au point mort avec son moteur qui aura chauffé pour rien…

Moi nu, nul, ridicule !

J'admire tellement les gens toujours en phase avec leurs idées lorsqu'ils débattent, l'esprit toujours clair lorsqu'ils agissent, qui n'ont jamais de brouillage lorsqu'ils réfléchissent.

Après coup, j'ai toujours essayé d'analyser, de garder la tête froide, lorsque je connaissais ce genre de défaillance ou de bug.

Je ne sais pas si mes sosies, d'un point de vue émotionnel, comportemental ou situationnel, sont nombreux, cachés comme des pestiférés, honteux, mais ils pourront se rassurer ici en se rendant compte qu'ils ne sont pas seuls et ce livre pourra, je l'espère, les faire me croquer en caricatures, les faire se moquer de moi, avec tendresse et compassion, et se moquer d'eux par la même occasion pour assumer ce qu'ils sont comme je l'ai fait pour ma pomme.

L'inconvénient majeur dans notre cas c'est de ne pas vivre à fond et jusqu'au bout ce qui commence ou pourrait commencer. C'est de souvent passer à côté !

J'espère la naissance de sentiments de révolte et d'espoir pour des compagnons d'infortune parce que, en m'acceptant tel que je suis, en faisant constamment des efforts, en me disant souvent que plutôt qu'être ridicule ou ne rien obtenir en ne faisant rien il vaut mieux avoir une chance de réussir en osant, j'ai fini par me sentir plus confiant. Surtout que échec n'est pas synonyme de ridicule ! Ce sont nous, les timides, qui avons peur du regard des autres, de ce que pourraient penser les autres comme si, à coup sûr, cela allait avoir un impact destructeur sur notre vie.

Sur cette idée j'aurais pu inventer des scènes plus extraordinaires, incroyables, hilarantes, mais j'ai préféré rester fidèle à mes expériences en racontant mon vécu. Il est suffisamment affligeant pour moi !

Chapitre 1 : **La fillette aux sucettes**

Je daterai les vrais débuts de mes ratés sexuels avec les filles, bien qu'il ne fut pas question de sexe à cet âge-là, vers mes dix ans quand Tima a dit à mon meilleur ami de l'époque, qu'elle voulait sortir avec moi.
Elle me rendait déjà fou à passer devant chez moi tous les jours pour aller à la mercerie d'en face s'acheter des sucettes. Elle avait une petite jupe plissée qui valsait sur le haut de ses cuisses blanches et remplies comme celles d'une femme. Elle n'était pas grosse, pas maigre, juste une mini femme. Juste en chair comme il faut, comme il fallait pour me donner une envie que je ne savais pas encore définir. Des cuisses superbement remplies à me mettre une pression dans la poitrine à chacun de ses passages comme à chacun de ceux que j'espérais sans qu'ils aient eu lieu. Combien de coups d'œil aurais-je lancés vers ce trottoir de l'autre côté de la route ? Combien de fois m'aura-t-elle fait traîner

dans le couloir lorsque la porte extérieure était ouverte ou sur le balcon à ne rien faire alors que du travail scolaire m'attendait ?

Et voilà qu'elle voulait de moi…

Je n'avais jamais embrassé sur la bouche. Elle risquait de se moquer de moi si je m'y prenais mal ! Ce fut fait avec mon copain. Nous nous sommes entraînés l'un avec l'autre. Nous avons même poussé le bouchon un peu plus loin en prenant nos sexes tout mou dans nos bouches. Des prises qui s'accompagnaient de celles de nicotine lorsque l'on trouvait des cigarettes tombées des paquets de nos parents (lui sa mère, moi mon père, qui ne fume plus depuis plus de trente ans au jour où je vous conte ceci). Une dizaine consommée au plus, mais nous tentions de limiter les risques en rajoutant un filtre en plastique dont on disait alors qu'il retenait les éléments à effets nocifs. Ce qui m'amuse dans cette courte relation, c'est quand, en plein cours de catéchisme, nous enfouissions une main dans le pantalon de l'autre pour malaxer nos attributs. Pas d'érection, mais une sensation étrange dans le plaisir du contact et dans l'excitation provoquée par le risque d'être vu par l'enseignante ! Même pas peur d'être vu par le « Bon Dieu » …c'est dire si on y croyait !

Après cette expérience enfantine je ne suis devenu ni fumeur, ni homosexuel (pas homophobe non plus), pas plus qu'un saint d'ailleurs même si j'en ai sûrement donné l'impression à la jeune fille convoitée et convoitant, ce qui, de ces points de vues, aurait dû donner une issue favorable à la suite de l'histoire !

Nous étions trois devant chez elle. L'entremetteur, l'amoureux et l'amoureuse. L'état des lieux était clair. Pas une ornière, pas une bûche ne pouvait entraver le déroulement prévu. Nous nous sommes éloignés des regards des voisins pour un tour de quartier vers des contrées angéliques inexplorées.

Je n'ai pas décroché un mot. Que devais-je dire, que devais-je faire, à quel moment, où était notre intimité ? Lui, allait forcément observer et juger !

Je n'ai pas fait un geste vers elle, et les incitations de mon copain n'ont fait que me bloquer un peu plus. C'était comme s'il disait à Tima : « t'as vu comme il est con ?! », et si j'avais agi à cause de lui j'aurais eu l'air d'être dirigé et donc con aussi.

C'est là justement un des moments auxquels j'ai fait allusion dans l'introduction. J'étais debout à côté de mon vélo qui me supportait, tel un tuteur et son pied de légume, à attendre qu'il se passe quelque chose, avec un poids énorme sur l'estomac.

En fin de compte, chacun est rentré chez soi, moi toujours aussi silencieux malgré les casseroles que je traînais.

J'ai quand même considéré que j'étais son petit ami, et je peux dire, aujourd'hui, qu'elle aussi puisque cela faisait quinze ans que notre histoire était rayée de l'actualité lorsqu'elle a dit à une de mes tantes, quelques jours après m'avoir croisé dans la rue, qu'elle était sortie avec moi dans sa jeunesse. Je devais encore lui plaire car je n'étais ni riche ni populaire, et elle ne me connaissait pas plus que ça pour être fière d'annoncer ça. Et se rapprocher de ma tante, se faire bien voir d'elle, ne pouvait lui être d'aucun avantage non plus.

Pour en revenir à l'histoire, après cette soirée catastrophique, nous avons eu une autre occasion. Nous sommes sortis ensemble dans les rues du même quartier, le sien, enfin… quand je dis « sortis ensemble » c'est « nous promener » parce que je n'ai pas plus agi !

Comment expliquer que l'on soit à côté d'une fille qui vous plait, dont on sait que vous lui plaisez, dont on sait qu'elle attend que vous l'embrassiez, et que… rien, que rien, rien, rien, rien !

Quelques temps plus tard j'apprenais que mon meilleur copain avait été plus entreprenant que moi avec elle.

Je ne me suis pas noyé dans un fleuve de larmes pour autant.

J'ai coupé les ponts avec eux, tout bêtement ! Vraiment bêtement !

Chapitre 2 : **Au bal musqué**

Je n'avais pas encore vingt ans, je n'avais pas encore «couché» !

On n'est pas si vieux à vingt ans, on a toute la vie devant soi pour vivre des tonnes d'aventures et pourtant on est très inquiet et « hormonalement » pressé parce qu'on se demande souvent si on connaîtra vraiment, enfin, un jour, un rapport sexuel. Est-ce que moi, ça m'arrivera ? Jusque là, ça me paressait parfois utopique qu'une fille puisse avoir envie de moi !

A savoir que j'avais ce seul but derrière la tête j'étais toujours pétrifié à l'idée d'engager une conversation, à l'idée de faire connaissance. Ce calcul m'inhibait, je perdais mon naturel ainsi que les moyens nécessaires au baratin ou à la séduction !

Ce soir-là, je sortais au bal avec des copains. L'un d'eux avait emmené sa sœur. Avant de partir, elle a fait des allusions du style « tu me plais », « si tu voulais ». Je n'ai fait que sourire niaisement. Ce n'était pas des allusions d'ailleurs, mais bel et bien des déclarations et invitations !

J'ai essayé, extérieurement, de garder une contenance. J'ai voulu maquiller la trouille que m'inspirait la signification de ces phrases comme des fusils, avec leurs mots comme des gâchettes, et comme des balles toutes leurs lettres.   J'étais réduit à l'état de macho mâchouillé par une bouche salivant.

La soirée s'est passée ! Chacun dans notre coin ! Elle connaissait du monde là où on était ! Moi non !

Des odeurs plutôt mâles se mêlaient à celle de la fumée de cigarettes dans ce baraquement bruyant. Je restais avec le groupe de copains à pas trop faire grand-chose sauf un, qui avait utilisé la voiture (avec laquelle nous sommes rentrés) pour une petite sauterie avec une fille «levée» dans la soirée. Disons que du musc encombrait encore l'air lorsque nous avons occupé le véhicule pour partir.

C'est peut-être ce qui a excité un peu plus la fille de mon histoire perso parce qu'elle s'est assise derrière, avec moi, et comme la voiture était bondée, elle s'est retrouvée… comme par hasard, sur mes genoux. Mieux que ça, sur mon… sur ma… ! J'ai eu une trique du tonnerre durant tout le trajet et la fille est restée plantée dessus !
Je ne lui ai même pas passé les bras autour de la taille !
Je n'ai pas osé ni un mot ni un mouvement, qui aurait pu alors amorcer une relation dont je démontrais pourtant solidement mon envie, avant de séparer nos corps en descendant de cette caisse de résonance. En effet, ce que je n'ai pas dit, ou pas fait, résonne encore aujourd'hui dans mes regrets.

Elle m'a fait des bises tendres, sans plus (elle avait déjà fait pas mal d'efforts jusque là…). On s'est tous dit au revoir.

Je l'ai revue, une dernière fois, dans la chambre qu'elle occupait avec son frère à qui je rendais visite avec d'autres copains.
Elle m'a encore lancé des trucs sympas.
Je suis encore resté aussi bêta !

Chapitre 3 : **Chouky**

Premières grandes vacances sans mes parents. L'île de Ré nous ouvrait ses portes et c'est d'ailleurs là que nous avons posé bagages : à « Les Portes », tout au bout de l'île.

Eté portes ouvertes garanti pour mon ami Jasmin et moi.

Camping ombragé, temps chaud ! Les yeux avides des formes pleines des jolies filles, on n'en finissait pas de débusquer des idées d'aventures à la moindre cambrure provocante, aux moindres bombés de seins débordant honnêtement d'un haut de maillot de bain, à la moindre serviette de toilette au retour d'une douche enveloppant un bassin sûrement nu en dessous, ...

Petit emplacement pour une tente deux places et deux mobylettes.

Juste en face, une caravane avec un couple de grands-parents, accompagnés de leur petite fille et de sa tente igloo !

Et elle était jolie en plus ! Et elle avait des formes comme je les aime...

On était tout juste majeurs, pas elle. Mais son corps était majoritairement délicieux !

Plusieurs jours sont passés à se dire bonjour, à se regarder, sans même échanger un mot ni un sourire.

D'évidence elle s'ennuyait.

Je l'avais surnommée « Chouky », parce qu'elle était chouky... bonne quoi !

L'entrée de la plage était encombrée d'un vestige horrible de la guerre. Un morceau de béton incliné et à moitié recouvert par le sable.

Un soir, à la fraîche, juste après manger, je flânais près de ce Blockhaus. J'y ai entendu une radio qui jouait. Je me suis avancé au plus près et j'y ai vu... Chouky ! Seule, elle profitait de l'étendue apaisante des flots qui libérait son regard et son esprit.

Entre voisins, la raison pour l'accoster était toute trouvée et je me suis lancé.

Nous avons un peu discuté. Elle parlait très peu, ce qui m'a assez vite poussé à tenter ma chance. Elle s'est laissé faire. Elle a participé activement, aussi. A la radio, Laurent Voulzy sucrait ce moment de son cœur grenadine.

Elle n'était pas experte, mais ses lèvres étaient agréablement charnues et chaudes. Nous avons joué avec nos langues longuement.

Elle m'a dit n'avoir qu'une courte autorisation de sortie, nous avons donc dû nous quitter prématurément.

J'ai fini par adresser la parole à ses grands-parents. Ils avaient pu observer que nous étions des jeunes gens corrects, propres, calmes. On leur plaisait bien semblait-il !

Leur petite fille était sous leur responsabilité et il fallait qu'ils aient eu vraiment confiance en moi pour accepter que je la leur enlève pour un soir.

La question est venue après une discussion que j'ai établie, et préméditée, afin d'arriver à mes fins ! Ils m'ont donné leur accord, mais n'ont même pas demandé son avis à leur petite fille !

Je ne savais donc même pas vraiment si elle était un tant soit peu contente de cette sortie avec moi. Peut-être heureuse d'échapper à une vigilance pesante de ses grands-parents, et si je lui faisais ce plaisir c'était déjà ça.

Je venais de faire un effort, surnaturel pour moi, et j'allais devoir assurer quelque chose derrière pour qu'il ne soit pas vain.

En ce qui me concerne, le premier contact n'était pas l'assurance que tout était acquis. Et même si nous passions la soirée, voir une partie de la nuit ensemble, nous n'allions pas faire que nous embrasser ?! Si ? Déjà qu'elle parlait si peu !

Nous voilà donc sur la plage, à marcher côte à côte avec une petite fraîcheur qui augmentait mon tremblement dû au trac. Nous ne parlions presque pas. Qu'avons- nous dit ? Rien d'important. Rien qui puisse marquer un esprit déjà trop occupé à se demander quand comment, puisqu'il fallait qu'il se passe un truc, puisqu'on était là pour ça, et que je ne l'avais même pas encore ne serait-ce qu'attrapée par la main.

Je me souviens nettement de ses pieds dans des claquettes qui se tordaient légèrement en s'enfonçant dans le sable à la surface inégale déjà pilée et torpillée par d'autres pieds toute la journée.

Sur le chemin du retour, je me motivais à passer à l'action. Je ne pouvais pas rentrer et dire à mon pote que je n'avais rien fait. Quelle honte !

Il reste la route à traverser et nous sommes au camping. Je l'attrape par la taille et l'embrasse. Je l'entraîne dans un bosquet qui, finalement, ne m'a pas l'air très propre, qui semble plutôt servir à d'autres besoins, alors nous en ressortons par l'autre côté et nous nous allongeons sur le sable.

Je l'embrasse encore et encore et ma main sur son corps se laisse caresser le dos par le pull de Chouky. De son ventre je remonte jusqu'à ses seins doux, lourds et gonflés d'excitation… quand un groupe de personnes apparaît et nous évite !

Nous étions en fait au beau milieu d'un chemin qui menait à la plage.

Je me suis senti tellement sot !

Le manège des gens a continué alors nous nous sommes relevés, et je ne lui ai même pas proposé de venir dans la tente, je n'ai même pas essayé de trouver un autre endroit plus calme, comme si j'avais décidé pour elle qu'il était indécent d'aller plus loin le… premier, ah non, le deuxième soir !

En fait, je me sentais tellement maladroit moi qui n'avais jamais été plus loin que ça…

Quand j'y repense, elle était docile, tellement docile, tellement offerte ce soir-là qu'elle ne m'aurait pas arrêté, j'en suis convaincu ! Avait-elle décidé de perdre sa virginité cet été là ?

Le bonjour du lendemain fut... fut-il d'ailleurs ? Je n'en suis pas certain, mais ce qui est certain c'est qu'il n'y a pas eu de suite et qu'ils sont partis trois jours après.

Je l'ai revue l'année suivante, puisque nous avons enchaîné deux étés de suite ici avec mon ami, et elle était avec un groupe de jeunes s'amusant sans retenue et possédant des voitures. Elle riait. Elle était heureuse. Heureusement détendue.
Si elle m'a vu, elle ne m'a sans doute pas reconnu. Je ne dois flotter dans sa souvenance que comme un vague prétexte de sortie à la plage un soir d'ennui. Un prétexte sans visage.

Chapitre 4 : **Panne des sens dans une caravane**

Cette même année Jasmin a rencontré une ex-petite copine à lui (il passait régulièrement ses vacances ici, d'habitude, avec ses parents). Et cette jeune fille, pas trop mal, était accompagnée d'une belle brune aux yeux bleus et à la poitrine... « poitrinesque » ! Ca ne veut rien dire, mais j'aimerais tant en dire que je m'attaquerais à une œuvre titanesque... et je ne vais pas m'y attarder, malheureusement.
Je vous explique.
Le lendemain les filles nous ont invités à venir dans leur caravane. Les parents devaient être absents pour la

journée, je ne m'étais pas posé la question. C'était comme ça, et c'était très bien ! Une évidence avait suivi cet état de fait, c'était la répartition des places de chacun de nous dans cet espace clos et propice aux rapprochements. Jasmin s'était retrouvé à côté de son ex, d'un côté de la table centrale qui occupait tout, en dehors des deux « sièges-lits » qui la bordaient.

J'étais donc en face, proche de Brigitte !

Elle ne devait pas se dépenser dans une activité sportive parce qu'elle ne semblait pas tonique, musculairement parlant, mais elle n'était pas mal du tout ! (ce qui n'est peut-être plus le cas avec trente ans de plus…)

Toutes les deux venaient d'accomplir le premier pas. A nous d'entreprendre la suite.

Malheureusement, Jasmin n'avait pas l'intention de ressortir avec la fille. Il me l'a dit après. Ils ont donc chahuté pendant l'heure que nous avons tuée dans cette caravane. Tuée dans l'œuf mon aventure ? Trop bonne la meuf, c'était trop dur ?

Je les regardais faire et je n'osais rien faire de mon côté. Il faut dire que ma voisine n'était pas bavarde non plus, et pourtant elle attendait quelque chose.

Elles nous voulaient, je le savais. L'invitation dans ce lieu. Deux couples établis et respectivement attablés. Assis sur des mini-lits qui nous chuchotaient de nous allonger…

Brigitte, après avoir suffisamment souri de ce qui se passait en face, s'installa franchement sur la couchette, sur le flanc.

C'est là que j'aurais dû passer à l'action !

Je restais de marbre. Le penseur de Rodin. On devait bien voir que je me creusais la tête à trouver le meilleur moyen, le meilleur geste, mais rien ne frétillait !

Lassée de mon atonie, elle chercha un bouquin dont elle n'avait que faire, elle en ouvrit des pages et fit semblant de lire. Je me sentais de plus en plus con et ça me bloquait encore plus. C'était un peu comme si le sac de ma connerie se remplissait un peu plus à chaque seconde et m'écrasait toujours plus au point qu'il me serait impossible de me dégager à un moment.

J'ai esquissé un mouvement d'intérêt pour voir le titre et tenter de me rapprocher d'elle. Ca m'a juste permis de m'appuyer sur mon coude. La couverture du livre, aujourd'hui, m'apparaît blanche et vierge. Brigitte, elle, était au moins très blanche.

Je lui ai quand même demandé ce qu'elle lisait ! Je ne sais même plus si elle a daigné répondre tellement c'était déplacé. Et on s'est déplacés peu après puisque Jasmin, sentant la situation figée et ayant eu son aise de supporter les douces attaques de sa partenaire opiniâtre, se décida à dire au revoir.

J'en fis de même.

« Et d'la caravane on s'carapate. Et j'me care, la vanne entre les pattes. Y'a de quoi trébucher sous des injures ! Y'a de quoi fuir de honte ! »

Elles avaient dû en échafauder des scénarios coquins après qu'on ait acquiescé à leur proposition. Mais sûrement pas celui d'un gland qui n'oserait pas se servir du sien…

Je venais de vivre un moment où l'excitation avait été écrasée par un doute à l'apparence phallique au milieu d'un océan d'évidence.

Les filles, ces êtres si impressionnants à mes yeux, venaient encore de me réduire à l'état de larve. Quand donc butinerai-je ? N'y avait-il pas des fleurs carnivores qui allaient au bout de leurs idées, qui, un jour, me prendraient en main ?

Ce même été il y a eu d'autres connaissances féminines dont une soirée à cinq dans une petite tente, à délirer gentiment, moi allongé et collé dans le dos d'une fille qui me plaisait et que je serrais en entourant sa taille de mes bras pleins d'illusions. Elle se sentait bien aussi, mais elle a quand même jugé bon de m'avertir qu'elle n'irait pas plus loin. Et moi dans ces cas, plutôt que de continuer à être tendre et à garder un contact qui pourrait faire changer d'avis à la longue grâce à un échauffement des sens, je relâche mon étreinte, j'envenime l'ambiance en boudant. Et le tour est jugulé, la situation est nouée !

J'étais pourtant si bien avec ma main sur son ventre chaud et consistant et qui me donnait matière à être plus chaud encore et « consistendu » !

Et aussi, toujours pendant ces vacances, cette ma-gni-fique suissesse avec qui un courant était manifestement passé entre nous pendant quelques jours et qui, lors d'une soirée, danse avec moi en se frottant à moi, me tient par le cou, joue contre joue, ses seins durs caressant mon torse comme un chocolat fondant sur mes inspirations savoureuses, avant de stopper net mon audace mal récompensée. Un baiser esquivé ! Elle préférait qu'on reste amis… ça vous fait rire aussi ? Un peu jaune… pour moi !

Chapitre 5 : Isa, belle de la plage

Un groupe de garçons et de filles s'était formé, et Jasmin et moi en étions. Et une petite fierté me laisse tranquillement penser que nous en étions même un peu à l'origine. Pour les filles certaines étaient de la Seine-et-Marne, d'autres allemandes, et il y avait les parisiennes. Dont une qui était « trop » ! C'est là que, de la bouche d'Isabelle, j'ai entendu pour la première fois cette expression qui n'avait pas encore atteint les «côtes» périgourdines.

Les troubadours, poètes et musiciens, étaient à la fête en ce soir où le bois flambait sur le sable encore chaud du soleil qui continuait sa course derrière la terre autant que dans ma tête illuminée par l'éclat d'Isabelle de nuit.

Aucun n'était las, mais tous étions là allongés sur ce matelas de coquillages et de cailloux concassés depuis des millénaires par les rouleaux marins.

Il était déjà très tard quand j'ai pris conscience qu'une de mes cuisses servait d'oreiller à la sœur d'Isabelle. Mon ventre était un repose-tête de choix pour la copine d'Isabelle. Et mon bras gauche m'avait caché un moment qu'il souffrait en silence, pour moi, à cause du crâne d'Isabelle qui lui écrasait un nerf.

Trois filles pour moi ?

Je n'imaginais même pas ces pratiques. En avoir une seule pour moi serait déjà extraordinaire !

Le temps passait, la nuit noircissait en même temps que les braises se faisaient plus présentes, mais je me contentais d'apprécier ce moment magique. Il n'y avait qu'un membre différent qui n'avait pas son câlin : le cinquième élément !

C'est Isabelle qui s'est décidée à faire bouger les choses. Elle a pris un risque. Quitter sans se faire doubler !

Elle s'est levée sans explication, sans indication, et en traînant les pieds dans le sable comme pour bien creuser le lit d'un cours d' « ose ! ». Elle s'est éloignée, éloignée, au point qu'on n'en distingue plus le moindre… point !

C'était le noir extérieur à la clarté du feu qui faisait ombrage à la silhouette d'Isabelle. Un mur nuitamment nuisible à ma sérénité !

J'étais si bien contre elle à attendre son premier pas. Celui qu'elle fit n'allait pas dans le sens que j'espérais, et pourtant c'était aussi une solution sinon la meilleure.

J'avais deux autres créatures intéressantes toujours agréablement collées à moi, et les questions m'assaillaient concernant la troisième qui me délaissait physiquement.

Qu'aurais-je fait si l'une des deux m'avait embrassé ?

A cause d'Isabelle je ressentais une bizarrerie cardiaque, mais aurait-elle été suffisante pour m'empêcher de ne pas louper une occasion même si elle n'était pas celle escomptée ? J'avais connu si peu et si superficiellement de filles jusqu'ici que j'aurais sûrement habité l'habit d'opportuniste !

Extérieurement rien n'évoluait. Intérieurement, un combat qui venait de s'ouvrir me vannait à mourir !

Ma vaine raison : « Elle est pour toi, elle est partie pour que tu la rejoignes ! »

Ma foutue raison : « Tu vas te prendre un vent et tu vas avoir l'air malin à revenir tout seul… »

Ma vaine raison : « Dans ce cas, tu rentres directement au camping. Dans le noir ils n'y verront que du feu !

Mais pourquoi ferait-elle ça pour quelqu'un d'autre alors qu'elle était sur toi il y a quelques minutes ? »

Ma foutue raison : « ça ne veut rien dire ! Entre les allumeuses, celles qui changent d'avis, les naïves qui n'ont pas conscience de leurs actes… tu ne sais jamais où tu t'engages ! Et puis quelque chose t'échappe peut-être, un truc que tu n'aurais pas vu ou pas compris dans cette soirée. »

Ma vaine raison : « Et si quelqu'un te devance, si quelqu'un prend ta place là-bas dans l'obscurité comme c'est arrivé l'année dernière où vous étiez trois autour d'une fille à vous défier dans le silence des vagues et de la nuit, et qu'après que le premier copain ait déclaré forfait tu l'as fait à ton tour et tu as laissé la belle brune aux mains et au reste de Jasmin ! J'ai été trop souvent vaine, alors fais quelque chose pour moi, donne-moi raison. Action ! »

Et me voilà tel un géant se débarrassant, juste en se levant lentement et puissamment, de celles qui devenaient soudain incommodantes. J'étais gonflé de courage. Grandi d'audace.

Elle n'a pas eu l'air étonné en me voyant et ça m'a réconforté. J'avais quand même prévu un plan B pour le cas où je ne sentirais pas le bon plan en arrivant près d'elle. J'aurais continué mon chemin en souffrant un petit « bonne nuit Isabelle ».

Durant la discussion banale qui a suivi, le trac, associé à la fraîcheur, a provoqué par intermittences ces saletés de tremblements dont sont victimes mes ischios jambiers plus que toute autre partie de mon corps.

Je voyais bien que je ne la dérangeais pas. Tout était clair à présent, son corps absorbait ma présence. Je me suis penché décidément sur elle et j'ai encore pris de la hauteur dans ce bouche à bouche chargé d'hélium. Je décollais. Je l'embrassais. Je n'y croyais qu'à demi.

Ma langue jouant avec les formes de la sienne, c'était donc vrai ? Mes lèvres entraînées par la souplesse des siennes, c'était donc vrai ? Mes mains en expertise de ce corps excitant, c'était donc vrai ?

Je n'ai pas abusé de la situation, mais elle aurait enrayé le mécanisme si j'avais insisté.

On a rejoint les autres, tout simplement, mais tous les deux fièrement. Fierté dissimulée, mais fierté quand même !

Pour moi ça se comprenait, mais pour elle…

Je n'ai su que vers la fin des vacances (des fois que j'aurais changé d'avis ou voulu, à la sauvette, en essayer une autre) qu'après une discussion sur un choix de garçon qui s'est avéré être commun elles avaient décidé de jouer à celle qui se le ferait la première ! Qui « se me le » ferait, moi ?! Trois filles me jouaient ?! Seule une patate l'eut cru !

Les deux semaines qui suivirent furent… iodées !

A l'improviste elle allait prendre un bain de mer et revenait s'allonger sur mon corps brûlant. Si j'étais sur le dos, je me concentrais fortement pour résister au froid de l'eau parce que je savais le bonheur qui allait suivre à réchauffer expressément cette « hydro-pellicule » entre nous, et que l'excitation allait prendre un coup de fouet comme je prenais ce coup de froid.

Elle savait si bien le déposer sur moi son corps. D'abord ses formes proéminentes s'aplatissaient affectueusement, puis chaque partie de sa peau se déroulait et me permettait de la visionner intérieurement et plaisamment.

Si elle n'était sûrement pas mouillée qu'à l'extérieure quand elle jouait à ça, je peux dire que j'ai l'impression de ne jamais avoir eu de repos diurne pour mes… burnes.

Je la regardais, ça m'excitait. Elle me regardait, ça m'excitait. Elle m'embrassait, ça m'excitait. Je l'embrassais, ça m'excitait. Je la touchais, ça m'excitait. Elle me touchait, ça m'excitait. Je fantasmais en fermant les yeux, ça m'excitait. Elle… non, là, ça ne marche pas !

D'ailleurs, quand elle n'était pas sur moi, j'étais très souvent à plat ventre à creuser un trou dans le sable, de quelques discrets mouvements de bassin, pour contenter un peu mon excitation, pour me détendre, et pour me faire un peu de place afin d'être plus à mon aise...

Le soir, en rentrant à la tente, j'avais souvent très mal (varicocèle pas encore décelée).

Elles savent nous faire souffrir !

La journée, elle aimait bien faire glisser ses lèvres humides sur mon dos. J'en avais des frissons légers et agréables. Ensuite, elle la prenait fermement entre ses lèvres… ma peau ! Et cette alternance me procurait un chaud et encore plus chaud auquel je me serais soumis jusqu'aux enfers.

Ma peau de vingt ans, adoucie, texturée chaudement par l'astre styliste, et salée subtilement par l'eau séant au goût de ma bienfaitrice, devait lui provoquer l'envie de partager de la tendresse. J'aimais lui faire ça aussi…

Mais la nuit, nous étions blottis l'un contre l'autre sans aller au-delà d'un certain raisonnable car elle savait bien qu'il ne fallait pas tenter les démons de la nuit ! Et je respectais sa décision malgré les souffrances que j'endurais dans ma poche garnie, prête à exploser !

Nous avons même passé une nuit entière ensemble, sur la plage, juste elle et moi, elle sur moi, à nous quitter au petit matin heureux de ce moment intense avec presque le plaisir de n'avoir rien fait, d'aimer tout ce qui précède ce qui doit venir. Aimer le présent, mais aussi aimer l'avenir dans le présent.

L'avenir qu'on espérait, on allait devoir patienter avant de le connaître puisque Jasmin devait travailler pendant le mois d'août pour se faire un peu d'argent.

On s'était promis de se revoir. Peut-être à Paris, chez elle, en septembre. A moins qu'elle passe son permis d'ici-là et qu'elle me rejoigne à Périgueux. On

33

s'écrirait pour rester proches et pour décider du jour et du lieu.

Avec Jasmin nous avons enfourché nos mobylettes et sommes partis parcourir les deux cent kilomètres qui allaient me séparer d'Isabelle, qui restait encore à Les Portes une dizaine de jours.

En fait, je n'ai aucun souvenir de ce départ. Avons-nous dit au revoir au groupe de copains et de copines le soir pour partir le matin de bonne heure ? Etaient-ils tous là lorsque nous avons quitté le camping ?

Pff, « chais » plus !

L'au revoir avec Isabelle ? « Chais » plus !

Dans les pièces de la maison d'une rue de Coulounieix-Chamiers à côté de Périgueux, un certain Jean-Luc tournait en rond le lendemain de son arrivée.

Le surlendemain rien ne l'intéressait, rien n'avait de goût, en fait, il avait oublié, sur cette île paradisiaque et aphrodisiaque, les bagages qui contenaient de quoi habiller léger son cœur ici trop lourd.

Le lendemain du surlendemain il dit à ses parents qu'il ne tient plus. Il doit la revoir.

Le lendemain matin, me voilà parti sac au dos pour un périple en auto stop sur une mer d'espérance.

Seize voitures m'ont transporté, sur des distances très différentes, jusqu'au port de La Rochelle, où j'ai pris la navette jusqu'à « mon île de ma bien aimée », et, malgré un genou douloureux à cause d'une blessure subie au sport, je terminais en traversant à pied une bonne partie des presque trente kilomètres restants.

Je m'étais installé au camping, chez une connaissance qui m'avait accepté sur son emplacement sans que je me déclare à l'accueil, et j'avais décidé de faire la surprise au groupe, qui se réunissait dans une salle de jeux presque tous les soirs avant d'envisager une autre sortie.
Me voilà partant au village la peur au ventre.
Et si elle avait déjà un autre chéri ?
Me voilà dans le village et je croisais des copains étonnés à qui je faisais un signe pour qu'ils se taisent. Ils me confirmaient qu'elle était là et qu'elle était triste que je n'y sois plus. C'était peut-être pour me faire plaisir… ou pour cacher quelque chose…
Quand elle m'a vu, j'ai senti une joie l'envahir, ses yeux parlaient plus qu'elle, son sourire était franc, mais nous sommes restés pudiques, nous ne nous sommes pas jetés dans les bras l'un de l'autre.
Elle m'a dit avoir été averti que j'étais là, mais elle ne savait pas si je revenais pour elle. Elle espérait ce qui venait de se passer. Elle m'a avoué qu'elle avait un petit copain avant de me connaître et qu'il était venu la rejoindre par surprise quand je n'étais plus là. Elle lui a dit que c'était fini entre eux.

Les quelques jours suivants furent semblables aux premiers. Durs, durs, durs ! Je dirai même tendus, dans un sens positif ! Mais le dernier soir, son dernier soir ici, alors que je m'apprêtais à passer une soirée d'au revoir à se bécoter, elle m'a invité dans une tente prêtée par sa copine.

Seuls. La tente pour nous seuls pour une partie de la nuit…

Je vais lui faire l'amour. On en rêvait tous les deux. Elle a l'appréhension de la fille qui a peur de décevoir ou d'être déçue. La fille qui veut que ce soit le bon pour cette toute première fois. Elle est dans la situation de la fille qui pense avoir suffisamment prouvé, au garçon qu'elle aime, qu'elle n'est pas « facile » et qu'elle lui offre une chose importante.

Nous y sommes.

On se déshabille.

Je n'avais jamais vraiment discuté de ce genre de chose avec qui que ce soit. Jamais vu un film porno (Il n'y en avait qu'au cinéma à cette époque). Je touche à peine son sexe, mais je la sens merveilleusement très humide. J'ai du mal à croire que c'est moi ici. Tellement de mal que lorsque je me mets au-dessus d'elle, l'excitation trop moyenne que j'ai ne me suffit pas pour la pénétrer. Elle ne me caresse pas pour essayer d'y remédier, encore moins une fellation tant elle n'a aucune expérience. Rien de plus. Figé par la honte et la déception de ne pas la satisfaire, elle qui s'offrait à moi et pas à un autre, qui me faisait confiance pour cette étape charnière… je m'endors sur elle pour une nuit complète.

La bouche pâteuse du matin n'engage pas plus à un baiser que notre frustration.

Isabelle égare sa main sur mon sexe, qui l'écœure parce qu'il est mouillé.

« C'est dégueulasse ! » dit-elle, avec la grimace de circonstance.

Je me souviens alors que j'avais joui tout seul, sans même me masturber, juste à la suite d'un rêve. Un rêve qui avait été plus convainquant que la réalité dont je rêvais depuis un mois et que j'ai eu à portée de réalisation.

Un mois à bander ! Un mois à avoir mal ! Un mois à être couchés l'un sur l'autre avec un bout de bois qui renforçait notre espoir ! Un mois à arborer ce «maillot de bain poutre apparente» dont parle si bien Charlotte de Turkheim dans un de ses sketchs. Tout ça pour un «moi» mou au meilleur moment !

Elle portait, depuis quelques jours, ma gourmette pour preuve d'amour.

Je ne me souviens toujours pas de la façon dont on s'est quittés. Je me souviens seulement que, en passant, dans l'après-midi, devant la maison vide qu'elle venait de quitter dans la matinée avec sa famille, je me rendais compte qu'elle était vraiment partie avec la gourmette en argent que m'avait offerte une de mes tantes. Elle me la rendra quand on se reverra, à Paris ou à Périgueux.

Quelques courriers ont suivi. Quelques échanges de photos. Elle n'a pas passé son permis assez vite et la vie ne m'a pas donné rapidement une occasion évidente d'aller la rejoindre.

Un jour, lors d'une petite sortie sportive à vélo, une inspiration sur Isabelle m'est passée par la tête. Je n'avais pas de stylo alors j'ai appris par cœur au fur et à mesure ce qui me venait à l'esprit. La qualité du texte, pondu sur la selle de mon vélo, ne mérite pas de le faire apparaître dans ces pages, mais cet amour de vacances a hanté mon esprit et mon cœur pendant suffisamment de mois pour en faire des années.

Trois ou quatre ans plus tard, en vadrouille sur Paris avec Berni, un autre ami, nous nous sommes avancés à son adresse.
Elle n'y habitait plus.
Entre temps, juste après ces vacances mi figues mi raisins, l'armée s'était imposée sur mon planning annuel et à ma quille je rentrais enfin dans une fille, un soir de boîte de nuit, vite fait, dans une voiture. A lire après le chapitre « Familial »…

Chapitre 6 : **Familial**

Le bazar qu'il y a dans cette poche !
Tout se mélange, ça se monte les uns sur les autres, ça se regroupe en masse comme un banc de poissons puis se disperse comme un groupe en prison.
On est d'ailleurs prisonniers du bon vouloir de ces satanées hormones quand on a dix-huit ans et tout son ardent.

Je la connaissais très bien depuis ma tendre enfance, ma tante. Elle a sept ans de plus que moi. C'était une jolie fille avec qui j'ai chahuté sur les lits, à se faire des «guili guili» (mon frère aussi était de la partie) et elle m'a même cassé un morceau de dent, visible encore à ce jour, certainement en voulant se dégager, suffoquant par trop de rire, d'un mouvement réactif du coude involontairement brutal.

Et aujourd'hui j'ai plus de dix-huit ans moins l'intégrité de mes dents.

Mais je n'ai pas que ce souvenir, avec ma tante...

Nous avions certes les mêmes proches ancêtres, mais en terme d'attraction des êtres, « trop prêt » peut tout compromettre…

A-t-elle eu des regards ciblés à mon endroit ?

J'en ai eu à son envers...

A-t-elle eu de ces pensées concupiscentes à mon encontre ?

J'en ai eu près d'elle, tout contre...

Je ne faisais pas trop bruit dans les rues de Chamiers avec ma « pétrolette ». Je n'ai certainement pas été parfaitement respectueux du code, mais je n'étais pas fou, je pensais aux autres, alors je modérais les risques d'accidents.

Ma tante n'avait pas encore de voiture et se déplaçait à pieds. Elle avait laissé tomber mon oncle parce qu'il avait un penchant de bouteille perpétuel vers le verre qui se trouvait devant lui et parce que la violence en découlait.

Et pourtant, dans la sobriété, si gentil qu'il était !

Là, ma tante était séparée et seule, enfin... officiellement.

Depuis qu'elle était célibataire, elle avait considérablement maigri. Le besoin de plaire à nouveau. La liberté d'être belle ! Et je n'y étais pas imperméable...

Il m'arrivait de la transporter sur ma mobylette Peugeot, moi devant, devant me contenir, elle derrière, résoute à me tenir.

Et qu'elle passe ses bras autour de ma taille me donnait envie de tailler la route, de rouler à m'en faire exploser... exploser quoi ?

Il nous est arrivé une fois d'inverser les rôles. Elle a pris le guidon (je ne crois pas lui avoir proposé innocemment) et je me suis assis sur le porte-bagages. J'ai vite eu l'impression d'avoir un chargement hors gabarit, d'avoir un trop plein, non pas que le pneu soit écrasé par un poids inconvenant puisque nous étions des jeunes gens légers, mais je me sentais gonfler comme une montgolfière et, pour ne pas décoller, je me serrais encore plus contre elle, et mes mains s'emmitouflaient dans la chemise chaude de son ventre chaleureux. C'était fou ce que je ressentais, d'autant qu'il y avait cette notion d'interdit à transgresser qui m'excitait plus encore.

Ce jour-là, je l'ai déposée chez elle. Nous avons franchi le portail, puis traversé la petite cour parsemée de graviers, des mini-galets qui se frottaient les uns aux autres lorsque nos pieds y imprimaient un massage. J'étais toujours derrière elle. Je l'accompagnais à l'intérieur alors que je n'avais rien de spécial à y faire. Je ne buvais pas de café, pas d'alcool et elle le savait. Si elle m'avait demandé si je voulais prendre quelque chose, j'aurais pu répondre « non, quelqu'un ! ».

Mes hormones étaient groupées et mobiles comme ce banc de poissons, à se frayer une ouverture dans mes idées en broussailles, à fuir l'inconcevable, à m'entraîner vers elle.

Je restais là, gênant au milieu du passage de sa cuisine exiguë à proférer quelques phrases dont je ne maîtrisais pas l'orientation. Elle me répondait tout en s'affairant de droite et de gauche. Elle est maniaque et le rangement est sa marotte.

Alors que se fait ressentir plus intensément ma décision d'agir, mon abdomen est refondu en étuve, et la chaleur irradie dans tout mon thorax jusqu'à déborder sûrement sur mes joues en un feu rougeoyant.

Ma tante passe une fois de plus devant moi et s'arrête pour faire je ne sais quoi sur la table. Mes réacteurs s'activent, les flammes me poussent à l'enlacer. Alors qu'elle est de dos, je passe mes bras autour de sa taille avec une peur vaincue de sa réaction. Peu importe si je la choque, si elle me repousse avec un « mais ça va pas, non ? », j'aurais osé !

J'ose et elle n'ôte pas mes mains qui caressent son ventre et me plaquent dans son dos avec les yeux mi-clos et un bien-être capiteux. Je la ralenti seulement. Elle prononce une banalité qui n'est pas intentionnellement adressée pour me décourager, mais qui, pour mon esprit en fouillis, a valeur de rejet.

Une minute ? Quelques secondes ? Combien a-t-on frissonné ? Combien a-t-on glissé vers cette liberté d'expression hors des colliers du qu'en dirait-on ?

Et dire qu'elle n'a rien dit ni fait pour m'arrêter et que je n'ai pas continué…

Toujours la même chose me concernant. Si elle s'était retournée, si elle avait à son tour posé ses mains sur les miennes pour me retenir, si elle avait penché sa tête en arrière pour que j'y pose mes lèvres, il y aurait eu une suite.

Quel bordel ça a dû être dans sa tête ce cours instant !

Et peut-être pas que dans sa tête…

J'ai commué cette communion de volupté en une démonstration affectueuse. Et la honte a certainement prolongé les rougeurs sur mes joues quand j'ai relâché mon étreinte. J'ai clairement tiré ma révérence en gardant la tête haute.

Elle me donnait l'impression que rien d'extraordinaire ne s'était passé. Elle a souri comme à l'accoutumée. Elle a plaisanté comme à l'accoutumée. On s'est fait la bise comme à l'accoutumée. Et, sur ma mobylette, je suis parti en fumée.

Chapitre intrus : « l'introduction »

Avec mes copains, à une époque, nous sortions beaucoup dans les discothèques. Surtout au Liberty's. Nous étions de piètres dragueurs et nous rentrions toujours bredouilles !

Ce soir-là, j'avais une confiance inébranlable. De «l'extra-moi» en barre !

A peine entré dans la salle, j'annonçais la couleur à mon ami Berni : « Tu vois cette fille qui danse toute seule sur la piste ? Ce soir, j'me la fais ! ».

Un peu plus tard, j'étais toujours autant hardi et je l'ai invité à danser. Je l'ai embrassé. Et j'ai passé la soirée avec elle. Elle n'avait pas de voiture et je n'ai pas osé emprunter celle d'un pote.

Ce n'est qu'une semaine après que j'ai finalement demandé sa voiture à Berni. Il me l'a prêtée, lui qui est si maniaque ! Et c'est dans cette Simca onze cent, dans une voie non goudronnée de la ville, que j'ai connu ma première extase.

Je sens encore ses cuisses brûlantes, j'ai encore la main stupéfaite par l'inondation de son sexe après avoir été plombé par des gros seins lourds.

Elle était loin d'être une bombe, mais j'y ai explosé ! Je me sentais bien contre ce corps charnu et plein de désir. Des phares nous ont fait nous calmer et remettre vite fait un vêtement. Les phares sont passés au ralenti près de nous avant d'accélérer et nous laisser tranquilles. Une fois mon big bang achevé, je me sentais « un homme » et je n'ai pas attendu de reprendre des forces, je n'ai pas pensé à recommencer, je l'avais fait et c'était tout ce qui comptait ! De toute façon, les autres attendaient la voiture pour rentrer. On était à la fête de Saint Georges, pas dans une boîte de nuit, ils n'allaient pas rester toute la nuit dehors.

On l'a déposée chez elle. Je l'ai accompagnée dans l'entrée de son immeuble. On s'est embrassés et elle a pris ma main qu'elle a glissée sous sa jupe. Elle n'avait pas remis sa culotte et elle était encore plus mouillée. Surexcitation de vouloir faire l'amour dans la cage d'escalier ajoutée au fluide de notre fusion...

Elle a passé sa main dans mon pantalon sur mon sexe qui avait retrouvé une ardeur extrême. Collés à la rampe de l'escalier, je voyais, à travers la vitre de la porte, la voiture dans laquelle mes copains attendaient, et ils se doutaient qu'il se passait quelque chose puisqu'ils ont envoyé quelques phrases taquines et quelques coups de klaxons.

Elle, ça l'excitait toujours plus alors que moi, nouvellement dépucelé, je n'étais pas encore assez sûr pour apprécier une situation de ce genre. Malgré mon envie folle de recommencer, je l'ai laissée sur sa faim qui fut par la même occasion la fin de notre relation. Je n'avais pas envie de poursuivre.

Les maladies sexuellement transmissibles de l'époque ne faisaient pas aussi peur que le sida aujourd'hui, ce qui explique nos rapports sans protection.

C'est terrible de repenser à ces scènes une fois qu'on a plus de vécu. Qu'est-ce qui m'empêchait de continuer avec elle, ne serait-ce que pour parfaire mon éducation sexuelle ?

Elle avait surtout envie de faire l'amour. Et j'étais si bien entre ses cuisses charnellement pleines et dévoreuses. J'ai encore précisément en mémoire, visuelle comme sensitive, la tendre folie qu'elles m'ont procurée. Et je n'avais pas cette peur de décevoir qui peut parfois bloquer l'érection. J'ai aimé profondément ce physique, pour ce qu'il m'a procuré.

Chapitre 8 : La coquine de la mezzanine

J'arrivais, avec un copain, à une soirée anniversaire, chez un garçon très sympa, mais que je connaissais finalement assez peu. Je me souviens avoir été reçu par ses parents bronzant nus sur des hamacs. La mère que je n'ai pas osé regarder, par gêne vis à vis du père, semblait intéressée par mon copain beau mec grand et blond. Mais leur histoire s'arrête là où elle n'a pas commencé !

La mienne commence par la rencontre visuelle avec une fille aux traits très arrondis sur son visage comme sur son corps. Arrondis, mais pas volumineux !
Un bout de femme physiquement sympa.
Je discute avec elle. Dans un slow, certainement, je l'embrasse, et nous décidons de monter à la mezzanine qui surplombe la piste de danse (pour la circonstance

puisque salle à manger habituellement). Un lit est là ! Nous nous y allongeons.

On s'embrasse fougueusement. Elle est déjà offerte. Son ventre et ses seins sont les premiers assaillis par mes doigts. En trois points je trace un parcours de caresses T (course nombril, sein droit, sein gauche) sur lequel je fais mes gammes avant le doigté vaginal.

Je n'ai pas fait un gros effort pour venir à bout de la fermeture de son pantalon. Elle avait dû le briefer pour qu'il me facilite l'attache à faire sauter.

C'est si bon ce liquide qui enrobe mes doigts. Est-ce ma main qui enfile une robe de cyprine ou cette fille que j'enfile manuellement ?

Je prends alors conscience qu'on est dans un endroit passager. Que si l'on va plus loin, ça va même se voir d'en bas. Elle, on dirait qu'elle s'en fout !

Dans mon hésitation je décide de faire un break.

Je lui dis que je reviens, que j'ai soif, et je descends prendre un verre. Je ne sais plus quoi faire. On peut continuer à jouer à touche pipi et se revoir une autre fois pour finaliser l'acte ! Je n'ose même plus remonter. Je vais y revenir, mais je vais un peu profiter de ces bons gâteaux qui me font saliver les papilles. Je me gave. Ces pâtisseries me coulent comme une épave, mais je me gave. Elle doit se demander ce que je fais.

Je viens de sortir avec cette fille et je me régale autrement maintenant, mais ça devient un jeu risqué de traîner ici. La tension me donne d'étranges sensations :

le risque ridicule de tout perdre pour de la crème pâtissière !

Plus je me gave et moins je fais gaffe ! Combien de temps est passé ?

Je me décide enfin. Je m'éloigne des tables et je longe le mur où sont disposées des chaises. Elle est là, debout, à discuter avec un beau gosse, assis. Un mec plus mûr que moi. Plus grand que moi. Un mec à minettes. Je fais du surplace. Elle ne me regarde même pas, mais elle m'a vu, c'est sûr. Et elle se venge en «direct - live» en s'asseyant sur ses genoux. Ceux qui m'avaient vu sortir avec elle ne me font aucune remarque. Je ravale ma fierté. C'est de ma faute. Je la comprends. On n'abandonne pas une fille sur le feu, sinon elle se consume, elle part en fumée. Tout ça entre autres pour des petits fours !

Je me dégoûtais, mais les gâteaux ne me dégoûtaient pas pour autant et j'allais m'y retrancher pour quelques tranches consolantes, pour quelques parts qui me mèneraient… , quelques parts qui me mèneraient… nulle part, mais bon ! C'est bon…

Ils sont partis ensemble, avec un groupe, pour une autre destination.

J'ai appris qu'il l'avait larguée dans une boîte de nuit, sans même la «consommer». Elle ne méritait quand même pas ça, la pauvre.

Je l'ai retrouvée dans une discothèque une autre nuit et je l'ai invitée à danser. Elle se laissait si bien coller que j'ai retenté ma chance et elle m'a laissé y croire une minute.

D'abord elle m'a laissé l'embrasser, puis de moi elle s'est débarrassée, histoire d'enfoncer un peu plus le clou puisque je ne lui avais rien enfoncé du tout !

Chapitre 9 : A vélo-menteur

Notre discothèque fétiche nous habillait de ses lumières et de ses coins sombres.

Les week-ends qu'on y passait allaient de même avec des joies, des illusions et de franches déceptions.

Ce soir-là, nous avons rencontré un groupe de filles (deux, c'est déjà un groupe, non ?) parmi lequel j'en connaissais une du club d'athlétisme où nous avions pratiqué. Elle n'y venait plus depuis un bout de temps et j'y allais moins souvent aussi.

Les groupes, garçons et filles, ont passé une soirée lumineuse. M'a-t-il semblé !

Moi oui en tout cas !

Entre la danse, les rires, les taquineries, les discussions, je suis reparti heureux de cette soirée. Je n'avais pas connu Kate comme ça auparavant.

Elle était vraiment mignonnette. De visage et de corpulence. Un p'tit bout qui ne me déplaisait pas.

Chacun est donc rentré chez soi !

Je dormais tardivement et lourdement quand la voix de maman me cria expressément, « Jean-Luc ! Téléphone pour toi ! » :

-        Bonjour, c'est Kate !

- Kate, ça va depuis hier soir ? Exprimé avec une grande surprise, mais avec le plaisir certain d'être réveillé par un sexe féminin, si je puis dire ! D'autant que je ne lui avais pas donné mon numéro…
- Ben oui. Tu vois, tu n'as pas osé alors c'est moi qui fais le premier pas !

Ne pas oser, ça c'était dans mes cordes. Ces cordes qui me ligotaient à ne plus faire un pas justement, à ne pas décoller d'un siège ou d'un mur qui lui me soutenait dans mon inactivité, mais je le savais habituellement quand je n'osais pas…
Là, je n'avais eu aucune intention !
Alors, soit elle bluffait pour me faire admettre à moi-même ce qu'elle espèrait, soit, inconsciemment, j'avais laissé transparaître un espoir si secret que je ne le savais pas moi-même. Compliqué, mais je me laissais prendre au jeu.
Elle ne me déplaisait pas et ça devenait excitant. Et puis me faire draguer ça ne m'arrivait pas tous les jours. Il fallait les encourager ces filles si on voulait que ça se généralise...
Je continuais donc le dialogue en allant dans son sens.
D'accord, je n'avais pas osé !
Le rendez-vous fut fixé. On se verrait chez elle, quelques jours plus tard.

Voici le jour J, l'heure H, la Kate K.
Dans l'agglomération de Périgueux elle habitait à l'opposé de Coulounieix-Chamiers, mais à vélo il ne

fallait pas longtemps. J'y roulais tranquillement. J'en profitais pour penser à son p'tit corps adorable sur lequel je me voyais bien me coller. J'imaginais sa peau très douce. C'était génial ce qui m'arrivait, sans l'avoir cherché, sans m'être pris la tête à draguer. J'étais resté naturel, j'avais plaisanté, je m'étais amusé, et ça lui avait plu.

Elle m'avait averti que ses parents rentraient à midi. Il était plus de onze heures lorsque je suis arrivé.
J'ai garé dans son petit jardin mon demi-course orange. Aucune chance que, comme une météorite, il vire au rouge tant j'avais pris mon temps sur la route !
J'étais vraiment content d'y aller, mais je savais déjà que ça ne durerait pas et ça me mettait mal à l'aise. Etait-elle une « chaude », une fille facile, ou s'imaginait-elle essayer un truc sérieux avec moi ?

Je n'ai aucun souvenir de la traversée de la maison. Nous l'avons survolée et avons atterri rapidement dans sa chambre.
On peut dire qu'elle avait donné un élan. Mais je l'ai cassé en reprenant ma politique de sape. J'ai discuté de tout et de rien au lieu de lui manger la bouche. Du blabla au lieu d'un gros smoutch. Malgré le temps qui défilait, elle a gardé le sourire et un excellent état d'esprit ; celui de l'initiative.
Elle est passée à l'action ! Elle m'a poussé à l'embrasser. Elle m'a poussé au sol. Elle a passé ses

jambes de chaque côté de mon abdomen …et j'ai pensé que ses parents allaient bientôt rentrer.

Il aurait été si simple de venir plus tôt et de profiter au maximum de cette situation sans me poser de question, sans inhibition !

Une mignonnette pleine à ras bord d'un tel degré d'intention, ça ne se refuse pas…

Je lui ai rappelé l'arrivée imminente de ses parents et lui ai proposé d'approfondir ce plaisir dans un moment plus propice. Elle a dû s'y résoudre alors que, et puisque, son cadran affichait deux machins pointus qui allaient se monter dessus, bien dressés vers le haut, pour ne faire qu'un comme pour la narguer.

J'avais juste eu le temps de peloter son buste à la taille fine ainsi que ceux qui étaient aussi dressés, pointus, et qui durcissaient son soutif.

Je n'en revenais pas que Kate soit comme ça. Elle m'avait époustouflé ! J'allais devoir aller jusqu'au bout. On doit prendre son pied avec elle. On ne s'était pas redonné une date précise, mais je me devais de la rappeler au plus vite pour me racheter. Pour la remercier, dans le bon sens. Pour honorer son geste. Pour l'honorer !

Sur mon vélo orange, j'ai senti ma tête chauffée au rouge et je suis passé par le bleu, le jaune, le vert, et en fin de compte par le blanc livide de celui qui se sent mal.

Cette fille, sur laquelle j'avoue quand même avoir un peu lorgné sur les pistes de courses à une époque, s'était offerte à moi, sans que je lui coure après, comme une victoire sur une piste intéressante que j'allais pouvoir poursuivre : la décontraction, l'assurance et l'humour.

Pourtant, je ne suis pas rentré chez moi directement. J'ai d'abord roulé sans but dans les quartiers avoisinants et je me suis soudain arrêté dans une cabine téléphonique. J'ai composé le numéro de Kate : « Excuse-moi, mais je sors déjà avec une fille, et je me sens mal de la tromper. Ca explique mon comportement avec toi depuis le soir en boîte. Je préfère qu'on arrête là. »
Elle n'a pas dit grand-chose. Je ne suis pas sûr qu'elle y ait cru. Elle n'a pas dû bien comprendre ce qui se passait.

Moi, je me sentais soulagé, délesté. C'était comme si mon matin était vierge. J'ai mouliné à vive allure. Je fendais l'air comme une flèche sur ce vélo qui s'était rendu complice de mes pensées, complice de ce mensonge et qui semblait se propulser seul tellement il roulait vite alors que je n'avais pas l'impression de faire un effort !

Kate m'avait seulement impressionnée…

Tout autre garçon aurait sauté sur une telle occasion. En aurait profité ce jour-là et autant que possible ! Moi, je ne me sentais pas à la hauteur, et un stress pesant me bloquait, me freinait, me rendait hésitant. Son assurance m'avait fait peur. Peut-être aussi qu'elle m'apparaissait comme une dévoreuse de garçons et que, d'une certaine façon, ça me dépersonnalisait. Ce qui est sûre, c'est que je manquais encore d'envergure ! J'ai revécu la scène de la chambre d'innombrables fois en la complétant avec la saveur qu'elle promettait…

Heureusement qu'en prenant de l'âge, j'ai aussi pris du poil de la bête et su jouir véritablement de situations similaires…

Chapitre 10 : **Et toi ? Qu'as-tu pu te…**

Avec Berni et un autre copain, nous avons décidé de passer un week-end sexe à Paris. A cinq cent kilomètres de chez nous donc.

Quand on a à peine plus de vingt ans ce n'est même pas un délire que d'élire le sexe roi !

Nous qui n'étions encore que peu sujets à ce genre de pratique, c'était quand même une révolution et des têtes allaient… tomber ? Non, non ! Elles allaient monter ! Des têtes allaient se dresser ! C'est nous qui vous l'disons !

Un voyage rapide dans la petite Polo de Berni, et nous voilà accueillis par l'entrecuisse de la France : Pigalle ! Rien que les lumières nous chauffaient déjà.

Pourtant c'était pas l'ambiance de la nuit, nous sommes arrivés en début d'après-midi. Il faut dire qu'on avait eu le temps de s'apprêter psychologiquement.

Une chape sexuelle couvrait nos moindres pensées. Du sexe dans les bas-fonds, du sexe au dôme, le sexe qui nous appelle, le sexe qui nous choppe. Mais attention aux coups de boutoirs, parce qu'ici dans l'ombre du nombril sévissent les malfrats de ce vice, et l'on peut vite se faire plumer, se faire pigeonner, se faire écraser. Ici, souvent, la fesse ment !

Méfiants, donc, nous avons papillonnés dans les magasins spécialisés en nous faisant remarquer et estampiller « indésirables » tant nos airs de fouineurs n'inspiraient pas les vendeurs. Nous sommes rentrés, sortis, rentrés, sortis, rentrés, …virés !

Les rabatteurs, aux mines crayeuses comme les nuits blanches qu'ils connaissaient (blanches à cause du travail de nuit, Blanche le lieu dans lequel ils évoluaient, et blanche la matière qui arrondissait leurs fins de mois..), voyaient en nous, au contraire, l'occasion de nous délester des francs billets que l'on gardait bien au chaud dans nos poches de pantalons.

On s'est quand même fait un petit ciné. La fameuse chaîne câblée qui a banalisé ce genre de films n'existait pas encore.

J'avais au moins vu des photos pornos, mais rarement.

Trois films tournaient en continu toute la journée et l'on pouvait passer de l'un à l'autre à notre gré.

Pas une seule spectatrice féminine. Par contre, au mécanisme bien huilé d'une épaule, on imaginait sans problème ce qu'accomplissaient certains hommes captivés par les scènes jouissives.

On a poussé la curiosité à visionner un long métrage où des engins « longs métrés » appartenaient à deux barbus actifs, aux longs tifs, qui croisaient leurs pifs dans un acte occlusif et peut-être laxatif, mais pour nous rétractif… on ne voulait pas la « redif » !

Des barbes à sucer, ça nous a plutôt écœurés.

Les places n'étaient pas attitrées et les titres n'étaient pas affichés. Ou peut-être, mais on s'en fichait, du moment qu'une fiche mâle entrait dans une fiche femelle !

En sortant, on n'avait pas envie de se faire une barbe à papa. On salivait plutôt sur des lèvres mouillées qui nous engloutiraient.

Ça se passait, en fait, un peu plus loin. Dans une rue au nom d'un saint. Je ne vais pas m'attarder sur ce que ça m'inspire dans le contexte, c'est trop gros. Mais celle qui m'a sauté aux yeux n'en avait pas des énormes.

On avait pourtant été aguichés par des jupes « ras la moule », par des bas résilles, par de belles gorges soutenues, par des bouches à l'expression goulue et aux langues à circonvolutions lascives, mais celle qui me faisait de l'effet était jeune. Une vingtaine d'année.

J'aurais pu me dire que c'était l'occasion de m'offrir à l'expérience des anciennes, d'essayer une femme mûre, malgré l'utilisation longue durée qu'elles ne pouvaient physiquement pas escamoter…

De ce fait sûrement, j'ai porté mon choix sur une nouvelle.

Je ne me voyais vraiment pas embrasser une personne qui ne me plaisait pas !

Aujourd'hui, il me serait impossible de recommencer parce je sais que les femmes sont rarement libres d'entrer dans cette pratique comme d'en sortir…

Les choses n'étaient pas encore aussi claires pour nous.

Nous discutions avec deux femmes. Berni était un artiste négociateur et il s'en est donné à cœur joie.

C'est à corps joie que j'aspirais au plus vite, alors j'ai finalement annoncé que j'y allais. Je la voulais ma blonde. Jolie. Bien fichue. Sa petite jupe qui me remuait la pulpe.

A sa fraîcheur, on m'aurait dit qu'elle était vierge, j'aurais pu le croire.

Cent francs pour un quart d'heure !

Nous entamons la montée de l'escalier. Je la suis. Elle est donc devant moi avec ses belles cuisses plus qu'entièrement découvertes. Son petit cul moulé dans sa mini-jupe. Dire que d'ici quelques instants je vais la prendre. Une chaleur me prend la poitrine et le bas ventre. Moi dans ce corps !

Ce corps !

Moi !

Un homme se montre dans un renfoncement. On sait comme ça qu'elle est surveillée, au cas où de mauvaises idées passeraient par la tête de ses clients.

Nous entrons dans une chambre avec une première partie dans laquelle elle ne perd pas de temps. Elle se passe un coup de gant entre les cuisses. Elle me demande d'aller me déshabiller.

Pendant que je m'exécute, elle me questionne un peu. Peut-être ressent-elle poindre mon malaise ? Mes cheveux bruns et mes yeux bleus lui font penser que je suis italien. Ca peut être flatteur pour le côté séducteur qu'ils trimballent, mais j'aime pas spécialement !

Machos. Baratineurs. Mafieux. Et aujourd'hui je rajouterais…Materrazzi !

(Je plaisante ! Je sais qu'il est dangereux de généraliser et de faire des amalgames, qu'il faut tenir compte des évolutions, mais il y a toutefois des cultures dominantes propres à chaque nation qui teintent nos opinions).

Elle me fait des compliments sur mon physique musclé. J'étais loin d'être énorme, mais ce n'est peut-être pas le genre de corps qu'elle croise couramment.

Je suis nu. Elle, pas entièrement ! Juste le bas. Elle garde son espèce de pull fin.

Elle me fait allonger sur le dos, me caresse, effectue un massage bucchale sur ma partie génitale, et me met un préservatif.

Etonnamment, après toute l'excitation qui montait en même temps que nous les escaliers... je ne suis pas très raide !

Peut-être la peur de la réussite, comme pour certains sportifs qui sont à un point de la victoire ?!

Avec la dureté discutable mise à ma disposition, en missionnaire du jour je me place au-dessus d'elle pour tenter de la pénétrer. Je ne me souviens même pas l'avoir touchée ! Si, les seins ! Enfin... sur le soutif.

Deux cent francs si je voulais le haut dénudé !

Je me motive autant que possible en imaginant des trucs que vous ne saurez pas. Désolé, je me la joue perso cette fois !

Totalement sous la direction de cette fille je prends alors conscience que si je l'embrassais ça pourrait me redonner de la vigueur.

Non ! Elle n'embrasse pas ! Je n'en savais rien de ce truc-là, moi !

Et puis je sais aussi ce qui a coupé un peu mon élan. Je décide de lui dire :

« Désolé, mais c'est la première fois que je mets un préservatif et je n'ai plus les mêmes sensations. Je ne suis pas habitué. »

Quatre cent francs sans le préservatif !

Non seulement c'est beaucoup trop cher, mais je n'aurai pas pris le risque d'attraper une MST !

Elle me reprend dans sa bouche et ça revient un peu. Je réalise enfin l'exploit de rentrer. Je lui caresse, dans le même temps, le ventre et le tissu sur ses seins. Elle a été généreuse… en remontant son pull au-dessus de sa poitrine, que je n'aurais finalement pas pu admirer.

Je vais et je viens plusieurs fois, mais elle me fait remarquer qu'il va falloir arrêter, qu'on a dépassé le temps imparti. Elle ne me repousse pas pour autant, mais il faudrait que je jouisse vite. Comme si ce n'était pas assez laborieux comme ça !
Je finis par baisser pavillon et me retire.
J'avais payé en arrivant et, dans mon cas, il n'y a pas de dédommagement !
Je n'ai même pas pensé à garder le condom comme souvenir. Pour le montrer aux copains, par exemple ; soyons fous ! Malgré le raté, c'est une première fois avec une pro, quand même ! Mais non…beurk !
En descendant, l'homme n'était plus là. Il avait fait son travail de dissuasion avant, et là il était sûrement en passe de récupérer mon argent dans la planque de la fille.

Un petit au revoir en la quittant auquel elle a répondu par un sourire sympa, et j'ai vu Berni toujours en discussion. Il m'a rejoint vite pour savoir. Je lui ai raconté, et ça l'a démotivé. Pourtant il avait réussi un tour de force dont il était fier : un prix de groupe !
Cent cinquante francs à deux !

L'autre pote revint à son tour. Il avait réussi, mais il n'était pas emballé non plus par l'expérience.
Pour cent francs on avait droit au travail à la chaîne.
Pour le travail à la chienne voir les tarifs supérieurs !
Berni n'y est pas allé !

Quant à moi, alors que je pensais que dans cette révolution qui touchait notre vie sexuelle des têtes allaient se dresser, la mienne est plutôt tombée comme celle de Saint Denis qui, selon la légende, fut décapité et abandonné sur un chemin. Mais il se releva, pris sa tête sous son bras et continua sa route…
Je n'allais pas rester impuissant face à cette déconvenue !
Non mais !

Chapitre 11 : Attouchements « train-train »

Cette Vali là avait un corps parfait !
Comment est-elle aujourd'hui en ayant été si fabuleuse hier ?
Sans doute est-il préférable de rester sur l'image de la jolie fille que je connaissais déjà lorsque je l'ai croisée à une fête sur les quais de L'Isle, la rivière qui traverse Périgueux.
Je me suis assis à côté d'elle et nous avons discuté. Je remarquais qu'elle prenait plaisir à cette conversation. A mon grand, à mon gigantesque étonnement, pas pour la conversation, mais pour moi !

Elle ne cherchait pas à m'éloigner, elle ne tournait pas la tête en signe de ras-le-bol, elle me regardait franchement en parlant et en plus elle me souriait. Elle était pleinement avec moi, moi qui n'étais qu'un petit gars sans grande importance, alors qu'elle côtoyait des mecs réputés, des grandes gueules, des caïds.

Je ne me sentais pas à la hauteur, mais son comportement me donnait du courage.

Est-ce que j'avais vraiment une chance de sortir avec cette fille ? Qu'elle fût intelligente ou pas, là n'était pas la question, son physique, déjà, ne m'autorisait pas au premier abord à espérer des plaisirs charnels avec elle.

Le spectacle sur l'eau s'achevait. C'était quoi ? Je n'avais pas suivi !

C'est à ce moment qu'on s'est levé. Que faire ? Je m'enhardissais !

A peine quelques pas et je lui prenais la main. Un acte fou pour un timide comme moi. Un acte qui prévaut parfois sur mes interminables questions destructrices.

Elle me tenait la main ! Regardez, les gens, elle me tient la main ! MA main !

Quelle fierté de me mêler à cette foule, de m'afficher dans cette foule, qui ne se foulait pas une cheville d'ailleurs tant elle était lente et je me demandais si je devais prendre mon temps aussi ou si je devais embrasser Vali au plus vite pour concrétiser ?

Nous montions le chemin goudronné qui menait à la route et nous arrivions sur le trottoir. Les gens, en masse, par vagues, gênaient la circulation et nous étions dans le flot. Au beau milieu de la route je me décidais à l'embrasser…

Au-mi-lieu-de-la-rou-te !

Quel abruti, autre que moi, aurait pu choisir ce moment pour se lancer dans une étreinte amoureuse ?

Non mais quel abus, pour un baiser à consommer avec application !

Non mais quel abus, pour un baiser à consommer avec appréciation !

La vague suivante profita de l'aubaine pour envahir le macadam dans la foulée puisque nous étions toujours en barrage.

J'imagine qu'un râleur a bien dû vociférer quelques injures, surtout face à une étreinte provocatrice malgré elle. Mais je n'avais pas entendu de coups de klaxons…

L'émotion avait pu me rendre momentanément sourd !

Folie douce ou idiotie que de choisir ce moment ?

Impulsion plus que choix !

Toujours était-il, hé, hé… que j'avais concrétisé !

Après un petit tour dans Périgueux, je lui proposais de la raccompagner.

Elle acceptait. Elle était dans MA voiture… Nous étions devant chez elle. Elle m'apprenait que ses parents étaient absents. Elle voulait bien que je rentre.

Nous étions dans sa chambre. Nous étions dans son lit une place. Nous étions donc obligatoirement collés. Et nous étions nus sous ses draps légers…
Les températures, extérieure, intra-muros, et «intra-épidermos», ne préconisaient pas des précautions supérieures.

Moi qui ne pouvais imaginer une telle union, je me retrouve dans son lit dès le premier soir ! Je crois bien que je n'y crois pas ! Je ne réalise pas que c'est moi à cette place. Et si je n'y suis pas, c'est une illusion, c'est une situation sans consistance, sans vraisemblance.
Mon sexe le prend comme ça, puisqu'il ne la prend pas…
Mon esprit guide pourtant ma main sur ses seins ronds et fermes, sur ses cuisses douces et galbées, sur ses hanches… ah… ses hanches… quelle merveille !
Je crois que je les ai usées à les caresser. Toute la nuit mes mains ont accentué leurs courbes.
(A ce moment précis où j'écris, je dois les forcer à revenir sur le clavier pour continuer d'écrire tant je les prends encore à mimer ce moment).

Les persiennes laissent libre cours aux longues lueurs des lampadaires pour auréoler le corps de Vali.
« Si t'as misé sur la perfection, tu vas pouvoir la contrôler » semble m'inspirer cette ambiance.
Et ce contrôle se présente sous une forme de fouille minutieuse de chaque parcelle d'épiderme, alors que je ne contrôle absolument pas ma libido défaillante !

Je lui ordonne de s'imprégner des formes et de la texture de ce corps, mais rien n'y fait !

Vali est allongée sur le dos. Je suis sur le flanc. Ma tête est retenue par ma main droite, mon coude enfoncé dans l'oreiller. Ma jambe gauche est en travers des siennes. Ma main gauche est à l'œuvre. Infatigable. Insatiable.

Vali est trop belle !
Un trop plein d'émotion paralyse une partie de mon anatomie.
Vali est sûrement trop statique aussi…

Je ne saurais jamais si j'allais être sa première fois ou si elle faisait la planche à chaque fois qu'elle faisait l'amour.

La nuit est ainsi passée à rester l'un contre l'autre, peau contre peau, peine contre panne.

Nous nous sommes vus pendant dix jours. Nous allions au lac des neufs fonds à Vergt pour profiter du sable et du soleil et je me souviens de ma main se baladant sur ses cuisses chaudes et mates alors que je conduisais ma petite Fiat cinq cent dont j'étais si fier. Elle portait toujours des jupes. Elle les valait bien !

Elle s'est beaucoup confiée à moi, notamment sur ses histoires amoureuses ratées… !

Nous n'avons pas réessayé de faire l'amour. Elle a préféré, un jour, arrêter cette histoire qui, je le conçois en fin de compte, n'était pas très emballante. Je n'éprouvais rien d'autre que de l'admiration pour son corps. Et je crois même que, comme je ne ferais pas l'amour à un tableau de peintre qui m'aurait séduit, je n'aurais peut-être jamais pu faire l'amour à Vali !

(Depuis ce temps, j'ai réussi à faire l'amour à de magnifiques œuvres sculpturales…)

Je l'ai revue dans un magasin de chaussures où elle venait d'être embauchée.

Elle semblait heureuse de me revoir comme je l'étais de la revoir. Nous n'avons pas reparlé de notre petite aventure, juste de banalités. Par la suite je m'arrêtais de temps en temps l'embrasser et causer un peu. Parfois je la saluais de loin au dernier moment alors que, m'ayant vu, son regard insistant semblait attendre ce signe de moi. J'aimais à le penser…

J'ai déménagé sur Paris et, des années plus tard, en repassant devant ce magasin qui existait encore, elle, elle n'y était plus.

Chapitre 12 : **Les trois sœurs**

Le camping, j'aime bien.

Nous voilà, avec mon ami Berni, pour un mois de folie juste à côté de Royan.

Un zeste de flambe sur les plages avec nos reliefs musculaires. On n'était franchement pas énormes, mais quand même au-dessus des normes. On a le droit d'être fiers du résultat d'un travail acharné pratiqué tout au long de l'année sous les poids et haltères, non ?

Par contre, on a fait quelques trucs dont on ne doit pas être fiers. Du genre à détresser une corde qui attachait des pédalos, et de partir en mer en pleine nuit...

La première fois, du côté nord de l'estuaire de la Gironde, nous avons longé la cote et ses falaises en partant de la plage de Royan pour rejoindre la ville de notre camping. Sous une demi-lune, les algues, à la surface, formaient des tâches monstrueuses et nous nous amusions à nous faire peur. Et nous nous sommes finalement faits réellement peurs lorsque nous sommes restés bloqués sur une de ces masses sombres. Impossible d'avancer, mais aussi de reculer. La marée était-elle montante ou descendante ? Si elle descendait, quelle était la profondeur sous nos pédales ? Etions-nous bloqués sur un rocher ? Sur un rocher de quelle taille ?

Il fallait vite se sortir de là ! Alors nous avons forcé et forcé encore jusqu'à déployer une énergie insoupçonnée pour grappiller quelques centimètres et enfin se sortir de cette petite angoisse.

Nous avions l'impression qu'au loin, sur la route, les voitures qui ralentissaient étaient à nos trousses. Nous avons accéléré la cadence pour accéder en silence au sable accueillant de notre salut. Après avoir tiré le pédalo pour le mettre à l'abri d'une rafle (par une mer qui aurait eu des envies de le materner), nous avons déguerpi en prenant le chemin de notre tente. Le marchand de sable (mais nous en avions encore plein les pieds…) ne s'est présenté que beaucoup plus tard. Adrénaline oblige !

La deuxième fois c'était au sud de l'estuaire de la Gironde, à Le Verdon.
L'emprunt fut du même acabit, même heure nocturne, mais là nous ne voulions faire qu'un gentil petit tour en face de la plage.
Nous nous éloignons du bord. Lorsque nous nous retournons nous avons déjà parcouru quelques bonnes dizaines de mètres. Un énorme navire, immobilisé, masse sombre formée par les lumières de Royan derrière lui, semble tout prêt de nous et nous décidons de l'aborder, de s'en approcher au maximum.
Les minutes s'égrainent, alors que le bateau est toujours aussi loin. Il faut se méfier des illusions d'optique. En fait, on prend conscience qu'il n'était pas si près que ça au départ !
Le pire, c'est que nous étions, perpendiculèrement à lui, vers l'avant de ce bâtiment naval et qu'à présent nous sommes vers l'arrière.
Ca veut dire… ça veut donc dire que nous dérivons !
Nous n'avions absolument pas pensé à ça !
Demi-tour immédiat, il est temps de rentrer. Surtout que nous sommes fatigués. Compétiteurs dans l'âme, nous aimons la performance et, jusque-là, nous n'avons pas économisé nos forces.

Si nous avions su, nous en aurions épargnés un peu. En effet, la côte se rapproche, mais en même temps nous sommes tout près de la sortie de l'estuaire… le courant nous entraîne vers la mer, vers le large…

Nous sommes en pleine nuit, avec un bord de terre qui se dérobe, avec un océan et son horizon noir et inquiétant qui nous promet des frayeurs si nous faiblissons.C'est le moment d'utiliser notre expérience sportive dans une action vitale !

Impossible de remonter le courant. Les lumières de notre petite plage de départ sont minuscules. Seul espoir, rattraper la rive avant une involontaire et catastrophique grande sortie en mer…

Nous sommes en nage à glisser à la surface de l'eau avec une volonté considérable. La transpiration ruisselle entre la source de notre initiative et l'abysse de notre crainte.

Malgré tout, l'excitation est de la partie.

Nous devons parfois dérouler pour récupérer un peu et ne pas perdre définitivement et fatalement la réserve énergétique difficilement renouvelable dans ces conditions d'urgence.

Les arbres qui bordent la berge grandissent à nos yeux tout comme l'espoir en gonflant effleure notre soulagement.

Après deux heures de lutte, nous sommes sortis du courant, nous longeons la côte.

Nous pouvons enfin rentrer avec un pédalage en décontraction.
Nous sommes sauvés !

Ces deux nuits sont des souvenirs forts et pourtant la perle des sensations nous attendait en plein jour, sur le sable et non sur la mer.
Trois filles. Trois sœurs. Seules... enfin... trois, seules... sans mec apparent quoi !
Après ce que nous avions vécu, il nous était plus facile de trouver du courage pour les aborder. Elles semblaient plus accessibles qu'un navire ancré à une distance trompeuse...

Nous ne sous sommes pas disputés pour faire un choix.
La plus ronde et la moins jolie était l'aînée. J'ai préféré la plus jeune, Berni la cadette.
Nos deux futures petites copines venaient juste passer un week-end avec leur grande sœur qui était avec son copain sur un emplacement proche du nôtre.

La grande sœur ... parlons-en !
Elle s'était fait entendre dans le camping !
De jour comme de nuit, quand elle faisait l'amour, elle jouissait de façon criante. Je n'avais jamais entendu une fille crier en jouissant. La première fois qu'elle nous a offert ce spectacle audio, c'était en plein jour.
Im-pres-sio-nant, et... excitant !

Un soir nous invitons ses sœurs à nous rendre visite à la tente. Nous les avions même invitées à dormir avec nous.

Nous y sommes. Elles sont là. Je ne sais plus trop ce que nous avons fait avant, mais nous voilà couchés, nus, Berni avec sa copine, moi avec la mienne, chaque couple de son côté dans cette tente cinq places.

Elle est longiligne avec de longues jambes. Elle a un corps tonique et angélique dont je profite pleinement avec mes caresses sur toute sa longueur, mais lorsque je veux m'engager au sein de ses cuisses, diable ! Elle me refuse l'entrée !

Alors je continue à balader mes mains jusqu'à m'en fatiguer. Puis nous nous endormons.

Juste à côté, ça ne s'est pas beaucoup mieux passé.

De mon côté, la plus jeune était trop jeune et je n'étais pas assez convaincant, et je n'étais surtout pas assez insistant à cause du trop grand respect que j'ai pour le genre féminin. Un respect qui, malheureusement, endigue mes initiatives. Je ne m'obstine jamais face à un refus. Est-ce une erreur ?

Elles sont rentrées chez elles, je ne sais plus dans quelle ville.

Nos vacances se déroulaient tranquillement, avec toujours nos divertissements pas toujours raisonnables, mais pas méchants pour autant !

Un matin, une lettre nous informait qu'elles revenaient nous voir le week-end suivant. Elles n'auraient pas de tente. Nous allions donc les loger dans la nuit du samedi au dimanche…

Nous sommes samedi soir. Nous sommes couchés. A gauche en entrant, je suis accompagné de ma copine qui est au plus près de la toile. Nous sommes en pyjamas. A droite en entrant, Berni est accompagné de sa copine qui est au plus près de la toile. Ils sont en pyjamas. Au centre, est allongée sur le dos, seule, la sœur qui les a accompagnées !

Situation délicate. Situation cocasse. Comment ne pas se remémorer les jouissances remarquables, les jouissances sonores à outrance de cette fille qui se retrouve là, au milieu de nous…

Lorsque nous l'entendions interloquer tout le camping, nous ne pouvions nous douter que cette fille passerait une nuit entière dans notre tente !

Déjà que rien ne s'était passé la dernière fois, cette sœur au milieu n'arrange rien et je décide de ne rien tenter. Idem à l'autre bout de l'espace tente. Un espace-temps, qui est source de sueurs chaudes, qui nous grise par sa lenteur et sa pesanteur. Je dis « nous » parce que Berni ressentait et agissait comme moi, chacun de notre côté de la grande sœur. Il me l'a raconté après.

Je suis donc contre la jeune, mais ma main gauche fait bande à part. Et à part ça… je bande !

La tension est grande, j'ai besoin de remplir profondément mes poumons. Les «poumons extérieurs» de la grande sœur sont bien remplis aussi ! On l'a bien vu dans son maillot de bain sur la plage !

A quoi peut-elle penser, là, entre deux gars qui l'effleurent ?

Ma main gauche hésite. Ma main gauche tâtonne le sol. Ma main gauche est gauche. Mes idées gauchissent. Mes muscles frémissent.

Mon majeur, plus mature sûrement, montre l'exemple. Du dos du doigt, il se colle discrètement sur… sur la… sur la peau de cette fille. Mais oui, la peau ?!

Est-elle nue, ou sa chemise de nuit est-elle remontée en bougeant ?

Voilà un bon moment que nous sommes couchés, mais il serait étonnant que dans un pareil moment elle soit déjà endormie. Je pense plutôt qu'en faisant semblant la môme ment et mouille !

Oui, mais ça existe les gens qui s'endorment vite. Elle est peut-être fatiguée de sa semaine !

Je vais prolonger mes frayeurs en allant plus loin. D'autres doigts se joignent au majeur et ils se campent à cet endroit du corps si doux et stratégique qu'est cette partie de la hanche si proche du ventre, du pubis, et de la cuisse.

Je n'ose pas retourner ma main pour transformer mon attouchement en véritable étreinte. Et si elle était naïve, qu'elle n'avait pas conscience de sa position, et que la pression la réveillait et la choquait ?

Je ne prends pas plus de risque. Une dernière discrète amabilité et je me sépare de ce berceau d'émotion.

Et dire que Berni a fait pareil de son côté !

Difficile de penser qu'elle ne s'est rendue compte de rien. Pourtant elle n'a pas répondu par un geste, par un mouvement du corps. Enigme ad vitam aeternam !

Pour des filles qu'on n'aimait pas d'amour, qu'on n'allait jamais revoir, et qui n'étaient pas spécialement chaudes ou tout au moins pas expérimentées, on aurait bien pu essayer un truc avec la sœur ! Quitte à s'excuser si elle ne voulait pas ! On a sans doute loupé une belle occasion de prendre du plaisir. Qui sait si elle ne s'est pas concrètement masturbée quand nous avons bifurqué vers les rêves ?

Sur la mer nous avons eu de la chance en ne dérivant pas vers le large sur nos pédalos. Sous la tente nous n'avons pas saisi la chance de dérivé vers une proche contrée, comme c'est ballot.

Chapitre 13 : Corrida…

Dans ce jumelage avec la commune espagnole de Venta De Banos, cette année-là nous recevions. Les jeunes devaient être logés chez l'habitant et notre famille allait à la rencontre de celui dont elle s'occuperait pendant quelques jours ; deux, si je me souviens bien.

« Celui » fut en fait « celle » ! Une encadrante du groupe.

Elle était toute fine et elle avait les cheveux courts ce qui ne va pas à toutes les filles, elle oui !

Ce doit être le second soir que nous sommes sortis tous les deux à la fête au bourg de Coulounieix-chamiers. A force de nous effleurer en marchant nos mains se sont unies presque naturellement. Pas nos lèvres. Notre sérénité avait officialisé expressément cette union pour une durée sûrement tout aussi express.

Pour la nuit, le lit de ma sœur accueille Bézia. C'est la chambre en face de celle de mes parents. Ma chambre est à l'étage supérieur, sous les combles.

Impossible de m'endormir quand je sais qu'elle est si proche, que je lui plais, qu'elle me plait, mais que je n'ai même pas trouvé l'occasion de lui dire qu'elle pouvait monter me retrouver. Je n'ai pas osé.

Il semble qu'elle n'ose pas non plus, puisque le temps passe et que je ne vois rien venir !

Ane, mon cher âne, ne vois-tu rien venir ?

Une trop grande réflexion ne me bloque pas, comme c'est souvent le cas, au contraire l'appel du sexe m'encourage.

Je me suis équipé de coussins d'air de marque « discrétion » pour ne pas réveiller mes parents et j'ouvre directement la porte. Je lui dis un mot pour la rassurer et je me glisse dans le lit. Elle ne me repousse pas. Elle semblait plutôt m'attendre. J'entame des préliminaires. Tout se passe bien. Je suis dur, elle est humide. Mon doigt découvre la paroi supérieure du vagin. Sa surface est nettement striée. Etrange sensation d'autant que l'entrée est étroite, serrée. J'y enfonce mon pénis. Elle me reçoit dans une extase inouïe. Le dernier aventurier de cette cache au trésor doit être loin depuis longtemps… je me dis. Je suis bien. Elle pousse des gémissements presque aussitôt et dans la foulée me repousse à l'extérieur !

Mes parents ne se sont pas réveillés. Ou alors, ils ont fait la sourde oreille…

Je n'avais pas de préservatif et elle ne prenait pas la pilule, ce qui lui avait fait peur. Mais elle avait sûrement voulu se sentir pénétrée, ne serait-ce que quelques secondes.

En pareille occasion d'autres auraient quand même profité de la situation en proposant des façons différentes de se faire plaisir mutuellement. Fellation, sodomie et cunnilingus sont les principales en matière de sexualité soft. Mais moi, quand j'étais vexé à l'époque, j'arrêtais tout, je gâchais tout. Je suis reparti dans mon lit sans même lui proposer de m'y accompagner une partie de la nuit pour se divertir autrement, pour lui faire écouter mes chanteurs préférés et lui faire découvrir mes posters romantiques tout en s'enlaçant, en discutant, en riant… Y'a pas qu'le sexe dans la vie !

Je me sentais comme un taureau mis à mort alors qu'une banderille m'avait juste égratigné…

L'année suivante les espagnols sont revenus. Bézia aussi. On n'accueillait personne à la maison cette fois. Je suis allé voir un petit match de foot qui opposait les français à leurs invités hispaniques. Les filles jouaient aussi, dont Bézia. Après la rencontre elle est venue me dire bonjour et je ne sais plus comment elle s'est exprimée pour me faire comprendre que cette année on pourrait le faire sans problème…

Très bien !

Le soir même tous les jeunes étaient réunis dans un centre aéré pour des festivités. J'y suis allé traîner. La fille qui m'a attiré n'était pas celle qui venait de me promettre les monts et merveilles auxquels je n'avais pas eu droit l'année précédente, mais une espagnole plus jeune et même pas majeure.

J'avais craqué sur sa beauté. Sa peau mate. Ses cheveux longs, ni bruns ni blonds. Et surtout sur sa voix cassée. J'adore les voix cassées.

Apparemment je lui plaisais aussi et nous nous sommes retrouvés assis sur un escalier extérieur, dans la pénombre de la nuit tombante.

Discussion amusante où chacun essaie de se faire comprendre dans une langue approximative et des gestes.

Bézia est passée et j'ai senti une forme de rage et de douleur dans son regard, mais elle n'a pas provoqué de scandale.

Même si je n'étais pas sûr d'obtenir le maximum en une soirée, c'était quand même l'autre belle étrangère que je voulais ce soir-là.

J'ai ramené du monde à la maison dont des couples qui s'étaient formés.

Nous étions tous dans ma grande chambre, sous les combles, et j'ai emmené ma belle dans la chambre de mon frère absent, juste à côté. Nous nous sommes embrassés, dans le noir. Assis sur le rebord du lit nous nous sommes embrassés encore. Et encore. Et encore. Et je n'ai même pas tenté une incursion dans son pantalon.

Quel con ?

Je ne me souviens plus comment sont partis les autres, mais je l'ai déposée au petit jour devant la maison de sa famille d'accueil. On s'est embrassés longuement une dernière fois et elle a sublimé cette séparation par sa voix cassée.

A son âge cette « histoirette » de baisers lui avait-elle suffi ou m'avait-elle pris pour un charlot ? S'attendait-elle à plus en entrant dans la chambre de mon frangin ? Je n'ai même pas essayé, je ne saurai jamais et ça n'a plus d'importance. Sinon pour alimenter mes regrets…

Les français repartaient avec eux, en Espagne. De retour en France, l'un d'eux m'a appris qu'elle était sortie avec un autre gars durant le voyage. Et que Bézia lui aurait montré une certaine… antipathie !

Chapitre 14 : Niké

Ma grand-mère maternelle, après le décès de mon grand-père, s'est fait quelques mecs !

Le dernier, malheureusement décédé à son tour depuis, nous a permis d'agrandir un temps la famille. Effectivement nous avons connu sa petite fille, une jeune pleine de vie et d'envie de rire qui faisait des études pour être enseignante.

Nous avons profité pleinement de cette relation amico-familiale.

Que de crises les soirs où elle venait à la maison ! A s'en faire mal au ventre, à rendre cramoisies nos joues triturées par une surdose de bonne humeur, à se faire emporter par un torrent lacrymal !

Dans le délire d'un soir on l'a rebaptisée affectueusement Niké. Ce surnom post-it est régulièrement collé à nos souvenirs heureux.

Lors d'une sortie en voiture, la rigolade a dévié vers des sous-entendus qui ont fait tilt dans ma petite tête. Face à des questions indiscrètes de Niké, j'ai choisi d'être franc d'où cette réponse :

« Oui, j'ai une copine ! »

Le bouton de mon col de chemise, en sautant de son orifice de bonne tenue, avait fait des émules aux étages inférieurs ; l'excitation, d'origine multiple, m'avait débraillé… Les vitres, sous la vapeur de notre sudation, avaient glissé dans les portières…

Depuis qu'on la fréquentait, on vivait dans l'espoir quasi permanent de la voir apparaître, qu'elle nous annonce sa venue, ou qu'elle accepte notre invitation.

Elle rendait visite à son grand-père presque à chaque vacances.

Un matin, elle est arrivée à la maison à l'improviste. Frère et sœurs étaient absents.

Je l'ai entendue demander à ma mère : « Je peux aller le réveiller ? »

Aussitôt la réponse positive émise, ses pas se sont faits doux dans l'escalier.

Je fermais rarement ma porte. J'aimais entendre la vie de la maison lorsque je me levais tard. Ma toute petite sœur qui jouait. La plus grande qui parlait avec maman. Maman qui s'occupait de la vaisselle, recevait une amie, téléphonait ou cherchait papa partout de la cave au jardin : « Gilles ! Gilles ! ». Soit il réparait, préparait du matériel pour des travaux, corrigeait les copies de ses élèves, soit il discutait avec un de nos voisins, tous aussi sympas les uns que les autres.

Niké a entrouvert plus largement la porte. « Toc toc ! Je peux entrer ? »

Elle est restée un instant debout pour discuter. Il n'y avait pas une grande clarté avec les rideaux tirés, mais je la distinguais parfaitement avec sa silhouette fine et ses cheveux frisés. Elle s'est alors assise tout près de moi sur le bord de mon matelas, qui était à même le sol.

Nous n'avons plus prononcé un mot. Je me posais bien sûr des questions. Elle se motivait sûrement à l'action.

Finalement elle s'allonge et pose délicatement sa tête sur mon ventre. On est bien, entre copain copine, couchés sur le même lit...

La pénombre de la chambre ne peut que relever la clarté du message.

Je ne mets pas longtemps à poser ma main à mon tour sur son ventre. Cette main nomade voyage sur les monts de Niké. Quand le contact du textile me lasse, par dessous je passe. Qu'il est doux d'avoir une présence féminine inespérée dès la brume des rêves dissipée. Elle donne droit à une prolongation de l'érection matinale avec une raison on ne peut plus concrète…

Le fait de ne pas vouloir m'engager vraiment dans une aventure parallèle m'incite à préciser mes intentions, à être plus direct. Sa position allongée lui rentre naturellement le ventre et offre une ouverture, un espace sous la ceinture à mes doigts qui se font plus pressants. J'amorce une fouille au corps à une suspecte qui semble se rendre à l'envie dense. J'atteins l'élastique de sa toute petite culotte quand elle balaie mes espoirs (d'une liaison à vouloir consommer sur place) en écartant mes ambitions d'un revers de la main peu volontaire, mais rédhibitoire.

Elle m'avait fait comprendre que je l'intéressais, mais peut-être pas pour une simple histoire de fesses. Et si je n'avais pas réfléchi le moins du monde sur l'acte que l'on s'apprêtait à faire alors que ma mère n'était pas si loin, qu'elle aurait pu entendre ou se douter, Niké, elle, y avait sûrement pensé et ne devait pas être à son aise…

Elle se lève pour mettre un terme à notre tentation. A mon tour j'opte pour une position debout, dans un pyjama dont ce refus a tué la turgescence qui le tendait encore comme une tente trente secondes plus tôt…

Elle est sur le pas de « l'apporte et remporte tout » au moment où elle se retourne :

-       J'ai envie de t'embrasser !
-       Faut pas hésiter ! Lui répondè-je sans hésiter non plus.

Elle se colle à moi longuement avec une ferme tendresse. Sa motivation la poussant à faire abstraction de l'haleine du réveil qui est rarement de bon goût chez qui que ce soit…

Je ne l'enlace pas, je me laisse faire. Nous descendons ensuite, comme s'il ne s'était rien passé.

Mais au bas de l'escalier elle se retourne encore, se jette à mon cou, et m'embrasse fougueusement cette fois.

A ce moment elle n'a pas peur d'être vue par ma mère (qui, soit dit en passant, serait restée neutre). Son intuition de fille lui susurre sûrement qu'une telle occasion avec moi ne se présentera plus. C'est un acte de désespoir dans lequel elle joue son va-tout.

En effet, la société l'a menée hors de ma portée et nous n'avions pas de téléphone portable, pas d'internet à cette époque. La dernière fois que je l'ai croisée c'était chez nos grands-parents recomposés. Elle était accompagnée. Elle m'a présenté son chéri, je lui ai présenté ma chérie. J'ai souvent pensé que l'occasion se représenterait d'une façon ou d'une autre. J'ai eu pensé… !

Chapitre 15 : **J'aime tes g'noux, le reste je m'en fous ?**

Un soir, je décidais d'aller seul dans une boîte de nuit. Je pensais entre autres choses que je pourrais me lâcher plus facilement puisque aucun de mes amis ne pourrait juger la façon de m'y prendre et surtout si je me prenais un vent...

J'allais innover aussi puisque, avec les copains, nous n'étions jamais sortis si près de chez nous, dans notre ville même, juste après le pont de la cité.

Je m'étais apprêté pour que ça donne ! Que ça l'fasse ! Avec, malgré tout, dans le style, la simplicité qui me caractérise.

Je ne savais rien de cet endroit.

Une fois à l'intérieur, je m'assois et ne bouge plus d'un poil.

Espacés irrégulièrement et parfois dos à dos, de nombreux sièges bas occupent l'espace. La surface de la piste de danse est dérisoire.

Les gens arrivent tard, surtout dans ces lieux à la clientèle « adulte bien sonné ».

Je me suis donc attrapé quelques fourmis dans les fesses, mais pour autant elles ne m'ont pas fait décoller le tissu de mon pantalon du tissu du siège.

Je la vois émerger d'un groupe de sept ou huit personnes, une petite jupe noire flottant sur des collants noirs couvrant des jambes bien faites pour moi...

Elle fait le tour de leur siège et se dirige vers… dans ma direction… vers moi… ici même !

Elle est face à moi. Que me veut-elle, moi qui ne me suis pas montré, moi qui n'ai attiré l'attention d'aucune façon ?

-       Est-ce que je peux m'asseoir sur vos genoux ?

Que m'arrive-t-il ? Est-ce une blague, un bizutage, une prostituée ? Je ne peux quand même pas la renvoyer, si c'était sérieux…

-       Oui, bien sûr !

Elle s'installe.

Je suis adossé et elle est assise sur mes cuisses, les bras croisés. Elle ne me regarde pas. Elle ne me parle pas. Elle attend. Elle attend peut-être que j'engage la conversation. Mais la seule qui le soit, l'est dans ma boîte crânienne :

Ma vaine raison : « Dis-lui qu'elle te plait. Qu'elle te plait aussi ! »

Ma foutue raison : « Non, arrête, c'est trop louche… »

Ma vaine raison : « Dis-lui que ça te fait plaisir qu'elle soit là ! »

Ma foutue raison : « Non, c'est nul, elle te tend sûrement un piège… »

Ma vaine raison : « Demande lui si tu peux lui passer les bras autour de la taille, ou mieux, passe-lui les bras autour de la taille ! »

Ma foutue raison : « Ses amis regardent par ici, c'est sans doute un pari, elle va te laisser en plan au premier geste vers elle… »

Ma vaine raison : « Vas-y, fais quelque chose ! T'as pas eu besoin d'offrir un verre, de trouver une raison pour l'accoster, de parler pendant des heures, elle te tombe dans les bras toute cuite ! Sur les jambes pour l'instant, mais il ne te reste qu'à finaliser pour qu'elle soit dans tes bras ! On peut dire qu'elle t'a mâché le travail ! »

Ma foutue raison : « Trop beau pour être vrai. Elle va te rire au nez. En plus la musique est trop forte pour se faire comprendre et ça va tout foirer. Si elle veut vraiment de toi, elle va te prendre par le cou et là tu seras sûr ! Attends encore un peu pour voir. »

Après d'interminables minutes d'une minable manie, points d'interrogations sur points d'interrogations il n'y eu point de finalisation ! Elle s'est levée d'un coup sans même me regarder, sans rien dire. Sens unique que celui de percevoir de façon floue ce qui crève les yeux.
Personne n'a ri quand elle a rejoint le groupe. Aucun regard particulier vers moi.
Et les regrets de m'envahir pour la énième fois…

Qu'avais-je donc de si important à perdre pour ne rien tenter ?

Je l'ai revu beaucoup plus tard dans la soirée avec un autre garçon. L'avait-il draguée ou avait-elle trouvé, en utilisant l'identique méthode, une assise qui ne soit pas bancale cette fois ?
Rien n'excusait mon immobilisme face à une assez belle personne qui avait demandé la permission de poser ses fesses sur moi, alors qu'un bain de siège lui aurait certainement fait plus de bien.

Je suis très heureux aujourd'hui dans ma vie sentimentale, ma vie de famille, mais il est toujours étrange de se dire que pour des bras passés autour d'une taille ma vie aurait peut-être été totalement différente…
Je regrette donc mes actes manquant, dans mes relations avec les filles, rien que pour l'assouvissement qu'ils pouvaient m'apporter instantanément ou consécutivement, sans juger de l'impact probable sur mon avenir qui en aurait découlé…

Chapitre 16 : Amiel

Elle était de l'âge de ma sœur donc sept ans de moins que moi. Les traits très frais de sa jeunesse et ses formes formidables à mes sens me soumettaient souvent l'idée de la désirer. Mais une copine à ma frangine et, en plus, plus jeune que moi d'autant d'ans, c'était à rejeter !

J'adore la photo, comme art et pour les souvenirs qui soutiennent souvent les survivants, mais, moi vivant, je n'aurai pas besoin de cliché pour revivre la scène qui a illuminé ce chemin boisé menant à ma demeure.

Je me trouvais à deux cents mètres de ma porte, sur cette voie qui était en contre-haut par rapport à la route où j'ai aperçu Amiel. Les deux se rejoignaient, comme nos joues dans le bonjour qui a suivi. Je crois qu'elle rentrait du lycée et moi d'en ville. J'engageais les premiers mots :

-       C'est pas souvent qu'on se croise !
-       C'est vrai ! Tu dois rentrer tout de suite ? On
        peut discuter un peu ? J'aime bien marcher dans
        les bois.

Elle me sciait !

Je n'avais pas osé, elle oui !

Inspirés par un Eole buissonnier nous avons flâné sous les arbres du pêché... là où les esprits fous gèrent la jeunesse influençable, et assènent une grâce aux tentations naissantes.

-       Je peux te prendre la main ?

Elle gardait le cap de son idée, je me laissais gouverner.

-       Avec plaisir, mais tu sais que je suis toujours avec ma chérie !

Les âmes délétères nous possédaient, les lames adultères tranchaient les dernières volontés qui

86

résistaient en moi. Je lui ai pris la main. Nous nous sommes enfoncés dans le bois et, une fois à l'abri des regards, nous nous sommes rapprochés, collés, embrassés.

- ~ Tu es toute seule chez toi ?

L'excitation m'avait donné du courage.

- Oui, mes parents ne rentrent pas tout de suite.
- Tu m'invites ?
- Oui.

Elle habitait une des premières maisons du quartier. Nous avons gardé nos mains enlacées, mais je dominais le malaise de notre différence d'âge face aux commérages que cela aurait pu entraîner.

Je suis rarement entré chez elle. Je trouvé à mon goût cette grande salle principale où cuisine salle à manger et salon ne faisait qu'un. Mais sa chambre était isolée et nous avons tôt fait de l'occuper. Elle m'a abandonné trois minutes pour aller aux toilettes. Je l'ai attendue en me demandant quelle allait être la suite…

Alors qu'à cette heure-ci, j'aurais dû me trouver dans la maison à quelques pas d'ici à prendre une collation, j'étais sur un autre lit que le mien, abasourdi, à attendre le retour d'une fille dont j'étais à mille lieux de penser qu'elle me désirait.

La voici. Elle s'assied près de moi. On s'embrasse à nouveau et, naturellement, je lui caresse le corps, je commence à la dévêtir et elle s'y abandonne.

Elle est à présent entièrement nue, allongée sur son lit une place, offerte à mes désirs. Je me mets à genoux sur le sol et pose des baisers humides sur tout son épiderme. A l'approche de son bas-ventre j'éloigne un peu plus l'une de l'autre ses cuisses déjà bien désunies, et ma langue profite aussitôt des lèvres douces qui l'accueillent. En leur intérieur un bouquet incongru mais léger s'est immiscé dans le flot des effluves voluptueuses. Je le noie dans mon désir de lécher et de laisser une empreinte émotionnelle dans le corps d'Amiel.

Après avoir exercé au mieux, avec mes moyens et ma petite expérience, je réalise qu'elle n'éprouve que peu de plaisir...

Ne sont-ils pas encore en éveil ou suis-je mauvais de chez mauvais ?

Cette réceptivité qui capotait ne m'incitait plus à pousser plus loin nos ébats. J'avais perdu de ma superbe et je me contentais de la caresser, de l'enlacer, jusqu'au moment où elle m'a alerté parce que la voiture de ses parents crissait sur les graviers.

Je n'avais posé aucun vêtement alors je me suis rapidement placé devant le bar près de l'entrée. Les parents m'ont salué avec un grand sourire comme si j'avais l'habitude de me trouver là, et Amiel est apparue peu après, le plus naturellement du monde. Nous avons discuté un peu et j'ai pris congé d'eux.

Je suis sorti avec une émotion diffuse et confuse.

Heureux de cette divine surprise, mais chiffonné par l'insatisfaction.

Elle ou moi ?

Ce n'était vraiment pas une question de fierté, mais plutôt une inquiétude pour elle si aucun autre ne lui donnait ce qu'elle était en droit de ressentir.

Quelques mois plus tard, alors que nous en étions restés là, elle frappe chez moi pour un service ou pour voir ma sœur, je ne sais plus trop.
J'étais seul.
Je lui propose d'entrer un instant. Elle accepte et j'essaie aussitôt, sans la brusquer, de profiter de la situation.
Un manque de tact ? La déception que je lui aurai laissée ? Le fait que je n'ai pas essayé de prolonger ce que nous avions commencé ? Ou vraiment ce qu'elle a invoqué ? « Non, et ta copine... ».
Toujours est-il que je n'ai pas insisté et elle est repartie.
Depuis, je la voyais avec son copain. Etait-il à la hauteur ? Avait-il la chance d'avoir connu la naissance des sens d'Amiel ?
Ils ont déménagé. Ils se sont quittés. J'ai déménagé à mon tour.
Fin d'une histoire, seulement de mains, sans lendemain.

Chapitre 17 : **D'hommage**

J'avais rencontré un copain de musculation sur un parking de grande surface alimentaire. Il était accompagné d'une fille plus grande que lui, et un peu plus grande que moi. En plus de sa taille elle avait un petit nez, une robe courte, des taches de rousseur, des cheveux mi-longs et bruns, et des cuisses bien visibles laissant naître les fantasmes d'une chaude chaire à chérir.

Je discutais avec lui, mais ne pensais qu'à elle. Et je me rendis compte, finalement, qu'elle me regardait plutôt fixement. Elle ne paraissait pas pressée de quitter l'assemblée. Elle ne prenait pas part à la conversation, mais elle était belle et bien avec nous, et je la soupçonnais d'être surtout avec moi.

J'avais l'impression d'illuminer son visage poupon. J'aimais déjà son sourire léger.

Je m'asseyais dans ma voiture les yeux brillants et l'esprit vagabondant dans d'endiablées sphères adultérines.

Cela devait en rester à l'imagination car je n'essaierais rien par respect pour mon copain.

Un soir, je m'arrêtais à la dernière salle de musculation encore ouverte à cette heure tardive. Je pratiquais assez régulièrement le body-building et j'aimais visiter ces lieux et traîner dans ces ambiances.

Surprise ! Elle s'entraînait là !

Elle n'a pas traîné pour venir échanger des mots avec moi !

Je me sentais confiant avec elle. Ma timidité n'intimait plus une entame incertaine dans les termes. Mes mots touchaient juste, mes taquineries lui fleurissaient des lèvres malicieuses, mes allusions ciblées l'incitaient à me viser avec insistance pour me désarçonner.

On se connaissait. Seulement quelques minutes et on se connaissait déjà.

Hormis le courant vite passé entre nous, je savais ce qu'elle voulait de moi, elle savait ce que le sexe masculin voulait d'elle. L'orientation était on ne peut plus claire !

J'ai omis de préciser qu'elle avait quitté mon/son copain. Quelle chance ! Pas pour lui puisqu'il en a souffert m'a-t-on dit.

Elle, par contre, avait souffert d'un accident de la route. Une voiture lui avait roulé sur la cheville. Elle était dans le plâtre.

On a quand même pris notre temps. On se téléphonait tous les jours jusqu'à ce qu'elle m'invite un jour chez elle, plus précisément chez ses parents. On était toujours sur le canapé de la salle à manger et ses parents n'étaient jamais là. Ils travaillaient. Mais elle ne voulait pas qu'on fasse l'amour dans cette maison. On s'embrassait, je lui palpais un peu les seins sur les vêtements, on riait, je l'enserrais tendrement.

Elle se moquait souvent de la petitesse de mes épaules parce que son ex, qui était pourtant moins volumineux que moi dans l'ensemble, avait ce que l'on appelle dans le jargon culturiste « des têtes de bébés » aux bouts des clavicules. Alors que chez moi cette partie a toujours été un point faible.

Un jour elle me dit qu'elle veut prendre un appart'.

Peu de temps après, elle vient m'apprendre que c'est fait et elle m'invite à y passer la nuit.

Etait-elle pressée de prendre sa liberté ou de se faire prendre toute une nuit par moi ?

Je ne prendrais pas ombrage d'apprendre aujourd'hui que c'était une garçonnière et que je n'étais qu'une date dans une programmation. Mais je ne crois pas.

Le temps de visiter l'unique pièce de la mansarde et nos baisers nous mettent en lévitation au-dessus du lit. On se dévêt rapidement et on passe aux choses sérieuses, sous les draps.

En dehors du plâtre, toujours et durement présent, je connais le manque de tonicité de son corps, mais là j'en prends plus conscience. Ses gros seins sont bien attirants malgré tout. Et elle est vraiment savoureuse avec ses multiples tâches couleur chocolat sur les joues et sur le nez, et elle arriverait à me faire croire que pour elle c'est le jour J, le jour Jean-Luc !

Alors une terrible sensation freine mon excitation. Je pense à une autre fille. Je pense à celle avec qui je connaîtrais par la suite une histoire d'amour de sept ans. Une histoire déjà commencée à ce moment-là, mais dont les ruptures fréquentes m'autorisaient quelques écarts. Nos discordes pouvaient durer de deux jours à deux mois. Mais je l'aimais et elle m'aimait.

Ce soir, malgré la situation compromettante, je ne peux faire fi d'elle.

Je suis encore en état de faire l'amour. Je pénètre ma partenaire, mais je me sens coupable. Mon amour pense peut-être à moi alors que je prends du plaisir avec une autre, que je donne du plaisir à une autre. Il n'est pas immense, ce plaisir, puisque je me retire très vite et m'assois sur le rebord du lit.

Elle reste stupéfaite. Que se passe-t-il ? Qu'a-t-elle fait ou pas fait ?

Je lui explique exactement. Elle réplique exécrablement. Mais je compatis. C'est légitime. C'est presque monstrueux ce qu'elle vient de vivre.

Je ne peux plus faire marche arrière. Je me lève, me rhabille et me dirige vers la porte. Je me tourne vers elle. Elle n'affiche plus ce sourire léger que j'aimais. Elle a au contraire des yeux de loup. Peut-être m'aurait-elle dévoré à minuit après une métamorphose complète…

Quoi que je dise, elle le prendra mal, c'est normal.

Au moment où j'attrape la poignée de la porte elle se met à me hurler de foutre le camp de chez elle, qu'elle ne veut plus me voir ; histoire de prendre le dessus, de retourner la situation à son mince avantage.

C'est franchement nul comme épilogue quand on connaît le commencement, les espoirs, la préparation.

Surtout que terminer ce que nous avions commencé ce soir-là n'aurait pas plus porté à conséquences que de s'arrêter là où je l'ai fait.

Cette nuit-là, j'ai erré longtemps dans les rues de Périgueux avec une boule bizarre qui parcourait mes organes vitaux. Elle s'éjectait de ma tête pour aller s'écraser dans mes entrailles, elle claquait des points gagnants en remontant vers le cœur, puis elle retombait dans le ventre mou de mes éternels regrets. Et ce jeu bileux me faisait hoqueter à chaque nouvelle trajectoire sentimentale.

Quelques mois plus tard, j'ai croisé un copain, guilleret, que je ne voyais pas souvent. « Il paraît que t'es pas un bon coup au lit ! ». Je savais, bien évidemment, de qui ça venait, mais pourquoi lui avoir dit à lui ? Il la connaissait d'où ?
Il m'a dit avoir couché avec elle et dans leurs discussions j'étais apparu comme connaissance commune. Alors elle a déballé toute sa rancœur !
J'ai balbutié quelques explications. J'étais partagé entre la honte d'être un mauvais coup et celle de mon acte inqualifiable.

Quelques mois plus tard, j'ai appris sa mort. Oui, sa mort.
Elle s'était rabibochée avec son ex. Elle s'entraînait dur sous les barres de musculation. Elle aurait énormément progressé d'après ce qu'on m'a dit. Mais une maladie l'aurait frappée. Les derniers temps elle se montrait avec un foulard sur la tête. Les rumeurs étaient suspicieuses. Je n'en sais pas plus. Pas de chance ou trop de risques, quoi que ce soit, elle ne méritait pas ça.

De ce que j'ai connu d'elle, elle ne méritait pas ça. Et j'ai fait partie des quelques dernières mauvaises choses de sa vie. Oui, malheureusement, j'ai fait partie des quelques dernières mauvaises choses de sa vie.

Chapitre 18 : « **Sans...** » **pour sang !**

Après mon tronc commun, il me restait à passer la partie spécifique du diplôme qui me permettrait d'enseigner la culture physique.
Je l'ai passé sur dix-sept semaines dans un établissement au milieu des montagnes. L'air y était sain et j'y ai connu des seins à damner un saint !

On était proche de la fin du stage, mais au début des beaux jours.
En activités de détente nous pratiquions toujours la musculation en salle, mais pour les mordus du sport, nous jouions aussi au basket en salle ainsi que foot et tennis pour s'aérer.
Après la pause repas de midi, avec un copain aussi fou que moi, nous avons posé nos chaussures de sport pour jouer pieds nus sur le terrain de tennis en revêtement dur, genre macadam.
Le sol était chaud et la peau de nos pieds était encore celle de l'hiver : «cocoonée» pendant des mois par des chaussettes et des chaussures, donc fine et fragile.

Nous sentions bien qu'il se passait quelque chose, mais l'envie de jouer prédominait.

Après plus d'une demi-heure de courses, de changements de directions, de sauts, nous nous arrêtions et constations les dégâts plantaires qui furent la cause de notre retard en cours puisque nous fûmes, et parce que ça fumait presque, douloureusement contraints de faire une halte à l'infirmerie.

Le lendemain, nous n'avions pas d'autre choix que de nous reposer et nous sommes allés lézarder au soleil sur une place entourée de taillis. C'était encore du n'importe quoi puisque se mettre en maillot de bain à l'heure du plus grand rayonnement de l'astre ce n'est pas conseillé et c'est vraiment dangereux aujourd'hui à cause des « trous dans le ciel », qui plus est sans protection solaire.

La place était déjà en partie occupée par des filles d'un autre brevet d'état.

L'une d'elles, sans être un canon, était à mon goût s'il y avait moyen de passer un bon moment ensemble. C'était une fille à lunette… était-ce un signe ?

Mon copain en a eu marre de cette chaleur. Il m'a laissé.

Les copines de cette fille ont fait de même.

Nous sommes tous les deux à quelques mètres l'un de l'autre, à se zyeuter de temps en temps.

C'est trop gros ! Je ne peux pas laisser m'échapper une occasion pareille. Je ne laisse pas le temps à ma veine raison et à ma foutue raison d'engager leur dialogue interne. Je me lève et m'allonge près d'elle sur ma serviette. Mon maillot est bien tendu par ma verge vigoureuse, mais je ne lui expose quand même pas sous le nez !

Hum… pour autant, si elle ne la touche pas des yeux, c'est qu'elle est presbyte !

Je m'aperçois vite qu'elle n'est pas restée là, seule, par hasard !

Elle est enchantée que l'on discute même si c'est seulement du beau temps. Le beau temps qui, soit dit en passant, nous aura quand même permis de nous rencontrer. Elle me parait tellement là pour moi que je l'embrasse assez vite. Elle n'est pas surprise et prend aussi sa part. Mon maillot rétrécit un peu plus…

Le lendemain, mon copain de chambre décidait de rentrer voir sa famille pour la nuit. Quelle aubaine !

J'en profite… « nous » en profitons aussitôt.

Elle entre dans la chambre. Nous n'avons rien à nous dire. Il ne fait pas noir parce que les lampadaires extérieurs jettent quelques éclats de lumière dans les vitres sans protection. Je ne prends donc pas la peine d'éclairer plus la pièce.

Avant de se déshabiller, elle pose ses lunettes. A posteriori elle me fait penser à Adrienne, dans Rocky 1, dont le visage apparaît finalement comme plutôt joli alors que les vilaines lunettes gâchaient tout.

Une fois dévêtus, nous entrons dans le lit.

Je découvre alors réellement ses seins. Sa jeunesse les porte bien campés, comme deux igloos bien chauds qui me soutiennent libidineusement et que je vais fondre en transpiration dans peu de temps.

Même lorsqu'elle s'allonge sur le dos ils restent assez serrés. Ils restent ronds. Ils restent pleins. Il reste à leur faire honneur.

En alternance avec une prise plus ferme, je les effleure. Son ventre reste plutôt plat, mais je lui accorde aussi l'importance qu'il mérite à mijoter l'excitation.

Je veux alors me brûler les doigts dans sa culotte qu'elle a gardée sur elle.

Mais elle m'arrête. Elle est désolée. Elle n'est pas venue seule…

Je ne pense pas qu'elle rougisse aussi sur les pommettes en m'annonçant cela, parce qu'elle est motivée, parce qu'elle ne serait pas venue si elle se sentait mal à l'aise à cause de cet handicap menstruel mensuel.

Ca commençait pourtant si bien avant cette info !

Je me remets de ma déception et lui propose de le faire quand même. Elle ne le veut pas. Je n'insiste pas.

Sa bouche gonflée par le plaisir, son corps voluptueux, ses yeux brillant d'émerveillement. Et…merde ! On ne peut pas en rester là !

Cette fois je ne gâcherai pas tout par ma susceptibilité, par ma timidité, par mon manque d'assurance.

Je dois tirer quelque chose de cette situation. Je me laisse guider par la douceur de sa peau en la caressant avec mes mains, puis avec tout mon corps, puis avec mon sexe seulement.

Je suis à cheval sur son ventre et j'y promène mon pénis, puis sur sa poitrine, puis sur son visage. Elle ferme les yeux pour apprécier et accentue la caresse en collant bien ses joues, ses lèvres, et même ses paupières contre mon gland et ma hampe.

Elle n'y pose pas les doigts. Je pense que c'est sa première fois.

Je lui demande alors de le laisser entrer dans sa bouche. Elle l'entrouvre. J'élargis le passage. Elle ne résiste pas. Ca lui plait.

Je lui demande d'ouvrir un peu plus grand pour que ses dents ne frottent pas.

D'elle-même elle resserre à souhait l'étreinte buccale et je glisse éperdument dans une salive chaude.

Elle se laisse faire consciencieusement. Le temps est… suspendu.

Vient alors le moment où j'ai envie de jouir et je l'en avertis pour ne pas la surprendre, pour ne pas la choquer.

Bien m'en a pris parce qu'elle n'est pas prête à ça.

Il me reste donc à faire encore honneur à ses seins pour mon bouquet final.

Je m'y installe, bien entre les deux, et c'est elle qui les maintient pour le massage érotique. En plus de sa participation, je remarque qu'elle prend plaisir à observer ce que nous faisons. Nos yeux se croisent souvent, mais mon sexe la captive aussi.

Pendant qu'elle s'imprègne de tout ça, je lui fais part de mon bonheur...

Une fois assouvi, une amertume m'amène à voir cette rencontre comme un raté. Certes j'ai joui, mais je regrette tellement de ne pas avoir pu lui offrir aussi un orgasme. Et puis, je crois vraiment qu'elle aurait perdu sa virginité avec moi. J'dis ça j'dis rien ! J'en sais rien du tout finalement.

On s'est quittés sans parler de se revoir. On ne s'est pratiquement rien dit hors rapport sexuel.

Le lendemain, au réfectoire, je l'ai saluée de loin.

A Périgueux, j'avais toujours cette amie « régulière » que j'aimais vraiment, mais dont j'exploitais parfois nos temps fréquents de séparations (à cause de différends qu'on ne savait pas régler rapidement) en m'offrant, au meilleur de ma bravoure, un peu de bon temps à l'extérieur quand une occasion se présentait.

La fin de semaine voyait clairement la fin de notre liaison.

On ne s'était plus adressé la parole depuis la sortie de la chambre.

Quelques jours plus tard, chez moi à Périgueux, je recevais une lettre. Elle avait trouvé mon adresse. Quel traître ou quelle traîtresse la lui avait donnée ou lui avait prononcé mon nom ?

Moi qui ne connaissais que son prénom et les jumeaux qu'elle portait sous son menton, elle, elle ne s'avouait pas vaincu et savourait l'idée de rejouer.

Courrier flatteur que j'ai lu avec une certaine fierté, mais aussi avec la crainte qu'elle ne veuille pas me lâcher.

Moi qui garde tout, habituellement, je ne suis pas sûr d'avoir encore ce mot dans mes archives. J'avais tellement peur qu'il soit découvert et qu'il me porte tors.

Je devais absolument effacer toute trace de ce délit de lit...

En réponse à ce courrier, je n'ai pas pris un malin plaisir à être sans pitié dans mes propos, mais j'ai été sans pitié ! Je voulais qu'elle comprenne d'emblée, pour qu'elle n'ait pas l'idée d'une deuxième tentative avec l'espoir de me convaincre d'essayer malgré la distance, de me convaincre qu'on est fait l'un pour l'autre, qu'elle fera tout ce que je voudrai, qu'elle m'attendra... enfin un de ces trucs qui ne pouvait en aucun cas coller à la situation !

D'autres m'auraient injurié, elle n'a pas répondu.

« Je te remercie pour ta retenue et je te prie de m'excuser pour ma lettre dissuasive et dans laquelle je ne pouvais pas me permettre de te remercier pour l'agréable moment passé avec toi. Je ne devais pas prendre le risque de te donner le moindre espoir. »

Chapitre 19 : Cul...turiste

Toujours à ce fameux stage, qui s'étalait sur plusieurs semaines d'une année scolaire, il fallait être fort mentalement pour ne pas se laisser distraire par ceux qui préféraient s'amuser ici, mais travaillaient dur durant les deux ou trois semaines à la maison.

Chez moi je n'y arrivais pas, et ici j'avais souvent tendance à suivre les boute-en-train.

J'avais participé activement, par exemple, à l'échange du contenu complet de deux chambres pour que, en y rentrant, les stagiaires concernés aient un doute sur leurs réelles occupations des lieux.

Ils n'ont pas douté du tout et la fille m'en a voulu un maximum parce qu'elle était extrêmement fatiguée ce soir-là. Elle ne pensait qu'à se coucher, mais elle a dû tout réintégrer. Elle ne croyait pas que je pourrais m'abaisser à ces gamineries.

Quand le rire des spectateurs a perdu de sa superbe, j'ai repris mon costume habituel. Celui que notre petite victime pensait que je ne quittais jamais, celui du garçon réservé qui avait plus tendance à aider qu'à importuner. Elle ne s'est donc pas couchée trop tard. Je n'attendais pas de remerciement et j'ai été entendu !

On s'entendait bien tous les deux et je l'ai vraiment déçu ce soir-là. Elle était indifférente aux autres perturbateurs.

Habituellement, entre stagiaires dilettantistes, on s'installait dans le couloir pour discuter et rire des pitreries de certains.
Pas toujours facile pour les bosseurs de se concentrer dans ce brouhaha.
La majorité des chambres restait ouverte pour communiquer plus rapidement, pour ne pas louper un truc intéressant.
Malgré mon côté timide, et épisodiquement solitaire, je m'aventurais un soir dans la pièce d'une fille dont un article lui avait été consacré, une des semaines précédentes, dans le magasine Le Monde Du Muscle parce qu'elle avait gagné un concours de culturisme ou de fitness.
Elle bouquinait, seule sur son lit.

Quelques jours plus tôt, le hasard nous avait fait nous retrouver juste tous les deux dans la salle de musculation. Nous nous étions entraînés chacun de notre côté, mais nous avions aussi discuté ensemble.
Elle n'avait pas une grosse poitrine et ses pectoraux assez développés occupaient bien la place sur sa cage thoracique. Elle avait voulu que je constate par moi-même leur tonicité en contraction.
J'y avais donc posé une main !

Je n'avais pas trop su si je devais m'y attarder, passer à un peu plus de douceur pour dériver sur un sport qui s'adaptait à de nombreux supports, dont ces appareils de musculation qui accueillent de nombreux fantasmes…

Je m'y étais vu une fraction de seconde, mais j'avais préféré penser qu'elle était possédée par la naïveté et ça me déchargeait d'un risque à prendre. J'en avais sûrement oublié de décharger ma barre du développé couché. Le poids de cette tentation m'ayant un peu fait perdre la tête. Et pourtant le risque, c'était quoi ? Qu'elle dise aux autres que j'avais essayé de l'embrasser et qu'elle n'avait pas voulu ? Mais quel mal y a-t-il à tenter sa chance avec une fille qui vous plait ? D'autres auraient été plus entreprenant. Elle plaisait à tous !

Je crois aussi que j'avais voulu qu'elle comprenne que je n'étais pas un mec qui sautait sur la moindre occasion qui se présentait à lui. Ceci pour que l'on reste proches au-delà d'une relation sexuelle. Par la suite j'en aurais profité pour prendre la température de notre relation et concrétiser si le mercure était positif. Je dois préciser, entre parenthèses, qu'elle n'était pas moindre, cette occasion, parce que si elle n'avait pas des gros seins, elle avait un beau fessier assorti d'une taille fine ainsi qu'un joli visage. Une belle brune aux cheveux longs.

Quelques jours plus tard, elle bouquine donc, allongée sur son lit, avec la porte grande ouverte.

Je m'en aperçois en traînant dans le couloir.

Je me prends alors un mur de confiance dans la tronche. Il m'arrête net à l'entrée de sa chambre.

- Ca va ? Je te dérange ?
- Non, non !
- Je peux m'asseoir ?
- Oui, oui ! Et elle s'écarte pour me laisser un peu de place sur le petit lit.

J'échappe encore deux ou trois banalités et je libère mon comportement. Je commence par poser une main derrière elle, ce qui positionne mon buste au-dessus du sien.

Elle ne réagit pas. Aucune expression de surprise. Pas une question ou une mise en garde sur mes éventuelles intentions. Je fléchis donc mon bras jusqu'à poser mon coude et avoir mon corps collé au sien perpendiculairement.

Pas plus de réaction. Elle ne peut pas être naïve au point de penser que je m'installe sur elle en simple bon copain ? Nous ne sommes pas des proches de longue date, non plus… !

Ma confiance démultipliée, j'entreprends une présentation rapprochée de nos lèvres.

Sa réponse active n'a de même sens que la direction de nos têtes puisque la sienne s'éloigne de la mienne. Elle refuse mon baiser.

Oh, pas très énergiquement, mais c'est suffisant pour me prendre, cette fois, un mur de doutes dans la tronche !

Elle me chuchote presque un « non, Jean-Luc… ».

Elle prétexte qu'elle voudrait travailler.

Rien de très catégorique, mais fidèle à mon habitude je me bloque. Je reste un bon moment dans cette position, comme les statues humaines de Pompéi qui n'ont pas trouvé d'échappatoire.

L'ambiance de plus en plus pesante commence à m'ankyloser. Je tourne la tête et vois passer du monde. Si je les vois, ils me voient aussi ! Je commence à me sentir ridicule. Quelqu'un a peut-être assisté à la scène…

Je bouge enfin et lui annonce que je la laisse tranquille. Je sors dans la foulée.

Nous venions d'effiloché notre cordialité.

Le dernier jour, dans le bus qui allait nous déposer à la gare pour la dernière fois, nous nous sommes assis sur des sièges collés…

Nous avons discuté gentiment sans faire allusion à ce qui s'était passé dans la chambre. J'y ai pensé pourtant, mais une attitude neutre m'était plus confortable !

Nous avons échangé nos numéros de téléphones.

Plus d'un an après, alors que je ne voyais plus mon amour depuis deux ou trois mois et que cela paraissait définitif plus qu'à l'accoutumé, j'ai appelé « ma » belle culturiste.

Elle vivait à Paris et moi en région parisienne, à Argenteuil, transitoirement chez mon frère et sa copine, le temps de rechercher un emploi.

Avec une forme d'impatience dans la voix, elle m'a invité à passer chez elle un après-midi.

Me voilà dans son studio. Elle me dit que son ami travaille. Elle va s'installer sur le lit et me dit d'y prendre place. Je m'y allonge aussi et nous discutons de choses diverses et variées. Avariées pour certaines…

La sonnerie de son téléphone retentie et elle répond. Je ne peux qu'entendre la conversation. C'est son ami, celui avec qui elle vit et couche ici-même où nous sommes. C'est la première fois que je suis dans une situation, à mon sens, équivoque. Mes impressions aussi sont ambiguës. J'imagine follement qu'elle se rapproche de moi tout en continuant à discuter, qu'elle passe sa main sous ma chemise et qu'elle me caresse, puis qu'elle m'incite à faire de même et que je vais beaucoup plus loin…

Ne connaissant pas son interlocuteur, n'ayant aucune image concrète qui pourrait opposer des remords à mes idées libertines, je ne suis guidé que par une excitation émotionnelle. Emotionnelle, mais pas sexuelle. Et pas sexuelle peut-être parce que l'idée « que ça pourrait aussi arriver à mon amie prochaine chez un autre homme » se tape l'incruste au milieu de mes fantasmes. Quel désordre !

Espère-t-elle que j'entreprenne quelque chose ?

Ma vaine raison arrive à la charge : « Elle t'a quand même invité chez elle alors qu'elle sait ce qu'elle t'inspire… ça ne va peut-être pas avec son copain et elle attend sûrement que tu essaies encore de l'embrasser ! »

Ma foutue raison se ramène aussi, bien sûr :
« Malheureusement pour toi, elle avait eu aussi un aperçu de ton rapide *baisser pavillon…* et je crois qu'elle sait que tu es refroidi par son refus. Elle n'attend rien de toi ! »

Je ne me souviens pas être resté très longtemps. Je l'ai quittée en sachant que je ne la rappellerai pas.

Depuis ce nouveau fiasco j'avais, comme d'habitude, recollé avec ma vraie chérie dont nous entamions notre septième et ultime année de liaison amoureuse… et de liaison tout court aussi !
Des mois avaient passé lorsqu'un soir mon frangin me passa le combiné de son téléphone parce que c'était quelqu'un pour moi.
C'était « ma » séduisante culturiste qui n'était pas bien du tout. Des problèmes avec son copain. Mais ce soir-là ma chérie était présente et elle a vite compris que c'était une fille qui m'appelait. Comme elle me soupçonnait d'avoir profité de notre séparation pour faire des rencontres, elle s'est lancée dans une crise de jalousie qui pouvait vite virer au scandale. J'ai balbutié pour expliquer rapidement la situation et j'ai raccroché.

Elle n'avait pas l'air bien et j'ai quand même raccroché. Pire, je ne sais pas ce qui m'a fait peur, mais je ne l'ai jamais rappelée !

Si, si ! Des années plus tard, mais le numéro n'était plus valable.

J'espère vraiment que je n'étais pas indispensable pour elle à ce moment-là, et je n'en reviens toujours pas que ce soit moi qu'elle ait appelé. Jolie fille, intéressante, je l'imaginais entouré d'amis, mais, étonnamment, elle n'en avait peut-être pas tant que ça…

Chapitre 20 : **Poupine**

Si ma sœur savait ça… !

Elle avait une copine que je pourrais nommer Poupine. Cette dernière nous avait accompagnés à Paris pour voir mon frère aux championnats de France d'athlétisme. La journée s'écoula gentiment, mais ce visage poupin, au relief mutin, fit de moi son béguin.

Le soir, à l'appartement de mon frangin, elle se mouvait dans une chemise de nuit en soie qui se laissait parfois porter quelques secondes par une hanche pour me la faire mater et me fantasier, avant de retomber et redonner une ligne droite au tissu.

Poupine n'était pas un canon, mais elle était loin d'être un thon ! Elle était équipée suffisamment pour provoquer l'envie, pour combattre l'indifférence. Et elle dégageait une douceur tant ouatée qu'au ton de sa voix je glissais dans le désir de profiter.

Si je me souviens bien, notre hôte (pourtant Don Juan), qui ne perd pas une occasion et qui était sans copine ce soir-là, lui avait proposé une place près de lui pour équilibrer les deux lits dont il disposait...

Avait-elle refusé vis à vis de notre sœur ou pour une autre raison ?

Il a fallu aller se coucher parce que, parce que, parce que c'était l'heure voilà tout !

Fatigués ? Pas moi en tout cas ! La savoir à moins d'un mètre de moi, juste derrière ma sœur qui dormait entre nous, ça tenait les rideaux de mes yeux bien en haut. Et le film je le voyais sur l'écran naturel d'une pièce sans lumière. Mais comment le vivre ?

Le matelas au sol, sur lequel nous sommes, encombre les trois quarts de l'espace. Après plusieurs minutes mes yeux se sont habitués au noir et c'est à coup sûr une pleine lune qui dispense une clarté supplémentaire pour me donner des idées et m'aider un peu. En effet des crocs me poussent à trouver une solution... et le loup garou qui s'installe dans mon corps n'a pas que les dents qui poussent…

Seulement voilà, ma sœurette me tient en cage…

L'atmosphère se distrait à envoyer une gerbe de poussière d'excitation, puis une semence de doute la recouvre avant de s'y mêler. Embrouillamini de sentiments…

Je ne peux pas lui parler sous peine de réveiller notre vigie. Celle-ci a les yeux bien fermés et doit naviguer vers des destinations oniriques qui n'ont aucune chance de croiser le rêve dont je m'entête à vouloir rendre réel. Je décide de m'accouder, placé sur mon flanc, ma tête supportée par ma main pour que cette position m'offre une occasion de prendre des informations sur ce qui se passe de l'autre côté. C'est plutôt assoupi, mais je ne me résigne pas, je dois savoir. Je survole le buste en barrage de la main droite puis, avec une palpitation terrible et l'inquiétude que Poupine sursaute et me demande à haute voix, voire scandalisée, ce que je suis en train de faire, j'effleure son bras.

Il ne se passe rien. Elle doit dormir profondément.

Je pose plus franchement ma main et je caresse son bras.

Pas plus de réaction.

J'ai des picotements dans la tête, une montée d'adrénaline, et l'assurance que je ne ferai pas marche arrière.

Comment va-t-elle quitter son ailleurs ? Dans un cri déchirant ?

Non ! C'est en m'aventurant dans le creux de sa hanche, bien marquée par sa position latérale, que j'entends son frisson jouer sur les micros fils de sa chemise de nuit. Un ultra son pour le nec plus ultra de cette nuit intrigante.

Mon opiniâtreté récompensée, je vais et je viens de ma main insouciante sur ces rondeurs qui m'invitent. Elle ne dort pas, elle me reçoit cinq doigts sur saint graal que je veux atteindre… Mais ce début de bonheur a en effet ses limites et moi, cette nuit-là, je n'en ai pas…

Je veux bouger le moins brusquement possible alors je pose la main derrière le dos de ma sœur. Puis un pied. Je me trouve donc juste au-dessus d'elle à faire attention de ne pas la frôler. Mes muscles tremblent, tant je suis concentré, appliqué, et pétri de peur.

Me voici à destination, au sol, aux côté de Poupine. Elle a les yeux ouverts. Elle me regarde avec un sourire. Je l'embrasse. Je passe ma main (celle qui n'avait pas encore profité de la situation) sous le drap et je palpe avec délectation tout ce qui se présente, tout l'agréable d'une peau torride et idéalement détendue par un demi-sommeil.

Manifestement, elle a aussi envisagé que cela se produise.

Je ne m'arrête pas en si bon chemin et, après le ventre, théâtre des plus beaux glissements de l'entrain, je file où l'on enfile un costume orgasmique.

Mais le vestiaire est déjà pris par une culotte qui se prend pour une ceinture. Pour une ceinture de chasteté bien sûr ! Et moi, je dois être trop « cintré » pour elle !

Cette culotte est beaucoup trop serrée sur cette pauvre petite. Elle l'empêche d'écarter les cuisses !

Je ne lui pose pas de question sur son refus. C'est pas non plus l'endroit choisi pour une explication ! Par contre je lui trouve des tonnes de réponses, comme à mon habitude :

« Pas comme ça, je l'ai jamais fait ». « Pas ici, on n'est pas tout seuls ». « J'ai mes ragnagnas ». « Quand je jouis, je hurle ». « Pas la première nuit » etc...

Je me résigne à franchir, dans l'autre sens, ma petite endormie qui joue le barrage, mais plus rapidement qu'à l'aller comme s'il n'y avait plus d'importance à ce qu'elle me surprenne.

Je suis :
Satisfait de ne pas avoir été rejeté.
Emu d'avoir touché sa peau.
Remué d'avoir découvert ses formes.
Extasié d'avoir été excité.

Je ne suis pas :
Content de ne pas avoir pu approfondir.
Assuré de retrouver une occasion plus nette avec elle.

Pourtant elle a pris un studio sur Périgueux et nous l'avons aidée à emménager des meubles. Quand on partait, elle m'a dit : « Tu pourras passer me voir... ».
Les mois ont passé sans que j'y passe. Après ce que j'avais osé là-bas, je n'osais pas ici ! Je laissais faire comme si le moment idéal allait se présenter, je saurai le reconnaître, l'évidence allait me pousser devant sa porte. Et plus je repoussais, plus le doute qu'elle ait changé d'avis me gratouillait.
Mais un jour j'ai effectué un stage de prof de musculation dans le club juste en face de chez elle. Et

après maintes hésitations je me suis enfin enhardi pour monter les marches jusqu'à sa porte.

Après avoir échangé de nos nouvelles, j'ai tenté ma chance, mais elle s'est refusée à moi.

Je n'ai pas du tout insisté, ni cherché à savoir pourquoi, ni cherché à m'excuser d'avoir attendu si longtemps, alors qu'en me repoussant elle avait peut-être simplement voulu me faire comprendre que je n'allais pas disposer d'elle quand bon me semblait, qu'elle était déçu de ne pas m'avoir vu plus tôt, que je l'avais oubliée et qu'il avait fallu que je travaille en face pour me souvenir d'elle…

Mais aurait-elle cru à ma timidité parfois extrême qui connait aussi des sautes de caractère… ?

Pourquoi ai-je attendu si longtemps ? Pourquoi ?

Chapitre 21 : **Le fantasme de la femme mûre**

Dans cette période de vie à Argenteuil, j'ai travaillais dans un club de remise en forme à Pavillons-sous-bois. Vingt minutes en voiture, mais une heure trois quarts par les transports en commun !

Ce nouveau club ouvrait juste et j'y étais le premier et seul prof de musculation. Le patron m'avait assuré que mes heures supplémentaires me seraient payées… dès que possible. Je n'avais pas eu d'autre choix que d'accepter, c'était déjà bien de trouver un travail dans un milieu qui me plaisait.

Six jours par semaine, durant trois mois, j'assurais quotidiennement quatorze heures de travail, et en ajoutant les trois heures et demie de trajet il me restait donc six heures et demie pour manger et dormir. Je venais travailler aussi le dimanche matin, mais je pouvais prendre la voiture de mon franjin ce jour-là.

En semaine, je prenais le dernier train à la gare saint Lazare. Il n'y avait que des hommes à cette heure tardive.

Après trois mois de ce régime horaire, un deuxième prof a été embauché et cela m'a permis de pouvoir rentrer plus tôt. Et dans le train, à ces heures, il n'y avait pas que des hommes.

De ce fait, un soir, je remarque une femme d'un certain âge. La soixantaine environ. Le double du mien à cette époque !

Elle avait dû en faire se retourner des hommes quelques années auparavant ! Là encore, elle ne laisse pas tout le monde de glace…

Les roues des années, passées sûrement trop vite sur ses courbes charnelles, avaient laissé un peu de gomme s'y accumuler et les charger d'un charme probant à mes yeux…

Ces rondeurs m'excitent. Elle est sur un siège de l'autre rangée. Je la vois de face.

Elle a un grand décolleté et une honorable poitrine bien en place. Le printemps aussi est si bien en place qu'il me fait fleurir des idées et pousser un bourgeon.

Plus je la regarde et plus j'envisage une tentative, mais on n'est pas seuls et je n'ose pas bouger sachant que tous les regards convergeront vers nous.

-        Ils se connaissent ou il la drague ?
-        Un jeune qui se prend pour un gigolo !
-        Comment va-t-il s'y prendre ?
-        Elle va en profiter la mamie ou elle va le jeter ?

Et pourquoi pas, pourquoi ne pas être l'attraction, la distraction de ces travailleurs épuisés et moroses ? Je ne m'en sens pas le courage.

Alors je me contente de fantasmer.

Au bout de quelques minutes, elle s'en aperçoit.

Elle se redresse, relève le menton et projette son regard loin devant

Elle arrange son chemisier. Elle fait semblant de vouloir rattacher un bouton de façon à me montrer qu'elle sait où je mate !

L'instinct de séduction. Des gestes précis malgré leur aspect embarrassé.

Elle est coquette et c'est encore plus plaisant.

Elle ne regarde pas dans ma direction, mais elle pense à moi. Ca transparaît tellement qu'une forte érection m'oblige à appuyer ma main sur mon pantalon pour éparpiller dans tout mon corps un plaisir trop concentré.

Ma veine raison : « Vas-y, qu'est-ce que t'attends ? Elle est tout émoustillée ! »

Ma foutue raison : « Mais non, elle est contente de plaire encore, mais son mari l'attend et à son âge elle ne le trompera pas. »

Ma veine raison : « Si tu ne fais rien tu ne sauras jamais si elle est seule ou pas, et puis elle est aguichante, c'est plutôt la marque d'une femme qui espère… »

« Espère ? Espère ? Elle s'perd en conjectures ton indécision ! En attendant t'arrives bientôt à destination et tu l'auras oubliée demain ; avec toutes les jeunes et jolies filles que tu entraînes au club… », conclut ma foutue raison.

Dix ans auparavant je me faisais des films sur la mère d'un pote qui a été voisin pendant quelques années. Je la voyais prendre le soleil sur sa terrasse et sa me chauffé aussi… Ce n'était pas encore la mode des couguars, mais cette attirance d'un jeune par une femme plus mure, plus expérimentée, n'était pas l'apanage de la génération suivante. J'avais déjà fantasmé sure une femme de la quarantaine lors d'un travail d'été à dix-huit ans, et souvent dans la rue. Cela m'avait même coûté un petit accident de la route, puisqu'en me retournant sur une belle femme marchant sur un trottoir j'avais heurté la voiture qui me précédée et qui avait freiné brusquement. Et là, dans ce train, je sentais une possibilité de réaliser cette envie particulière. Je voyais bien que cette femme dégageait une volonté de plaire qui ne pouvait qu'aller de pair avec une idée derrière la tête.

C'est l'occasion rêvée !
Mais je ne décolle toujours pas de mon siège et le ralentissement du RER fait s'emballer mon cœur.
Où descend-elle ?
Elle me donne la réponse en rassemblant ses petites affaires. Elle balaie ensuite le wagon d'un regard fugace pour se renseigner sur mes mouvements.
Espère-t-elle ou a-t-elle peur que je la suive ?
Je reste immobile. J'attends l'arrêt total avant de me lever.
Elle me tourne le dos et descend.
Je reste à distance.
Je me pose encore des tonnes de questions. Elle me prend peut-être pour un détraqué qui lui veut du mal, et c'est pour ça qu'elle me surveillait du coin de l'œil ?!

Je me prépare à la suivre si elle tourne à gauche. Elle tourne à droite, c'est encore mieux, c'est mon chemin.
J'accélère le pas, mais je ne sais pas, comme c'est souvent mon cas, si je vais continuer ma route en la doublant sans oser lui adresser la parole ou si je vais l'aborder franchement. Je me lance, le déclic se fera ou pas au moment crucial.
Après avoir laissé plusieurs personnes derrière moi, je suis sur les talons de ma convoitée. Son pas est tranquille, elle n'a pas l'air de s'inquiéter d'un individu suspect qui serait à ses trousses. Et c'est même sa

démarche attentiste qui motive mes premiers mots en arrivant à son niveau.

- Je peux vous accompagner un peu ?
- Oui, bien sûr !

Voilà, elle n'est pas surprise, elle m'attendait !

Ce soulagement m'aide à rester zen pour la suite de la conversation.

La douceur du temps, la marche, et son air détendu y sont aussi pour quelque chose. Je n'ai aucun tremblement dans les ischios jambiers, ni les mâchoires qui claquent.

Elle m'apprend que son mari est décédé voilà quelques années. Elle vit seule…

Certaines de mes pensées se confirment.

L'heure est entre chien et loup quand nous traversons la citée. Nous arrivons au bas d'un grand bâtiment. Elle s'arrête devant l'escalier et me dit, avec les yeux d'une biche qui ouvre sa clairière à des bois de mâle, qu'elle habite ici. Une latence nous déstabilise.

Je suis le premier à reprendre la parole. Je lui propose qu'on se revoie dès le lendemain sur le quai.

Elle accepte.

J'ai enfin obtenu de mon employeur un jour de repos dans la semaine, alors je vais sans tarder en faire bon usage...

La nuit porterait-elle conseil ?

En tout cas j'en portais des seaux de questions ! J'en posais des problèmes pour me résoudre à faire au mieux ! J'en franchissais des ponts d'interrogations puisque la réponse ne coulait pas de source.

A la fierté et l'excitation de pouvoir réaliser ce fantasme suivit la satisfaction d'une gloire accomplie. Savoir que c'était possible paraissait soudain presque me suffire.

Et s'il avait fallu entretenir une longue relation amicale avant d'enfin faire l'amour avec elle, je n'aurai pas eu la patience.

Et si elle avait souffert dans sa vie et qu'elle me considèrait comme un espoir, je n'aurais pas voulu l'enfoncer un peu plus moralement.

Et si, et si…

Avec des « si » j'ai coupé mon envie !

Le lendemain, j'allais à l'heure convenue à l'endroit convenu.

Elle était déjà là. Elle était bien là.

Je n'ai pas perdu courage. Moi, j'étais là, en fait, pour lui annoncer que je n'irai pas plus loin avec elle.

Je sais que je l'ai fait avec tact puisqu'elle m'a compris et n'a pas semblé m'en vouloir. Mais peut-être a-t-elle pensé que c'était à prévoir, qu'elle ne méritait pas mieux, qu'elle avait été sotte de se faire des illusions et qu'elle devait vite faire comme si rien de tout cela n'avait eu lieu.

Ai-je été monstrueux une fois de plus à cause d'inquiétudes inutiles ?

Je pense, au moins, qu'elle a apprécié mon honnêteté de ne pas l'avoir abandonnée lâchement en disparaissant. J'ai connu ça et je n'aime pas le faire aux autres.

Comme d'habitude j'ai regretté. Surtout les jours où j'avais de grosses envies sexuelles. Je me disais que j'avais été un bel imbécile. Là, je m'imaginais avec elle. Parfois elle me surprenait par ses pratiques totalement libres, d'autres fois je l'éduquais. Je ne saurais jamais…

Chapitre 22 : Ah… Anita !

Quelques mois avant cet épisode, mon premier poste de professeur de musculation dura trois mois et ne fût pas déclaré. C'était un remplacement. C'est ici que j'ai rencontré Anita.
Ah… Anita !

Je ne lui ai pas demandé ses origines, mais je parierais pour italiennes. Tout en longueur. Pas une once de graisse. Une bonne humeur permanente. Pouvant alterner une grande activité et un calme de reptile. Cheveux corbeau. Grands yeux ronds de renard. Et surtout… du chien ! Elle avait du chien ! Un joli physique, mais on remarquait surtout qu'elle avait du chien !

Cela ne laissait personne indifférent, et nombreux étaient ceux et celles qui le lui avaient dit.

Pour l'instant elle me disait qu'elle avait besoin de raffermir ses fesses. Alors je lui proposais des exercices et je la regardais les exécuter. Je contrôlais sa position. Je m'assurais, de visu, de la bonne contraction de ces muscles…
Elle n'avait pas le fessier bien bombé qui reste ma référence, mais, valorisé à la chute de sa taille très fine, il avait une rondeur romanesque. Chacune de ses positions, chacune de ses contractions, était une incitation à l'aventure…
Et devant l'insistance d'Anita pour que je l'observe avec attention, je ne me privais pas de l'admirer, notamment sur les exercices pour l'arrière de la cuisse ou le fessier !
« Regarde bien, dis-moi si ça va comme je fais ?! »

Elle venait régulièrement et à chaque fois on conversait longtemps. Ca ne gênait pas trop mon travail parce qu'elle n'était présente qu'à la dernière heure, lorsqu'il n'y avait plus beaucoup de monde.
Plusieurs adhérents, avec lesquels j'avais de bonnes relations, m'avaient déjà prédit que c'était du tout cuit pour moi.
Ca leur crevait les yeux, mais pourquoi cette fille, sur qui chacun lorgnait et dont plusieurs la connaissait bien avant moi, s'intéresserait-elle plus à moi qu'aux autres hommes de la salle ?

Mon statut de prof peut-être ?

Un soir, pour m'éviter le trajet en bus, elle me proposa de me déposer directement à la gare. Dans la voiture, je n'ai pas osé abuser de la situation. Elle m'offrait un service alors je n'allais pas aussitôt tenter de sortir avec elle. « Quel profiteur ! » pensais-je qu'elle penserait.
Et dire que c'était sûrement prémédité de sa part…
De banalités en banalités notre au revoir, en plus du goût amer pour mon manque d'audace du soir, m'a laissé une belle perspective à entrevoir. J'ai presque entendu sa déception devant mon mutisme.
Je crois que c'est dès la séance suivante que je l'ai invité au restaurant.

L'invitation, en tout cas, a été concrétisée le week-end suivant. J'étais assez décontracté avec elle, moi qui ne suis pas très bavard en face-à-face.
Le fait qu'elle ne soit pas fumeuse ajoutait à l'atmosphère saine qui nous réunissait. Ses longs cils noirs me charmaient sans même papilloter, et je n'en revenais toujours pas d'être celui qui, à ce moment, se délectait de sa bouche mastiquant, tout en l'imaginant m'astiquant…
Et si dîner ensemble ne signifie pas que coucher ensemble est la suite logique, c'était envisageable, possible, souhaité par nous deux avant ce repas. Un trait de caractère qui se dévoilerait comme rédhibitoire, une bourde monumentale, un comportement

inharmonieux, sont quelques aspects qui auraient pu mettre en péril notre future relation sexuelle…

Cette fois encore, je n'ai pas voulu abuser de la situation. J'ai joué le mec patient. Plus sérieusement, j'avoue que je ne savais pas comment m'y prendre !

J'étais venu en transport en commun et elle m'avait donc déposé, une fois sortis du restaurant, à une station de métro sans que, s'agissant de faire le premier pas concluant, je réussisse à me débloquer.

Deux bisous, à bientôt, je fermais la portière et, sûr de moi, me retournant à peine, je descendais les escaliers qui menaient aux guichets. Mais je ne connaissais pas encore très bien cette vie souterraine, et notamment les horaires.

La grille franchement fermée avait dû être ébaubie en voyant ma tête de provincial déçue de n'avoir pas encore ouvert une liaison inédite, et déçue d'être bloquée devant une entrée interdite.

Vite, vite, j'espérais qu'elle fût encore là.

Je remontais les marches en courant avec l'espoir furtif qu'elle m'inviterait à rester dormir chez elle. C'était une occasion rêvée !

Disparue ! Même pas ses feux au loin que j'aurais pu poursuivre à grandes enjambées.

Je me suis vite renseigné auprès de passants pour connaître l'heure d'ouverture. J'avais environ quatre heures à tuer, c'était pas la mort ! Juste qu'un froid nocturne allait me malmener, histoire de me faire ressasser une ou deux opportunités qui m'auraient peut-être évité de subir cette modeste épreuve.

Ma petite âme d'aventurier m'a permis de l'appréhender avec philosophie et d'adopter une attitude adaptée.

J'ai marché.

J'ai fait un peu de lèche vitrine, un peu de visite des lieux, marcher me réchauffait. Puis, pour supporter tranquillement les derniers instants, je me suis abrité du vent frais matinal dans une cabine téléphonique. Je n'avais prévu aucun vêtement pour la circonstance.

J'ai croisé aussi quelques messieurs et jeunes gens qui n'avaient pas l'air d'être perdus, mais qui perdaient leurs regards dans le mien pour me sonder une première fois, comptant sur une seconde sonde plus approfondie si affinité…

Le lendemain, j'ai raconté cette malencontreuse nuit à Anita.

Ni une ni deux, elle m'a lancé qu'elle aurait préféré me garder avec elle !

J'ai sauté enfin sur l'occasion pour lui dire que moi aussi.

Comme, en plus, elle vivait seule en appartement, à la fin de la semaine je pénétrais les lieux.

Nous ne prenons pas le temps de visiter le deux-pièces. Nous nous déshabillons pour entrer dans ses draps de satin. Sa peau est de même texture.

Par contre elle me présente du latex de textures différentes, avec ou sans stries, de formes différentes, de couleurs différentes. Elle est équipée, elle sait recevoir…

C'est la deuxième fois de ma vie que je vais utiliser un préservatif. Il faut que je m'y habitue, par les temps qui courent à la catastrophe !

Anita a des formes agréables et proportionnées, mais sa finesse générale me déstabilise. Je ne suis pas habitué à ce genre de physique. Si au moins l'humidification de son sexe était abondante, ça pourrait compenser et m'exciter vraiment, mais ce n'est pas le cas et je me raidis juste suffisamment pour enfiler le caoutchouc qui ne peut qu'aggraver la situation.

Notre ardeur diminue au fur et à mesure que l'on prend conscience de mon état… de caoutchouc mou.

Je lui explique… je lui explique rien ! Je ne sais pas ce qui m'arrive, voilà tout !

Elle n'a encore jamais connu ça, moi si !

Elle me dit que ce n'est pas grave, qu'on va rester l'un contre l'autre. Elle arriverait à me faire croire qu'elle le pense vraiment tant elle garde sa gaîté.

Alors, en attendant, en espérant que ça revienne, on discute.

Elle me montre sa collection de petites culottes et de soutien-gorge en soie. Strings, culottes brésiliennes, boxers… la classe ! Tout ça doit lui aller à merveille.

Nus devant un miroir, on compare nos fessiers et nos cuisses. Quelle différence impressionnante ! Elle, fine, et moi commençant à atteindre un bon volume musculaire.

On se blottit l'un contre l'autre, on se mange une cochonnerie, on se regarde des clips à la télé (entre autres le premier succès de Art Mengo), et puis on fait une dernière tentative… avortée !

Ah, Anita ! Toi qui avais du chien, tu n'étais pas une chienne. Tu m'as niché dans ton lit sans mettre aucun moyen en œuvre pour rétablir l'érection.
Et moi, je n'ai pas osé te demander de prendre les choses en mains… ou mieux, en bouche. Mais dans ce contexte, j'étais surtout occupé à avoir honte.
Comme quoi, te concernant, il ne faut pas toujours se fier aux apparences !
Ou alors tu n'as pas voulu te lâcher dès la première nuit pour que je ne pense pas que tu étais une salope, puisque beaucoup d'hommes, après avoir eu ce qu'ils voulaient, dénigrent et méprisent la fille qui leur a donné du plaisir.

Elle espérait sûrement plus de moi puisque, malgré cette situation désespérante, on a maintenu notre relation. Platonique, mais relation quand même.
Je ne me sentais pas confiant pour un nouvel essai dans un lit. Plus j'y pensais, plus je doutais.
Pourtant elle me plaisait beaucoup et on s'entendait bien. Elle, elle attendait patiemment que l'on recommence.

Elle n'avait pas pris ombrage de ma panne, et j'aurais pu penser qu'elle ne continuait que pour m'apporter un soutien compassionnel. La suite me prouvera que non.

C'est précisément dans cette période que j'ai voulu reprendre, innocemment, des nouvelles de ma fameuse chérie que je ne voyais plus depuis des mois. Je n'avais jamais connu ce problème avec elle, et c'était peut-être une façon de me raccrocher à une forme de réussite. Un réconfort.
Un coup d'fil et c'était reparti ! Nous étions décidément incorrigibles !

Sur ce, je n'avais plus qu'à annoncer à Anita qu'il était préférable que nous nous en tenions là. Elle ne l'a pas mal pris.
J'avais terminé mon remplacement au club et je n'avais plus de contact direct avec elle. Je n'osais même plus lui téléphoner.
Je l'ai rencontrée, deux ou trois mois après, devant le club de remise en forme de Pavillons-Sous-Bois dans lequel j'avais trouvé un nouveau poste de prof.
Elle m'a promis qu'elle y rentrerait me voir un jour. Ce qu'elle fit !
Et après que je lui ai fait visiter la salle, qu'on ait bien discuté, elle me regarde dans les yeux et me dit que je peux venir chez elle quand je veux, qu'elle aimerait bien recommencer avec moi.
Là, elle m'a déconcerté !

Un an et demi plus tard, séparé définitivement de ma fameuse chérie, j'étais à nouveau célibataire, et un autre club m'accueillait en son sein, en ses seins…

Ici, je faisais l'ouverture et la fermeture en échange d'un appartement de fonction dans l'enceinte même. J'étais prof de musculation et de gym traditionnelle, je gérais à l'occasion les profs de danse, de karaté, d'aérobic, je faisais les courses et je préparais le café, les sandwichs et les protéines en poudre pour les clients. J'entretenais le Jacuzzi, et je m'occupais de l'accueil et des inscriptions. Belle intensité pendant les dix-huit mois qu'aura duré cette expérience avant que les patrons ne vendent la salle.

Mais lors des premiers jours, dans un temps mort, j'ai repensé à Anita, à ce qu'elle m'avait dit la dernière fois qu'on s'était vus. C'était là une belle occasion, d'autant que j'habitais plus près de chez elle et que j'avais aussi un appartement personnel. Restait à savoir si elle était libre, elle aussi.

Assis tranquillement au bureau d'accueil, je sortais mon répertoire. Je n'avais pas loin à chercher : Anita, première page, premier prénom !

J'ai pris le téléphone du club, j'ai composé le numéro, et c'est elle qui a répondu. Génial ! Elle était toujours là.

Je n'ai pas eu le temps de me présenter, elle m'avait reconnu. Dans le ton de sa voix transparaissait son sourire. Sa satisfaction, sa joie, m'ont ému. Au point que j'ai voulu plaisanter, par embarras, en attendant de trouver mes mots, et que j'ai fait la bourde impardonnable : « Avec ton nom, t'es bien placée, t'es en tête de liste dans mon répertoire.»

Elle, grand silence de stupéfaction. Moi, honteux. Elle, elle trouvait là une raison de m'oublier. Moi, j'avais perdu la raison.

Je n'ai même pas essayé de rattraper le coup. La conséquence semblait inéluctable. Tout ce que j'aurai pu dire aurait pu être retenu contre moi. Pour faire style d'aller naturellement au bout de mes intentions, comme si tout était normal, je lui ai donné mon numéro de téléphone, sans conviction aucune. Elle ne m'a pas dit d'attendre, qu'elle n'avait pas de stylo ou de papier sous la main. Elle ne m'a pas donné l'impression d'écrire, plutôt celle de n'en avoir plus rien à faire !

La réjouissance ne portait plus son intonation quand on a raccroché. J'étais sûrement rouge tellement j'avais des picotements et une grande chaleur dans tout le corps. Je me faisais tout petit devant les clients, je ne voulais parler à personne.

Ce furent nos derniers mots.

Derniers mots, mais je l'ai encore croisé presque dix ans plus tard. Dans un grand centre commercial d'Aulnay-Sous-Bois. Elle ne m'a pas vu, heureuse qu'elle était, bras dessus bras dessous avec un garçon dont je n'ai pas eu le temps de juger le physique. Par contre, elle était physiquement fidèle à celle que j'avais connue. Elle avait toujours du chien. Mais son sourire était réservé à celui qui avait sûrement su la combler… lui !

Chapitre 23 : A l'hôpital

J'ai une mauvaise élasticité des veines sur la jambe gauche, ce qui s'est traduit par des varices. En mille neuf cent quatre-vingt-dix, à Orléans, je me suis fait opérer.

Je vivais avec Silène. Ce fut la dernière année passée avec elle. Sur les sept années où nous sommes sortis ensemble, il a suffi de cinq mois de vie en commun, en appartement, pour nous séparer définitivement. Un peu comme ces gens qui se marient enfin après une histoire de plusieurs années, mais divorcent finalement quelques mois plus tard.

Nous nous aimions vraiment, mais nos divergences sur certains aspects de la vie ont eu raison de notre couple. La fin fut larmoyante, bruyante et… brûlante puisqu'elle a mis le feu à toutes les photos de notre septénnat amoureux ! Moi, même si ça se termine très mal, j'ai besoin de garder les bons souvenirs.

Nous étions donc dans cette ville-étape de l'épopée, à la fin cuisante, de feue Jeanne D'Arc. Et mon parcours fléché me menait à la pointe d'un bistouri pour m'enlever varices et varicocèles.

Bientôt l'opération, mais avant : la préparation. Une infirmière se présente pour me raser le pubis.

Qu'il en soit ainsi !

Elle me demande d'ôter mes vêtements et je m'exécute illico presto.

Je dois vous dire qu'elle était plutôt bien. Et ce n'est pas pour enjoliver la scène que je la décris jolie. Mèches blondes sur cheveux courts et sur chouette faciès. Et son corps avait des proportions idéales pour me servir de mannequin dans mes fantasmes de secouriste lors de mes interventions bucco-buccales et bucco-autres...

Elle devait certainement et souvent être sollicitée par les chirurgiens et les infirmiers derrière les portes des remises médicales…

Mon sexe est planté au milieu du décor. Je ne sais pas comment me comporter. Pas facile de rester naturel dans une telle situation.

Elle porte des gants fins en latex. Elle me rase et lorsque ma verge la gêne, elle la met de côté le plus naturellement du monde !

Je n'ai aucune excitation. D'une certaine façon ça me rend honteux de ne pas rendre hommage honorablement à ce physique qui ne me laisse pas indifférent malgré l'absence de preuve que je donne, mais d'un autre côté je serais honteux de lui dresser sous le nez un instrument dont elle n'a pas utilité durant son service, mais d'un autre côté encore la vue quotidienne de cette espèce de machin l'a peut-être blasée.

Je m'enquis de sa réaction face à une montée soudaine de tension sexuelle chez un patient :

-      Que faites-vous si un homme a une érection lorsque vous lui rasez le pubis ?

-       Je lui mets de l'éther autour du sexe.
La question qui naît dans ma tête, mais sort sans le moindre son vocal :
-       Et moi, si ça m'arrivait ?

Terrible comme la gêne m'inhibe !
Terrible comme le questionnement m'inhibe !

Je me concentre pour rester naturel. Je garde un certain aplomb. La seule petite satisfaction que je peux avoir à ce moment-là, c'est que, malgré l'absence d'érection franche, mon pénis est quand même un peu gorgé de sang grâce à l'effet de la manipulation nécessaire de la jeune infirmière. Il a donc une apparence avantageuse. Ce qui, pour moi, compense en partie le déshonneur éprouvé.

Une fois son travail terminé, elle m'abandonne et je suis malmené par mon cerveau jusqu'au moment où elle revient pour m'accompagner à l'étage inférieur.
Dans le couloir elle échange des regards parlants avec d'autres infirmières à qui elle semble me présenter. Des sourires sont escamotés, des mots sont chuchotés.
Une autre infirmière, taquine, propose de remplacer mon officielle pour me mener en bas, mais celle-ci refuse avec un air déterminé et enjoué.

J'ai vraiment l'impression de lui plaire et je voudrais saisir une occasion pour lui donner mon numéro de téléphone, mais Silène revient à mon esprit et je laisse tomber l'idée, dont la descente de l'ascenseur multiplie sa vitesse de chute. Il faut que cette mauvaise idée s'écrase en bouillie pour que je ne puisse plus en reconstituer les morceaux.

Ce fantasme de nombreux hommes, je pense avoir eu la possibilité de l'accomplir, mais si j'avais été célibataire, est-ce que j'aurais vraiment osé tenter quelque chose avec cette infirmière…?

Chapitre 24 : **Moi, dragueur de supermarché !**

Je suis timide, et pourtant il m'est arrivé de draguer dans les trains, dans la rue, dans les supermarchés.
Avec peu de réussite, mais à chaque fois j'étais fier de m'être surpassé. Je n'ai jamais eu la bonne technique, mais, même si je l'avais connue, je n'aurais pas eu le talent pour l'appliquer… Je reste rarement lucide et mes manques de spontanéité et d'opportunisme me perdent vite.

J'étais revenu vivre chez mon frangin, à Argenteuil, après cette parenthèse orléanaise de cinq mois avec ma chérie qui nous aura permis… de nous quitter définitivement.
Célibataire depuis trop de semaines, ça me démangeait…

En faisant des courses au supermarché de l'esplanade, je remarquais, faisant la queue à quelques caisses de la mienne, une belle femme aux cheveux blonds décolorés et bouclés. Elle était vêtue d'un pull large et long et d'une jupe baba-cool. Ses culottes de cheval étaient ainsi amoindries. Elle m'attirait malgré ses défauts, et une excitation frémissait dans mon thorax. Je devais agir.

Elle m'avait aussi remarqué. Elle n'était pas éteinte par une neutralité du visage, bien au contraire ! Ses expressions trahissaient ses pensées, jusqu'à la déclaration claire de son sourire. Là, je crois vraiment qu'elle souhaitait une action de ma part. Je me serais senti honteux si je ne n'avais rien tenté.

J'ai payé avant elle, et j'ai traîné volontairement dans le magasin en transférant lentement mes produits du cadi aux sacs plastiques. Ce laps de temps a suffi à la fausse blonde pour sortir du magasin avant moi. Je lui ai emboîté le pas et, cinquante mètres après la sortie, je me suis jeté dans le vide, dans son espace.

Malgré le vent de face extrêmement fort, j'ai réussi à me porter à son niveau. C'est dire ma motivation suite à l'excitation que son sourire avait provoquée dans tout mon être. Ce vent ne m'aidait pas par sa direction, mais le fait qu'il contrariait la marche de cette femme en s'engouffrant dans ses sachets plastiques m'avait incité à lui proposer mon aide. Quelle aubaine ! Je pouvais, grâce au vent, justifier à ses yeux ma raison de l'aborder.

On sait tous pourquoi, dans l'immense majorité des cas, un homme tente de communiquer avec une femme. Le but suprême est par ailleurs compris dans le dernier verbe de la phrase précédente... Mais ils se doivent de jouer, de maquiller leurs intentions pour ne pas effrayer, parce que les femmes aiment rarement aller droit au but, parce qu'elles aiment bien croire aux grands sentiments avant tout.

Alors moi, grand timide à mes heures trop nombreuses, je me laisse avoir par cet a priori et j'ai peur que mes intentions apparaissent comme le nez au milieu de la figure.

Je l'ai donc accompagné sur une centaine de mètres à peine, jusqu'au bas de son immeuble.

Elle a accepté, avec un sourire radieux, de me donner son numéro de téléphone.

Pendant quelques jours nous avons discuté à distance. De ma chambre je voyais la fenêtre de la sienne.

Elle vivait avec son ami, mais elle n'était pas contre un petit extra...

Elle était obligée de passer sur « mon » trottoir pour se rendre à la gare du Val d'Argenteuil, mais c'était le soir, à son retour, que j'en profitais pour la regarder. Ca me rappelait mes dix ans, quand j'étais attisé par les passages fréquents de Tima qui allait acheter des bonbons.

Par contre certains jours ses vêtements mettaient un peu trop en évidence ses défauts physiques alors je m'empressais d'en faire fi parce que je ne voulais pas que ça fasse retomber le soufflé qui habitait mon envie.

On a décidé de se voir à la gare Saint-Lazare, à la sortie de son travail, pour réserver une chambre d'hôtel. La réservation n'étant évidemment pas l'objectif ultime, dois-je le préciser… ?
Le rendez-vous est pris. Je suis épris du rendez-vous. Mais aux portes du rendez-vous, que m'annonce-t-elle d'entrée de jeu ?
Qu'elle est désolée, mais un débarquement a eu lieu dans la nuit. Et le résultat est sanglant !
Par contre, elle a quand même très envie, alors si ça ne me dérange pas…
Ben voilà ! C'est le coup de grâce ! J'avais tout fait pour rester animé par cette échéance et voilà qu'en une phrase je me sens dégonfler irrémédiablement.
Malheureusement elle n'a pas les atouts physiques pour me convaincre d'affronter son état.

Je lui dis préférer reporter notre… cinq à sept.
Elle accepte avec déception et nous voyageons ensemble pour le retour.
Nous allons à l'étage du RER. Le wagon est presque vide.
Aussitôt assis nous nous collons l'un à l'autre. Elle me prend la main. Nos bouches se mélangent. Nos langues jouent, à défaut d'avoir fait jouer nos corps au complet.
Elle porte une mini jupe et des collants noirs et fins.

Une envie de passer ma main entre ses jambes me titille. Elle n'attend que ça…

Tout en l'embrassant, je caresse l'intérieur de ses cuisses et elle approuve en les ouvrant le minimum possible pour me coincer et augmenter la pression sur le bouton de mise en feu de son entrecuisse ; là où je devrais glisser de plaisir en ce moment si j'avais accepté son invitation une demi-heure plus tôt…

Mon attouchement sur le collant, sans compenser ce qu'elle espérait certainement au saut du lit le matin même, semble lui apporter une petite satisfaction.

Il n'est pas trop tard pour changer d'avis puisqu'il n'y a personne à l'appartement de mon frangin et je commence à regretter, mais j'ai peur ensuite de regretter d'avoir regretté si je reviens sur ma décision.

Les garçons disent que les filles ne savent pas ce qu'elles veulent, mais n'étant pas un mec pour qui un trou c'est un trou, je peux comprendre les variations émotionnelles du genre féminin. J'aime aussi qu'il y ait le petit truc en plus. Par contre ça occasionne des ratés et des regrets à rajouter à ceux provoqués par la timidité… et ça commence à faire beaucoup !

Aujourd'hui encore, les jours où j'y pense, je me dis que j'aurais quand même dû essayer. Elle n'avait peut-être pas grand-chose ! Une petite toilette juste avant et on se serait sûrement bien amusés.

Et dire que dans ces mêmes conditions physiologiques, avec la fille du stage c'est moi qui voulais et elle non…

Je lui ai annoncé quelques jours après, par combiné téléphonique, que j'arrêtais là. La raison ? Aucun souvenir ! J'ai dû en combiner une bidon qu'elle n'a peut-être pas avalée, mais qu'elle n'a pas jugée bon de relever.

Quelques mois plus tard, je l'ai croisée à la gare St Lazare, heureuse d'être entourée de trois ou quatre gars, d'au moins dix ans de moins qu'elle, la draguant activement.
Etait-elle comme ça avant notre rencontre ou notre rencontre a-t-elle été le déclencheur de sa débauche ?
On s'est salués d'un simple sourire. C'est sans doute un regret qui m'a fait interpréter le sien comme narquois…

Chapitre 25 : Du tapis de marche au sommier de couche

Ce bon vieux club d'Aulnay-Sous-Bois !
Aujourd'hui, ce lieu est méconnaissable tellement il est neuf. Il est occupé par un cabinet d'avocats.
Ma chambre dans laquelle je n'ai jamais eu le temps d'achever les travaux de rénovation, cette chambre presque toujours en bordel parce que je n'avais pas le temps de m'en occuper, doit entendre aujourd'hui des mots disciplinaires, un jargon juridictionnel utilisé dans d'autres chambres…

Mais peut-être que certains soirs, possédées par l'esprit lubrique qui occupe la place, des secrétaires ou avocates restent y faire des heures supplémentaires comme au bon vieux temps et aux bonnes pratiques de cette pièce …

Je dois dire que, malgré mes fonctions multiples dans ce club, moi aussi je me suis soumis et j'ai couru après les heures supplémentaires…

Je n'avais qu'une porte à franchir pour passer de mon appartement à la salle de musculation, et inversement.

Alabéle. Un corps de sportive. Elle me questionnait régulièrement pour savoir quoi faire pour travailler telle ou telle partie anatomique. Elle voulait gagner en volume, sans devenir hypertrophiée pour autant.

C'était passionnant de voir une si jolie fille se donner à fond dans des exercices de développement musculaire et les exécuter parfaitement.

Nos dialogues se bornaient à des renseignements techniques.

Avec sa silhouette longiligne, ses cheveux blonds, et son beau visage, beaucoup lui auraient conseillé de se diriger plutôt vers poupée Barbie que vers culturiste !

Moi, ça me plaisait de la voir transpirer en contractant ses quadriceps, ses dorsaux, ses biceps ou ses jumeaux.

Nous avons entretenu cette relation de prof à élève pendant presqu'un an et demi.

Puis quelque chose s'est déclenché ou dévoilé un mois avant que l'un des propriétaires du club, que j'aimais beaucoup pourtant et avec qui j'avais, jusqu'ici, de très bons rapports, change de ton pour se débarrasser de moi, pour libérer l'appartement afin de pouvoir vendre l'ensemble des locaux. Je n'en ferai pas plus de commentaire et paix à son âme (façon de parler puisque je suis agnostique). On m'a dit qu'il n'était plus de notre monde à cause d'un petit crabe destructeur.

Il n'y avait plus beaucoup de clients, mais Alabéle était encore là. Elle utilisait le tapis de marche après avoir effectué son travail musculaire intense, comme à l'accoutumée.

Je me suis approché pour écouter le compte rendu de sa séance et j'ai vite compris qu'elle était disposée à discuter plus. Plus on en disait, plus on en avait à dire et, après quelques minutes, plus personne n'existait à part nous.

Elle !

Jamais je n'aurais imaginé qu'elle porterait un intérêt sur moi autre que celui de lui dispenser des recommandations techniques. Avec son naturel d'esprit, mâtiné d'une certaine sophistication physique, et sa recherche de perfection, je ne savais pas trop sur quel type d'homme elle se retournait. Je pensais être loin de ses critères et je me contentais jusqu'ici de me régaler de ses formes, visuellement.

Moi !

C'était bien à moi qu'elle confiait ce je ne sais quoi de perceptible. Elle était vraiment avec moi lorsqu'elle enchaînait sur mes fins de phrases, et qu'une réponse entraînait une question, et qu'un sujet était sujet à prolongation, et que la prolongation s'éternisait.

J'étais sur des escaliers roulants ! Sans le moindre effort je montais vers un sommet ! Inimaginable, quelques minutes auparavant ! Je me laissais presque guidé par elle. Et c'est tout naturellement que je lui ai proposé que l'on se revoie dans un contexte autre que sportif. Elle n'a pas hésité une seconde pour répondre.

Nous voilà dans un restaurant. Elle est avec moi et nous sommes… avec sa sœur !

Pour notre premier rendez-vous, elle a pris un chaperon.

Nous avons bien ri. Deux filles vraiment sympas et qui aiment s'amuser.

Forte de ce premier contact encourageant, elle m'a invité dans une fête familiale qui se déroulait dans un genre de discothèque. Nous ne sortions pas encore ensemble, mais pour elle la suite semblait évidente.

Elle a dansé. Nous avons dansé. Puis elle a dansé encore et encore, avec d'autres cavaliers. J'ai accepté de la rejoindre sur la piste pour deux ou trois dernières chansons, mais ma quête de masse musculaire m'imposait des activités physiques réduites en dehors des entraînements déjà très fatigants ! Elle, elle paraissait inépuisable !

Le côté positif, c'est que si elle croquait toujours d'aussi grosses parts comme je la voyais faire la fête et la culture physique, ça augurait de beaux ébats amoureux… !

Le côté inquiétant, c'est que si elle me voyait déjà comme un mari potentiel, son rythme endiablé m'effrayait parce que je n'étais pas amoureux !

Par contre, j'avais terriblement envie de lui faire l'amour !

Elle accepte, un jour, de venir chez moi. Je la fais entrer par ma porte extérieure, ce qui fait un peu oublier le club. Je dis « un peu » parce qu'on entend fortement la musique des cours d'aérobic, de step ou de modern jazz.

Mon appartement qui connaît l'alternance entre l'acceptable et le bordel se trouve, ce jour-là, plutôt dans la deuxième tendance.

Mon lit, pas fait, est prêt à nous recevoir. Mes volets sont fermés et le soleil doit viser juste pour lancer ses derniers rayons à travers les jalousies. Nous, nous visons le centre du lit et nous nous y embrassons longuement.

Je déshabille son buste, mais… pas touche au soutien-gorge ! Pour le bas, elle veut bien que je lui déboutonne le pantalon, mais pas plus !

J'ai envie de me déshabiller entièrement et là, elle ne pas dit non… ! Mais elle n'en profite pas non plus… des fois qu'elle se laisse tenter par la situation, qu'elle ne se contrôle plus !

Alors que le soleil épuise ses munitions, nous économisons notre énergie en nous contentant de baisers (j'aurais préféré sans le « s »…), de discuter et de nous cajoler. Un moment agréable, soit, mais j'ai envie de hurler qu'il manque un truc !

Elle doit rentrer, elle ne passera pas la nuit ici. Je m'en doutais.
Elle ne veut pas brûler les étapes.
Dans le couloir, devant la porte de sortie entrouverte, elle m'embrasse interminablement avec un enthousiasme partagé. Mais *ceci* appelle *cela* et si *cela* ne vient pas il faut en finir avec *ceci* !
Après *ceci*, elle me dit, et ça me touche, qu'elle n'a jamais embrassé avec autant de plaisir et que j'embrasse très bien. Merci du compliment, mais j'aimerais tellement qu'on essaie *cela* pour voir ce que tu en penses…
Je ne lui ai pas dit ça, mais on n'aura jamais fait *cela* puisqu'on ne s'est jamais revus après *ceci*.

Je sortais aussi, depuis peu, avec un « bijou » qui était en instance de divorce, et pour qui je commençais à éprouver des sentiments. Elle n'était pas d'un naturel jaloux. On se connaissait depuis plus d'un an et je lui avais raconté mes aventures. Elle était même souvent de bon conseil. Mais cette fois, elle m'avait demandé de choisir : Alabéle ou elle !
C'était pour marquer le coup, pour me montrer qu'elle espérait quelque chose de sérieux entre nous.

On avait déjà des atomes crochus bien accrochés, alors je me suis permis une négociation pour essayer d'avoir les deux. Mais, cette fois, elle n'en démordait pas !

J'ai été raisonnable, j'ai accédé à sa requête.
Apparemment c'était important pour elle, et j'aurais peut-être fait souffrir Alabéle puisque je n'envisageais pas mon avenir avec elle...
J'ai expliqué la situation à Alabéle, en étant au plus près de la vérité. Elle était très déçue, mais pas déchirée. Elle a même accepté que je la rappelle de temps en temps. Ce que j'ai fait irrégulièrement. Et la dernière fois, deux ou trois ans après, elle s'entraînait toujours, dans un autre club. Son ami pratiquait aussi la musculation, mais lui il pratiquait aussi Alabéle... le veinard !

Chapitre 26 : **Trois emplois de « barre »**

Cette histoire s'imbrique dans la précédente, se croise avec elle, s'entrelace avec elle, mais je vais surtout parler de la fin.

Un petit tour par la genèse, quand même, pour planter le décor.

Les patrons du club avaient un péché mignon pour maintenir une bonne ambiance et évidemment rapporter des... francs : organiser des soirées dansantes avec les adhérents!

Au début de celle-ci, j'étais au guichet. Une belle cliente antillaise, à qui je donnais des cours de gym traditionnelle en semaine, mais avec qui je n'avais pas encore eu l'occasion de discuter, s'est approchée de moi et a engagé la conversation. Elle n'est pas allée voir l'un des patrons, beau mec, classe, yeux remarquablement bleus, style flambeur italien. Elle n'est allée voir personne d'autre que moi ! J'avais du mal à le croire, moi l'insignifiant !

Elle venait s'entraîner vêtue d'un survêtement bleu qui avait fait son temps, qui était suffisamment large pour ne pas la mettre en valeur (tous les hommes du club l'avaient repérée malgré ça), mais à l'occasion de cette petite fête sa tenue était tout autre ! Remarquable !

Notre histoire d'amour, pas toujours facile, a duré huit mois.

A chaque fois qu'on allait quelque part, elle se faisait draguer. A la banque, sur le marché, dans les manifestations, sur le trottoir, et la plupart du temps j'étais à côté d'elle ou on se tenait par la main ! Moi, j'étais invisible ou alors ils se disaient qu'ils valaient mieux que moi !

C'était son quotidien, et elle était tellement habituée qu'elle oubliait, aussitôt le vent passé.

Elle pouvait choisir parmi les hommes les plus beaux. Elle aimait le luxe et je n'en avais pas. Elle aimait le sexe et je suis sûr que j'ai rarement été à la hauteur de

ses espérances parce que souvent fatigué par le rythme d'enfer – bien qu'agréable – que je menais.
Alors pourquoi moi ?

Après ses longues études, elle est repartie vivre en Martinique avec ses filles. Elle voulait que je la rejoigne définitivement.
Moi aussi je voulais.
J'ai pris un mois de vacances pour prendre la température... très supérieure à la métropole, ça m'a fait drôle ! Je n'ai pas eu le temps d'y trouver un emploi sérieux alors je suis rentré avec, dans mes valises, des contacts à approfondir.
Mais les semaines qui ont suivi l'ont vu intégrer une secte, elle si intelligente et avec la tête tellement sur les épaules. Elle avait totalement changé et ne voulait plus que je vienne.
Je me suis arrangé avec mes patrons pour y repartir et régler ce problème rapidement.
Je suis arrivé chez elle, par surprise, en pleine réunion !
Elle m'a présenté aux disciples, au maître, et j'ai écouté... religieusement. J'ai même posé une question embarrassante pour installer un malaise. Elle me l'a vivement reprochée par la suite.
Pour elle, c'était fini entre nous !
Par contre, il m'a semblé évident que le « maître » avait des vues sur elle ! A moins qu'ils n'avaient déjà commencé...
Je n'ai pas pu la raisonner ni pour nous ni pour l'arnaque spirituelle dont elle était victime.

Je suis rentré en métropole la mort dans l'âme et l'amour mort. J'aurais dû payer une belle surcharge à l'aéroport avec toute la peine que je ramenais de là-bas.

Par contre, elle a payé son tribut à la secte en se faisant voler tous ses bijoux ! Elle avait refusé (elle n'était donc pas totalement sous leur emprise, tant mieux !) de ne plus porter de bijou, alors que cette « prison sans mur » l'interdisait !

Punie !

Je l'ai su parce qu'elle m'a appelé, peu de temps après mon retour, pour que je fasse comme si j'étais son mari, au téléphone, et que ça dissuade le flic, présent à son domicile, qui prenait son rapport tout en la draguant avec insistance. Il était, d'après elle, entreprenant au point de l'inquiéter.

J'ai joué le jeu. Je ne suis pas toujours rancunier.

Deux mois plus tard, alors que j'avais tranché en acceptant cette situation et en supportant cet état de cœur, elle me téléphone à nouveau.

Une affaire classée qui me dépasse, un cadavre qui se maquille et refait surface !

Elle doit venir à paris pour normaliser des affaires, pourrait-elle loger chez moi ?

A cette époque, j'ai encore des sentiments forts pour elle, mais j'accepte sans me faire la moindre illusion.

La voilà chez moi. Nous discutons comme des amis, sans plus.

Au moment de se coucher, je lui propose mon lit. Je dormirai sur le canapé. Elle me répond que ça ne la gêne pas si je dors aussi dans le lit.

On va faire comme ça !

Elle se couche avant moi. Elle porte une chemise de nuit. Je porte un caleçon et un tee-shirt.

Elle est allongée sur le dos et bouquine je ne sais quoi. Je ne m'y intéresse pas, je suis allongé à côté d'elle et je la regarde. Nous sommes tous les deux sous les draps et couverture.

Je me fais entendre tendrement :

-        Je peux me mettre contre toi ?

-        Si tu veux.

Déjà, ces trois mots prononcés sont une déflagration sentimentale dans tout mon être. Je suis bouillant par-ci et turgescent par-là. Je pose ma tête près de son épaule, mon bras sur son ventre, une jambe sur une des siennes, mais elle continue sa lecture sans même me regarder.

Je suis bien. Son ventre est tropical, là, juste sous le tissu léger qui me sépare de sa peau.

Il y a quelques jours de ça, elle n'était qu'un souvenir que je cultivais masochistement en contemplant des photos. Cette nuit, je suis avec elle, je suis collé à elle.

Je me risque à bouger ma main. Je lui caresse le ventre. Elle ne m'arrête pas, mais elle continue sa lecture comme s'il ne se passait rien.

Alors je déborde sur une hanche. Toujours pas de réaction.

Je continue sur la cuisse, et là je suis sur sa douce peau tellement sa chemise est courte.

J'ai excessivement chaud. J'aimerais être nu.

Je décide de remonter ma main. Mais en restant collé à la peau je passe inévitablement sous sa chemise de nuit. Et là, je remarque qu'elle n'a ni caleçon court, ni culotte !

Je n'ose bouger aucune autre partie de mon corps pour ne pas compromettre ce périple érotique.

Sait-on jamais ?

En contournant la courbe de sa hanche, je me dirige au centre où j'effleure le léger bombé charnu de son triangle pubien jadis bichonné par mes joues, par ma bouche.

Je ferme mes paupières pour mieux me figurer les parties que je touche, mais j'ouvre parfois mes yeux pour voir si elle ferme enfin les siens, signe qu'elle prendrait aussi du plaisir et qu'elle me donnerait carte blanche sur sa peau brune.

Mais elle semble toujours concentrée sur son livre.

Elle reste totalement passive.

C'est terriblement excitant, mais j'ai besoin de son assentiment.

Je décide de tenter le diable qu'elle se fait en me donnant, par son immobilité, l'illusion que c'est possible.

Alors je joue avec son sexe, je presse délicatement ses lèvres ou je les écarte. Je suis si près d'y arriver que je décide de quitter le lieu pour humecter mon doigt et faire une tentative de pénétration.

Une fois le premier barrage franchi (les grosses lèvres) ça glisse tout seul. Elle est mouillée comme jamais. Je prends possession de cet endroit en m'y baignant d'un doigté sans relâche. C'est tellement bon !

Mon majeur et mon index dans son vagin, elle ne bouge toujours pas d'un pouce.

Pas un apaisement apparent ! C'est désemparant !

Mes petites voix de l'intérieur se ramènent alors.

Et entre celle qui pense qu'elle se fiche bien de moi, qu'elle veut me faire souffrir pour se venger de mon irruption impromptue lors de sa fameuse réunion sectaire, et l'autre qui pense que je dois insister, la prendre forcément parce qu'elle ne m'aurait pas laissé faire tout ça si elle ne voulait vraiment pas, je ne sais plus où donner de la tête. Cette tête dont le cuir chevelu perlait de sueur il y a quelques secondes, et qui est pris, à présent, d'un picotement provenant d'une sensation de malaise.

Je me sens tout d'un coup ridicule.

Je devrais au moins lui parler, lui demander si elle a envie qu'on fasse l'amour, mais elle me rirait peut-être au nez en me demandant si ça ne se voyait pas ?!

Je devrais lui ôter le livre des mains et l'embrasser, mais elle me demanderait ce que je fais et me dirait qu'elle m'a laissé faire jusqu'à une certaine limite pour me satisfaire, et maintenant stop !

Autiste ! Je suis dans la peau d'un autiste ! Je suis un autiste occasionnel !

Et puis, avec tout ce doute qui s'est dressé, ma libido a faibli, mon pénis est à la peine, je ne pourrais même pas la prendre de force si c'est le scénario qu'elle s'est montée.

Je pose, comme au commencement, ma main sur son ventre et je suis figé.

Pour mon plaisir et pour essayer autrement de la faire s'extérioriser, pourquoi ne l'ai-je pas léchée ? Ah oui, je me souviens, parce qu'elle a raidi ses membres quand j'ai essayé de les disjoindre !

Finalement, exaspéré, je me lève brusquement, j'enfile une tenue de sport et je file m'entraîner à la salle. Il est plus d'une heure du matin, mais j'ai besoin de libérer tous ces nœuds qui m'oppressent.

J'ai plus la barre, j'me barre sous les barres !

Elle ne m'a pas appelé, elle n'a pas fait un geste pour me retenir. Elle ne vient pas non plus me rejoindre. Elle entend pourtant les machines fonctionner, les poids cogner. On les entend de ma chambre. Elle sait où je suis, mais elle ne se manifeste pas.

Après ma douche, je retrouve mon calme.

Elle dort lorsque je reviens me coucher. Je lui tourne le dos et je garde une distance.

Je somnole lorsque, alors qu'elle est endormie profondément, je l'entends parler dans son rêve. Elle prononce mon prénom, je l'entends dire qu'elle m'aime. Là, j'ai comme un soulagement et mes yeux pleurent un peu. Je me blottis contre elle et je m'endors à mon tour.

Le lendemain, je la laisse dormir encore quand je vais ouvrir le club.
Elle part dans la journée s'occuper de ses affaires.
Le soir confirme notre séparation, m'enlève l'illusion que m'avaient fait naître ses mots échappés à l'insu de sa conscience et dont je ne lui ai rien dit.
Tout ça pour une photo d'elle, dormant nue et de dos, prise, à son insu aussi, lors de mon premier séjour chez elle, en outre-mer.
Elle qui n'était pas pudique, qui m'avait déjà laissé la photographier dans son plus simple appareil, j'estime que le scandale qu'elle a fait pour ça était exagéré.
Cherchait-elle un moyen de tout détruire pour ne rien regretter ?
On s'est presque battus lorsqu'elle a voulu ouvrir mon appareil photo pour dérouler la pellicule (au cas où j'aurais repris une photo dans la nuit… ?). Je l'ai sauvée, mais pas le flash qui a cassé quand l'appareil est tombé.

Dix ans après, j'ai repris contact avec elle pour une rencontre amicale lors de vacances en Martinique avec ma famille. Mon cœur ne s'est pas emballé au son de sa voix et je n'ai pas pu disposer d'une voiture pour le rendez-vous que l'on s'était fixé…

Chapitre 27 : « **Prépare-toi, j'arrive… !** »

Enseigner en saignant, c'est le dur labeur du professeur de musculation qui doit se saigner… pour satisfaire ses élèves exigeantes !

Elle n'était pas une bombe, mais pas mal non plus.
J'aime bien la consistance et la rondeur dans les seins, les lèvres, les fesses, et elle n'avait rien de tout ça.
Mais elle était adorable dans la vie. Toujours riante. Et très présente au club.
Je voyais bien que je lui plaisais.

Dans une séance, alors que je la guidais sur un appareil, le vocabulaire technique a subrepticement pris une forme plus intime.
On s'était fabriqué un cocon de propos soigneux, d'avant-goût soyeux, de frissons joyeux.
En termes de professionnalisme, j'entrais dans une dimension incongrue.
Je me laissais porter par la magie de l'ambiance. Le désir, qu'elle respirait, sustentait ma libido. Je n'étais plus maître de la situation alors qu'elle n'avait rien initié volontairement.
J'en suis arrivé à lui proposer de venir chez moi, la porte à côté à quelques appareils de nous, le soir même.
Après la teneur de notre échange, si elle acceptait, il ne pouvait pas y avoir d'équivoque sur la façon dont allait se terminer notre soirée…
Elle a dit « oui ».

A ce moment, après l'émotion à neutrons qui m'avait envahi, une descente vertigineuse me fit regretter tout ce qui venait de se passer !

Je n'étais plus sûr d'avoir suffisamment envie d'elle pour réussir à lui faire l'amour.

Savoir que c'était possible me contentait, et j'avais peur que les détails physiques, qu'exigeait mon désir et qui lui faisaient défaut, pèsent en défaveur du bon déroulement de notre union corporelle.

Comment faire marche arrière ?

D'abord prendre ma dose (c'est une image), cette réserve de courage qui m'évite de me débiner lâchement comme c'est le cas chez trop d'individus.

Ensuite, être le plus honnête… possible. Parce que je pense que lorsqu'il est possible d'amortir la douleur en maquillant d'une touche légère, il ne faut pas s'en priver.

Je lui ai dit quelque chose du style : « Je n'aurais pas dû te faire cette proposition, je crois qu'il vaut mieux annuler ce soir. Peut-être une autre fois ? »

Elle n'a pas posé de question. Elle n'a montré aucune déception, comme si, pour elle, ce n'était que partie remise.

Un soir, elle me téléphone, et elle ne tourne pas autour du pot :

- 	Salut Jean-Luc, t'es tout seul ?
- 	Salut, hum… oui !
- 	Alors prépare-toi, j'arrive, j'ai envie de toi !
- 	Mais, mais…

-       Y'a pas de mais, je suis là dans dix minutes ! Et elle raccroche.

Je dois dire que c'est extrêmement stimulant. C'est un souffle d'évasion, un coup de fouet sur les heures circonscrites à mon horloge. Vite, les aiguilles s'emballent, j'ai à peine le temps d'un rangement succin qu'elle sonne à la porte.

Elle est superbe avec son léger maquillage et sa robe noire et courte. Je dormais parfois dans le clic-clac de la salle de séjour, et je l'ai ouvert ce soir-là.

Une fois en haut, dans cette pièce, elle m'enlace et m'embrasse. C'est génial d'être l'objet d'un désir impatient !

On se déshabille sans se quitter de la peau.

Nous sommes nus, fougueux, trop fougueux.

Notre envie cérébrale n'a pas eu le temps de communiquer avec nos parties génitales.

Elle, elle est limite humide, et moi, je n'ai pas assez de raideur.

Ce que je craignais se produit.

Elle me dit que ce n'est pas grave. Elle me montre, par une mine radieuse, qu'elle est heureuse d'être là, dans un lit avec moi.

Mais, fort de mes expériences désastreuses, mon incapacité passagère ne doit pas la léser pour autant. Alors ma bouche luxurieuse entame une descente vertigineuse, destination « rendre heureuse ».

Je mets tout mon savoir-faire « linguistique » en pratique. Je communique avec son clitoris, avec ses

lèvres externes, internes… mais que l'on m'interne !
Ca me rend fou de ne pas la rendre folle !
Quel beau couple nous formons tous les deux. Moi impuissant, elle frigide !
Un chien serait parti penaud, la queue entre les jambes.
Elle s'en va, optimiste, sans queue entre ses jambes.

Je reçois quand même un courrier où elle n'est pas fière d'avoir agi ainsi, surtout par peur de perdre notre amitié.

Evidemment nous restons amis. Nous correspondons et nous nous voyons régulièrement. Je profite alors des stimuli sexuels d'une journée chaude pour lui faire à peu près le même coup de débarquer chez elle après l'avoir mise devant le fait à accomplir !
Je ne supporte pas cet échec ! Pour moi, comme pour elle.
Une fois dans son appartement, pour ne pas se précipiter et laisser doucement s'accélérer les palpitations, je prends le temps de regarder sa décoration et les photos accrochées au mur.
Surprise, en fait, il n'y a qu'une photo et c'est moi !
Elle est amoureuse !
Je n'en fais pas plus de cas, et nous nous allongeons sur son canapé.
Je remarque que la fenêtre est ouverte et donne sur celles d'un autre appartement.
Elle me dit que c'est un couple qui habite là. Nous ne la fermons pas…

C'est si bon de faire l'amour au grand jour. Même si elle n'est pas tout à fait comme je l'aurais voulue, je prends plaisir à l'observer en la défaisant de ses vêtements.

J'ai l'impression que rien ne la dérange, qu'elle accepterait tout de moi.

Je suis serein. Je ne me pose aucune question. On sait que l'on n'a aucune obligation de résultat, qu'être là, à se caresser, c'est déjà un assouvissement.

Cette fois, nous sommes prêts.

Cette fois, j'entre aux confins de nos espérances.

C'est facile et ça dure.

Devant, derrière, dessus, dessous, nombreux sont les retournements de positions.

Un coup d'œil de temps en temps aux rideaux des voisins et mon excitation est décuplée !

Elle aime se laisser manœuvrer. J'aime aussi la voir sous toutes les coutures, mais j'aimerais voir son étoffe de sensible.

Juré, je ne jouirai que lorsqu'elle aura joui !

Je la remercie de ne pas avoir simulé. C'est raté, c'est comme ça !

Bien sûr qu'elle aurait voulu connaître l'orgasme !

Bien sûr que moi aussi, j'aurais voulu lui offrir !

Etonnamment, je n'ai ressenti aucune frustration de ne pas avoir joui. J'étais presque bien à repartir avec un encombrement dans le pantalon.

A mon anniversaire suivant, alors que je n'étais plus libre amoureusement, elle m'a envoyé une lettre avec un message extrait d'une chanson de Françoise Hardy :
« Et si tu crois un jour que tu m'aimes
Ne crois pas que tes souvenirs me gênent
Viens me retrouver… »

MODIFICATION à l'EXTREME

On applaudit le vainqueur de la dictée de Bernard Pivot, mais ne devrait-on pas plutôt s'offusquer d'avoir une écriture tellement compliquée qu'on admire ceux qui savent parfaitement l'écrire… ?
Ne devrait-on pas plutôt être admiratif d'une orthographe accessible à tous ?
Tout le monde (toute la Francophonie…) n'a pas les capacités ni le temps d'étudier en profondeur. L'important est avant tout de se comprendre, de transmettre et de communiquer.

Avant de relire l'histoire autobiographique avec cette réforme (souhaitée) qui s'appuie pourtant sur une évidence, en voici quelques explications, les autres sont à découvrir en lisant. Et si les premières lignes sont difficiles, petit à petit la lecture devient limpide.

Il suffit de simplifier au maximum, par rapport à la phonétique, et dans la logique de la prononciation des 23 lettres de l'abécédaire qui suit :

A B C D E F G H I J K L M N O P R S T U V Y Z
(*Gué*)

Les lettres Q (que l'on remplace par *k*), W (que l'on remplace par *v* ou *ou*) et X (que l'on remplace par *ks* ou par *gz*) ne sont plus utiles.

Le son « oi » est l'association d'un « o » et d'un « a » :
moi → moa

On ne garde que l'accent aigu, le « é », quelle que soit sa prononciation.

Pour garder la phonétique de certaines liaisons bien ancrées dans notre langage, on peut rajouter un « z' » :
les uns les autres → lé z'un lé z'otre

Le « c » n'est utilisé qu'avec le « h », pour « ch » :
un manche

On ajoute un « e » à la suite de chaque consonne finale qui est prononcée, mais un « u » doit être rajouté à la fin de certains mots pour appuyer le son et différencier deux sens ou simplement pour garder le son habituel :
un malere / étre malereu – un cheveu (cheve – sans le « u » – se prononcerait comme gra<u>ve</u>)

Le « h » est conservé dans des mots comme
« s'enhardir → s'anhardire » sinon on le prononcerait « s'a-nar-di-re » au lieu de « s'an-har-di-re »

Le « g » se prononce « gue ». Le « u » après le « g » n'est donc plus nécessaire :
vague → vage

Le «j» remplace le «g» qui est suivi de «e» ou «i» :
garage → garaje / nous mangeons → nou manjon
angine → anjine

Le « k » est le son « que » :
je manque → je manke / qui → ki / calme → kalme

La négation « n' » n'est pas obligatoire si une liaison
phonétique de même ordre existe sans elle :
on n'est pas → on é pa

Le « w » est remplacé par « v » ou « ou » :
wagon → vagon / tramway → tramoué

Le « x » est remplacé par « ks » ou « gz » :
axe → akse / exemple → égzanple

Le « y » est l'association de deux « i » et donc son
utilisation dans le mot «fuyard» (fui-iard) devient une
généralité :
fille → fye (fi-ie) / ancien → ansyn (ansi-in)

Dans la logique de la liaison habituelle avec
l'orthographe de la fin du 21ème siècle si on écrit «z'»
pour une liaison avec un «s» on écrira de la même
façon «t'» pour une liaison avec un «t» :
peut-être → pe t'étre

« tous » et « tout » s'écriront « touse » et « tou » :

tous les enfants ➔ tou lé z'anfan / ils sont tous là ➔ ile son touse la / tout à l'heure ➔ tou t'a l'ere, ou, tou a l'ere / il a tout mangé ➔ ile a tou manjé

« Plus » se déclinera en « pluse » (quantité, volume, supériorité) et « plu » (négation, absence de) :
il tape de plus en plus fort ➔ il tape de pluse en pluse fore
il ne va plus très bien ➔ ile ne va plu tré byn

J'ai éliminé les traits d'unions et, après hésitation, j'ai fait bénéficier les noms de pays et les noms communs de ce traitement. A débattre…

Pour essayer de se détacher du conditionnement auquel nous avons été soumis depuis notre enfance, l'idéal serait de lire entièrement la version qui suit puis relire souvent des passages et s'entrainer à écrire. Il faut habituer l'œil et remodeler notre raisonnement grâce à une petite gymnastique régulière du cerveau.
C'est très facile.
C'est logique.

Mé

Raté

Séksuéle

Chapitre 0

Difisile de se suporté kan on é timide !

Ile a falu ke j'aténie la tranténe poure me dire ke je ne sui pa anormale. Mé, si je le sui un pe… alore je diré ke je l'é aksépté. J'é aksépté une sérténe foli, une forme de maladi, un ridikule ki ne m'a pa ankore tué. An tou ka ma timidité m'a antréné dan dé situasion kokase, du janre ou vou ne savé plu ou vou métre, ou vou pansé ke vou z'éte l'unike o monde a pouvoare vou z'anpétré la dedan. Je ri jone de sérténe lorsk'éle me reviéne a l'éspri, é j'adopte la téknike du « j'an riré un joure » kan je koné ojourdui dé moman délika a négosié. Tan k'ile n'i a pa de danjé se ne son ke de mové moman a pasé…

S'é an tou ka se ki m'a doné anvi d'ékrire mé mémoare du pan « érotiko raté » de ma vi. An ékrivan lé pluse dézastreze, a chake présion sure lé bouton du klavié s'é un pe kome si je pulvérizé une odere de dépi é m'an aspérjé abondaman...

Dézolé, mé je ne vou rakonteré ryn dé réusite, dé z'ékstaze, dé fole nui, ke j'é kan méme u la chanse de konétre. Ele remonte de tan an tan é pourtan la surfase é okupé an grande parti pare lé situasion raté. Séle ou j'oré pu, ou j'oré du é pui, é pui le néan, l'absurde. Je réste aplati kontre un platane alore k'une béle karoseri, dan son élan, kontinu sa route o poin more avéke son motere ki ora chofé poure ryn…

Moa nu, nule, ridikule !

J'admire téleman lé jan toujoure an faze avéke lere z'idé lorsk'ile débate, l'éspri toujoure klére lorsk'ile z'ajise, ki n'on jamé de brouiaje lorsk'ile réfléchise.

Apré kou, j'é toujoure éséié d'analizé, de gardé la téte froade, lorske je konésé se janre de défaianse ou de bege.

Je ne sé pa si mé sozi, d'un poin de vu émosionéle, konportemantale ou situasionéle, son nonbreu, kaché kome dé péstiféré, onteu, mé ile pouron se rasuré isi an se randan konte k'ile ne son pa sele é se livre poura, je l'éspére, lé fére me kroké an karikature, lé fére se moké de moa, avéke tandrése é konpasion, é se moké d'e pare la méme okazion poure asumé se k'ile son kome je l'é fé poure ma pome.

L'inkonvénian majere dan notre ka s'é de ne pa vivre a fon é jusk'o bou se ki komanse ou pouré komansé. S'é de souvan pasé a koté !

J'éspére la nésanse de santiman de révolte é d'éspoare poure dé konpanion d'infortune parse ke, an m'akséptan téle ke je sui, an fezan konstaman dé z'éfore, an me dizan souvan ke pluto k'étre ridikule ou ne ryn obtenire an ne fezan ryn ile vo mie avoare une chanse de réusire an ozan, j'é fini pare me santire pluse konfian.

Surtou ke échéke n'é pa sinonime de ridikule !

Se son nou, lé timide, ki avon pere du regare dé z'otre, de se ke pouré pansé lé z'otre kome si, a kou sure, sela alé avoare un inpakte déstruktere sure notre vi.

Sure séte idé j'oré pu invanté dé séne pluse pluse inkroaiable, ilarante, ékstraordinére, mé j'é préféré résté fidéle a mé ékspérianse an rakontan mon véku. Ile é sufizaman aflijan poure moa.

Chapitre 1 : **La fyéte o suséte**

Je dateré lé vré débu de mé raté séksuéle avéke lé fye, byn k'ile ne fu pa késtion de sékse a séte aje la, vére mé dise an kan Tima a di a mon méiere ami de l'époke, k'éle voulé sortire avéke moa.

Ele me randé déja fou a pasé devan ché moa tou lé joure poure alé a la mérseri d'an fase s'acheté dé suséte. Ele avé une petite jupe plisé ki valsé sure le o de sé kuise blanche é ranpli kome séle d'une fame. Ele n'été pa grose, pa mégre, juste une mini fame. Juste an chére kome ile fo, kome ile falé poure me doné une anvi ke je ne savé pa ankore définire. Dé kuise supérbeman ranpli a me métre une présion dan la poatrine a chakun de sé pasaje kome a chakun de se ke j'éspéré san k'ile z'é u lie. Konbyn de kou d'eie oré je lansé vére se trotoare de l'otre koté de la route ?! Konbyn de foa m'ora t'éle fé tréné dan le kouloare lorske la porte ékstériere été ouvére ou sure le balkon a ne ryn fére alore ke du travaie skolére m'atandé ?

E voala k'éle voulé de moa...

Je n'avé jamé anbrasé sure la bouche. Ele riské de se moké de moa si je m'i prené male ! Se fu fé avéke mon kopin. Nou nou some antréné l'un avéke l'otre. Nou z'avon méme pousé le bouchon un pe pluse loin an prenan no sékse tou mou dan no bouche. Dé prize ki s'akonpanié de séle de nikotine lorske l'on trouvé dé sigaréte tonbé dé paké de no paran (lui sa mére, moa mon pére, ki ne fume plu depuis pluse de trante an o joure ou je vou konte sesi). Une dizéne konsomé o pluse, mé nou tantion de limité lé riske an rajoutan un filtre an plastike don on dizé alore k'ile retené lé z'éléman a éfé nosife. Se ki m'amuze dan séte kourte relasion, s'é kan, an plin koure de katéchisme, nou z'anfouision une min dan le pantalon de l'otre poure malaksé no z'atribu. Pa d'éréksion, mé une sansasion étranje dan le plézire du kontakte é dan l'éksitasion provoké pare le riske d'étre vu pare l'anséniante ! Méme pa pere d'étre vu pare le « Bon Die » …s'é dire si on i kroaié !

Apré séte ékspérianse anfantine je ne sui devenu ni fumere, ni omoséksuéle (pa omofobe non plu), pa pluse k'un sin d'aiere méme si j'an é sureman doné l'inprésion a la jene fye konvoaté é konvoatan, se ki, de sé poin de vu, oré du doné une isu favorable a la suite de l'istoare !

Nou z'étion troa devan ché éle. L'antremétere, l'amoureu é l'amoureze. L'éta dé lie été kléré. Pa une orniére, pa une buche ne pouvé antravé le dérouleman prévu. Nou nou some éloanié dé regare dé voazin poure un toure de kartié vére dé kontré anjélike inéksploré.

Je n'é pa dékroché un mo. Ke devé je dire, ke devé je fére, a kéle moman, é ou été notre intimité ? Lui, alé forséman obsérvé é jujé !

Je n'é pa fé un jéste vére éle, é lé z'insitasion de mon kopin n'on fé ke me bloké un pe pluse. S'été kome s'ile dizé a Tima : « t'a vu kome ile é kon ?! », é si j'avé aji a koze de lui j'oré u l'ére d'étre dirijé é donke kon osi.

S'é la justeman un dé moman okéle j'é fé aluzion dan l'introduksion.

J'été debou a koté de mon vélo ki me suporté, téle un tutere é son pié de légume, a atandre k'ile se pase kélke choze, avéke un poa énorme sure l'éstoma.

An fin de konte, chakun é rantré ché soa, moa toujoure osi silansie malgré lé kaserole ke je tréné.

J'é kan méme konsidéré ke j'été son peti ami, é je pe dire, ojourdui, k'éle osi puiske sela fezé kinze an ke notre istoare été réié de l'aktualité lorsk'éle a di a une de mé tante, kélke joure apré m'avoare kroazé dan la ru, k'éle été sorti avéke moa dan sa jenése. Je devé ankore lui plére kare je n'été ni riche ni populére, é éle ne me konésé pa pluse ke sa poure étre fiére d'anonsé sa. E se raproché de ma tante, se fére byn voare d'éle, ne pouvé lui étre d'okun avantaje non plu.

Poure an revenire a l'istoare, apré séte soaré katastrofike, nou z'avon u une otre okazion. Nou some sorti ansanble dan lé ru du méme kartié, le syn, anfin… kan je di « sorti ansanble » s'é « nou promené » parse ke je n'é pa pluse aji !

Koman ékspliké ke l'on soa a koté d'une fye ki vou plé, don on sé ke vou lui plézé, don on sé k'éle atan ke vou l'anbrasié, é ke… ryn, ke ryn, ryn, ryn, ryn !

Kélke tan pluse tare j'aprené ke mon méiere kopin avé été pluse antreprenan ke moa avéke éle.

Je ne me sui pa noaié dan un fleve de larme poure otan. J'é koupé lé pon avéke e, tou béteman ! Vréman béteman !

Chapitre 2 : **O bale muské**

Je n'avé pa ankore vinte an, je n'avé pa ankore « kouché » !

On é pa si vie a vinte an, on a toute la vi devan soa poure vivre dé tone d'avanture é pourtan on é tré inkié é « ormonaleman » présé parse k'on se demande souvan si on konétra vréman, anfin, un joure, un rapore séksuéle. E se ke moa, sa m'arivera ? Juske la, sa me parésé parfoa utopike k'une fye puise avoare anvi de moa !

A savoare ke j'avé se sele bute dériére la téte j'été toujoure pétrifié a l'idé d'angajé une konvérsasion, a l'idé de fére konésanse. Se kalkule m'inibé, je pérdé mon naturéle insi ke lé moayn nésésére o baratin ou a la séduksion !

Se soare la, je sorté o bale avéke dé kopin. L'un d'e avé amené sa sere. Avan de partire, éle a fé dé z'aluzion du stile « tu me plé ! », « si tu voulé… ». Je n'é fé ke sourire niézeman. Se n'été pa dé z'aluzion d'aiere, mé béle é byn dé déklarasion é invitasion !

J'é éséié, ékstériereman, de gardé une kontenanse. J'é voulu makyé la trouie ke m'inspiré la sinifikasion de sé fraze kome dé fuzi, avéke lere mo kome dé gachéte, é kome dé bale toute lere létre. J'été rédui a l'éta de matcho machouié pare une bouche salivan.

La soaré s'é pasé ! Chakun dan notre koin ! Ele konésé du monde la ou on été ! Moa non !

Dé z'odere pluto male se mélé a séle de la fumé de sigaréte dan se barakeman bruyan. Je résté avéke le groupe de kopin a pa fére gran choze sofe un, ki avé utilizé la voature (avéke lakéle nou some rantré) poure une petite soteri avéke une fye « levé » dan la soaré. Dizon ke du muske ankonbré ankore l'ére lorske nou z'avon okupé le véikule poure partire.

S'é pe t'étre se ki a éksité un pe pluse la fye de mon istoare pérso parse k'éle s'é asize dériére, avéke moa, é kome la voature été bondé, éle s'é retrouvé... kome pare azare, sure mé jenou. Mie ke sa, sure mon... sure ma... ! J'é u une trike du tonére duran tou le trajé é la fye é résté planté desu !

Je ne lui é méme pa pasé lé bra otoure de la taie ! Je n'é pa ozé ni un mo ni un mouveman ki oré pu alore amorsé une relasion (don je démontré pourtan solideman mon anvi) avan de séparé no kore an désandan de séte kése de rézonanse. An éfé, se ke je n'é pa di, ou pa fé, rézone ankore ojourdui dan mé regré.

Elé m'a fé dé bize tandre, san pluse (éle avé déjà fé pa male d'éfore juske la...). On s'é touse di o revoare.

Je l'é revu, une dérniére foa, dan la chanbre k'éle okupé avéke son frére a ki je randé vizite avéke d'otre kopin.

Ele m'a ankore lansé dé truke sinpa.

Je sui ankore résté osi béta !

Chapitre 3 : **Chouki**

Premiére grande vakanse san mé paran. L'ile de Ré nou z'ouvré sé porte é s'é d'aiere la ke nou z'avon pozé bagaje : a « Les Portes »… tou o bou de l'ile.

Eté porte ouvére garanti poure mon ami Jasmin é moa.

Kanpinge onbrajé, tan cho ! Lé zie avide dé forme pléne dé joli fye, on an finisé pa de débuské dé z'idé d'avanture a la moindre kanbrure provokante, o moindre bonbé de sin débordan onéteman d'un o de maio de bin, a la moindre sérviéte de toaléte o retoure d'une douche anvelopan un basin sureman nu an desou…

Peti anplaseman poure une tante de plase é de mobiléte. Juste an fase, une karavane avéke un kouple de gran paran, akonpanié de lere petite fye é de sa tante iglou !

E éle été joli an pluse ! E éle avé dé forme kome je lé z'éme…

On été tou juste majere, pa éle. Mé son kore été majoritéreman délisie !

Pluziere joure son pasé a se dire bonjoure, a se regardé, san méme échanjé un mo ni un sourire.

D'évidanse éle s'annuyé.
Je l'avé surnomé « Chouki », parse k'éle été chouki…
bone koa !

L'antré de la plaje été ankonbré d'un véstije orible de
la gére. Un morso de béton inkliné é a moatié
rekouvére pare le sable.
Un soare, a la fréche, juste apré manjé, je flané pré de
se Blokose. J'i é antandu une radio ki joué. Je me sui
avansé o pluse pré é j'i é vu… Chouki !
Sele, éle profité de l'étandu apézante dé flo ki libéré
son regare é son éspri.
Antre voazin, la rézon poure l'akosté été toute trouvé é
je me sui lansé.
Nou z'avon un pe diskuté. Ele parlé pe, se ki m'a asé
vite pousé a tanté ma chanse. Ele s'é lésé fére. Ele a
partisipé aktiveman, osi. A la radio Loran Voulzi sukré
se moman de son kere grenadine.
Ele n'été pa ékspérte, mé sé lévre été agréableman
charnu é chode.
Nou z'avon joué avéke no lange longeman.

Ele m'a di n'avoare k'une kourte otorizasion de sorti,
nou z'avon donke du nou kité prématuréman.

J'é fini pare adrésé la parole a sé gran paran. Ile z'avé
pu obsérvé ke nou z'étion dé jene jan korékte, propre,
kalme. On lere plézé byn sanblé t'ile !

Lere petite fye été sou lere résponsabilité é ile falé k'ile z'é u vréman konfianse an moa poure aksépté ke je la lere anléve poure un soare.

La késtion é venu apré une diskusion ke j'é établi, é prémédité, afin d'arivé a mé fin ! Ile m'on doné lere akore, mé n'on méme pa demandé son avi a lere petite fye !

Je ne savé donke méme pa vréman si éle été un tan soa pe kontante de séte sorti avéke moa. Pe t'étre ereze d'échapé a une vijilanse pezante de sé gran paran, é si je lui fezé se plézire s'été déja sa.

Je vené de fére un éfore, surnaturéle poure moa, é j'alé devoare asuré kélke choze dériére poure k'ile ne soa pa vin.

An se ki me konsérne, le premié kontakte n'été pa l'asuranse ke tou été aki. E méme si nou pasion la soaré, voare une parti de la nui ansanble, nou n'alion pa fére ke nou z'anbrasé ?! Si ? Déja k'éle parlé si pe !

Nou voala donke sure la plaje, a marché kote a kote avéke une petite fréchere ki ogmanté mon tranbleman du o trake. Nou ne parlion préske pa. K'avon nou di ? Ryn d'inportan. Ryn ki puise marké un éspri déja tro okupé a se demandé kan koman, puisk'ile falé k'ile se pase un truke, puisk'on été la poure sa, é ke je ne l'avé méme pa ankore ne seré se k'atrapé pare la min.

Je me souvyn néteman de sé pié dan dé klakéte ki se tordé léjéreman an s'anfonsan dan le sable a la surfase inégale déja pilé é torpyé pare d'otre pié toute la journé.

Sure le chemin du retoure, je me motivé a pasé a l'aksion. Je ne pouvé pa rantré é dire a mon pote ke je n'avé ryn fé. Kéle onte !

Ile réste la route a travérsé é nou some o kanpinge.

Je l'atrape pare la taie é l'anbrase. Je l'antréne dan un boské ki, finaleman, ne m'a pa l'ére tré propre, ki sanble pluto sérvire a d'otre bezoin, alore nou z'an resorton pare l'otre koté é nou nou z'alonjon sure le sable.

Je l'anbrase ankore é ankore é ma min sure son kore se lése karésé le do pare le pule de Chouki. De son vantre je remonte jusk'a sé sin dou, loure é gonflé d'éksitasion… kan un groupe de pérsone aparé é nou z'évite !

Nou z'étion, an fé, o bo milie d'un chemin ki mené a la plaje.

Je me sui santi téleman so !

Le manéje dé jan a kontinué alore nou nou some relevé, é je ne lui é méme pa propozé de venire dan la tante, je n'é méme pa éséié de trouvé un otre androa plu kalme, kome si j'avé désidé poure éle k'ile été indésan d'alé plu loin le… premié, ah non, le deziéme soare !

An fé, je me santé téleman maladroa moa ki n'avé jamé été plu loin ke sa…

Kan j'i repanse, éle été dosile, téleman dosile, téleman oférte se soare la k'éle ne m'oré pa arété, j'an sui konvinku ! Avé t'éle désidé de pérdre sa virjinité séte été la ?

Le bonjoure du landemin fu… fu t'ile d'aiere ? Je n'an sui pas sértin, mé se ki é sértin s'é k'ile n'i a pa u de suite é k'ile son parti troa joure apré.

Je l'é vu l'ané suivante, puiske nou z'avon anchéné de été de suite isi avéke mon ami, é éle été avéke un groupe de jene s'amuzan san retenu é posédan dé voature. Ele rié. Ele été ereze. Erezeman détandu. Si éle m'a vu, éle ne m'a san doute pa rekonu. Je ne doa floté dan sa souvenanse ke kome un vage prétékste de sorti a la plaje un soare d'annui. Un prétékste san vizaje.

Chapitre 4 : **Pane dé sanse dan une karavane**

Séte méme ané Jasmin rankontre une ékse petite kopine a lui (ile pasé réguliéreman sé vakanse isi, d'abitude, avéke sé paran) ? E séte jene fye, pa tro male, été akonpanié d'une béle brune o zie ble, é a la poatrine… « poatrinéske ». Sa ne ve ryn dire, mé j'émeré tan an dire ke je m'atakeré a une evre titanéske… é je ne vé pa m'i atardé, malerezeman.
Je vou z'éksplike.
Le landemin lé fye nou z'on invité a venire dan lere karavane. Lé paran devé étre absan poure la journé, je ne m'été pa pozé la késtion. S'été kome sa, é s'été tré byn ! Une évidanse avé suivi séte éta de fé, s'été la répartision dé plase de chakun de nou dan séte éspase klo é propise o raprocheman. Jasmin s'été retrouvé a

koté de son ékse, d'un koté de la table santrale ki okupé tou, an deore dé de « siéje li » ki la bordé.

J'été donke an fase, proche de Brijite !

Ele ne devé pa se dépansé dan une aktivité sportive parse k'éle ne sanblé pa tonike, muskuléreman parlan, mé éle n'été pa male du tou ! (se ki n'é pe t'étre plu le ka avéke trante an de pluse…)

Toute lé de vené d'akonplire le premié pa. A nou d'antreprandre la suite.

Malerezeman, Jasmin n'avé pa l'intansion de resortire avéke la fye. Ile me l'a di apré. Ile z'on donke chauté pandan l'ere ke nou z'avon tué dans séte karavane. Tué dan l'efe mon avanture ? Tro bone la mefe, s'été tro dure ?

Je lé regardé fére é je n'ozé ryn fére de mon koté. Ile fo dire ke ma voazine n'été pa bavarde non plu, é pourtan éle atandé kélke choze.

Ele nou voulé, je le savé. L'invitasion dan se lie. De kouple établi é réspéktiveman atablé. Asi sure dé mini li ki nou chuchoté de nou z'alonjé…

Brijite, apré avoire sufizaman souri de se ki se pasé an fase, s'instala francheman sure la kouchéte, sure le flan.

S'é la ke j'oré du pasé a l'aksion !

Je résté de marbre. Le pansere de Rodin. On devé byn voare ke je me krezé la téte a trouvé le méiere moayn, le méiere jéste, mé ryn ne frétyé !

Lasé de mon atoni, éle chércha un boukin don éle n'avé ke fére, éle an ouvri dé paje é fi sanblan de lire. Je me santé de pluse an pluse kon é sa me bloké ankore pluse. S'été un pe kome si le sake de ma koneri se ranplisé un pe pluse chake segonde é m'ékrazé toujoure pluse o poin k'ile me seré inposible de me dégajé a un moman. J'é éskisé un mouveman d'intéré poure voare le titre é tanté de me raproché d'éle. Sa m'a juste pérmi de m'apuyé sure mon koude. La kouvérture du livre, ojourdui, m'aparé blanche é viérje. Brijite, éle, été o moin tré blanche.

Je lui é kan méme demandé se k'éle lizé ! Je ne sé méme plu si éle a dénié répondre téleman s'été déplasé. E on s'é déplasé pe apré puiske Jasmin, santan la situasion fijé é éian u son éze de suporté lé douse atake de sa partenére opiniatre, se désida a dire o revoare. J'an fi de méme.

« E d'la karavane on s'karapate. E j'me kare, la vane antre lé pate. I'a de koa trébuché sou dé z'injure. I'a de koa fuire de onte. »

Ele z'avé du an échafodé dé sénario kokin apré k'on é akiésé a lere propozision. Mé sureman pa selui d'un glan ki n'ozeré pa se sérvire du syn…

Je vené de vivre un moman ou l'éksitasion avé été ékrazé pare un doute a l'aparanse falike o milie d'un oséan d'évidanse.

Lé fye, sé z'étre si inprésionan a mé zie, vené ankore de me réduire a l'éta de larve. Kan donke butineré je ?

180

N'i avé t'ile pa dé flere karnivore ki alé o bou de lere idé, ki, un joure, me prandré an min ?

Se méme été ile i a u d'otre konésanse féminine don une soaré a sinke dan une petite tante, a déliré jantiman, moa alonjé é kolé dan le do d'une fye ki me plézé é ke je séré an antouran sa taie de mé bra plin d'iluzion. Ele se santé byn osi, mé éle a kan méme jujé bon de m'avértire k'éle n'iré pa plu loin. E moa dan sé ka, pluto ke de kontinué a étre tandre é a gardé un kontakte ki pouré fére chanjé d'avi a la longe grase a un échofeman dé sanse, je relache mon étrinte, j'anvenime l'anbianse an boudan. E le toure é jugulé, la situasion é noué !
J'été pourtan si byn avéke ma min sure son vantre cho é konsistan é ki m'a doné matiére a étre pluse cho ankore é « konsistandu » !

E osi, toujoure pandan sé vakanse, séte « ma ni fike » suisése avéke ki un kouran été manifésteman pasé antre nou pandan kélke joure é ki, lore d'une soaré, danse avéke moa an se frotan a moa, me tyn pare le kou, jou kontre jou, sé sin dure karésan mon torse kome un chokola fondan sure mé z'inspirasion savourese, avan de stopé néte mon odase male rékonpansé. Un bézé éskivé ! Ele préféré k'on réste ami… sa vou fé rire osi ? Un pe jone… poure moa !

Chapitre 5 : **Iza, béle de la plaje**

Un groupe de garson é de fye s'été formé, é Jasmin é moa an étion. E une petite fiérté me lése trankileman pansé ke nou z'an étion méme un pe à l'orijine. Poure lé fye sérténe été de la Séne é Marne, d'otre alemande, é ile i avé lé pariziéne. Don une ki été « tro » ! S'é la ke, de la bouche d'Izabéle, j'é antandu poure la premiére foa séte éksprésion ki n'avé pa ankore atin lé « kote » périgourdine.

Lé troubadoure, poéte é muzisyn, été a la féte an se soare ou le boa flanbé sure le sable ankore cho du soléie ki kontinué sa kourse dériére la tére otan ke dan ma téte iluminé pare l'ékla d'izabéle de nui.
Okun n'été lase, mé touse étion la alonjé sure se matela de kokyaje é de kaiou konkasé depui dé milénére pare lé roulo marin.
Ile été déja tré tare kan j'é pri konsianse k'une de mé kuise sérvé d'oréié a la sere d'Izabéle. Mon vantre été un repoze téte de choa poure la kopine d'Izabéle. E mon bra goche m'avé kaché un moman k'ile soufré an silanse, poure moa, a koze du krane d'Izabéle ki lui ékrazé un nére.
Troa fye poure moa ?
Je n'imajiné méme pa sé pratike. An avoare une sele poure moa seré déja ékstraordinére !
Le tan pasé, la nui noarsisé an méme tan ke lé bréze se fezé pluse prézante, mé je me kontanté d'aprésié se

moman majike. Ile n'i avé k'un manbre diféran ki n'avé pa son kalin : le sinkiéme éléman !

S'é Izabéle ki s'é désidé a fére boujé lé choze. Ele a pri un riske. Kité san se fére doublé !

Ele s'é levé san éksplikasion, san indikasion, é an trénan lé pié dan le sable kome poure byn krezé le li d'un koure d' « oze ! ». Ele s'é éloanié, éloanié, o poin k'on an distinge plu le moindre… poin !
S'été le noare ékstériere a la klarté du fe ki fezé onbraje a la silouéte d'Izabéle. Un mure nuitaman nuizible a ma sérénité !
J'été si byn kontre éle a atandre son premié pa. Selui k'éle fi n'alé pa dan le sanse ke j'éspéré, é poutan s'été osi une solusion sinon la méiere.

J'avé de otre kréature intérésante toujoure agréableman kolé a moa, é lé késtion m'asaié konsérnan la troaziéme ki me délésé fizikeman.
K'oré je fé si l'une dé de m'avé anbrasé ?
A koze d'Izabéle je resanté une bizareri kardiake, mé oré t'éle été sufizante poure m'anpéché de ne pa loupé une okazion méme si éle n'été pa séle éskonté ? J'avé konu si pe é si supérfisiéleman de fye jusk'isi ke j'oré sureman abité l'abi d'oportuniste !

Ekstériereman ryn n'évolué. Intériereman un konba ki vené de s'ouvrire me vané a mourire !

Ma véne rézon : « Ele é poure toa, éle é parti poure ke tu la rejoanie »

Ma foutu rézon : « Tu va te prandre un van é tu va avoare l'ére malin a revenire tou sele... »

Ma véne rézon : « Dan se ka, tu rantre dirékteman o kanpinge. Dan le noare ile n'i véron ke du fe ! Mé pourkoa feré t'éle sa poure kélk'un d'otre alore k'éle été sure toa ile i a kélke minute ? »

Ma foutu rézon : « sa ne ve ryn dire ! Antre lé z'alumeze, séle ki chanje d'avi, lé naive ki n'on pa konsianse de lere akte... tu ne sé jamé ou tu t'angaje ! E pui kélke choze t'échape pe t'étre, un truke ke tu n'oré pa vu ou pa konpri dan séte soaré. »

Ma véne rézon : « E si kélk'un te devanse, si kélk'un pran ta plase la ba dan l'obskurité kome s'é arivé l'ané dérniére ou vou z'étié troa otoure d'une fye a vou défié dan le silanse dé vage é de la nui, é k'apré ke le premié kopin é déklaré forfé tu l'a fé a ton toure é tu a lésé la béle brune o min é o réste de Jasmin ! J'é été tro souvan véne, alore fé kélke choze poure moa, done moa rézon. Aksion ! »

E me voala téle un jéan se débarasan, juste an se levan lanteman é puisaman, de séle ki devené soudin inkomodante. J'été gonflé de kouraje. Grandi d'odase.

Ele n'a pa u l'ére étoné an me voaian é sa m'a rékonforté. J'avé kan méme prévu un plan B poure le ka ou je ne santiré pa le bon plan an arivan pré d'éle. J'oré kontinué mon chemin an soufran un peti « bone nui Izabéle ».

Duran la diskusion banale ki a suivi, le trake, asosié a la fréchere, a provoké pare intérmitanse sé saleté de tranbleman don son viktime mé iskio janbié pluse ke toute otre parti de mon kore.

Je voaié byn ke je ne la déranjé pa. Tou été klére a prézan, son kore absorbé ma prézanse. Je me sui panché désidéman sure éle é j'é ankore pri de la otere dan se bouche a bouche charjé d'éliome. Je dékolé. Je l'anbrasé. Je n'i kroaié k'a demi. Ma lange jouan avéke lé forme de la siéne, s'été donke vré ? Mé lévre antréné pare la souplése dé siéne, s'été donke vré ? Mé min an ékspértize de se kore éksitan, s'été donke vré ?

Je n'é pa abuzé de la situasion, mé éle oré anréié le mékanisme si j'avé insisté.

On a rejoin lé z'otre, tou sinpleman, mé tou lé de fiéreman. Fiérté disimulé, mé fiérté kan méme !

Poure moa sa se konprené, mé poure éle…

Je n'é su ke vére la fin dé vakanse (dé foa ke j'oré chanjé d'avi ou voulu, a la sovéte, an éséié une otre) k'apré une diskusion sure un choa de garson ki s'é avéré étre komun éle z'avé désidé de joué a séle ki se le feré la premiére ! Ki «se me le» feré ?! Moa ?! Troa fye me joué ?! Sele une patate l'u kru !

Lé de seméne ki suivire fure… iodé !

A l'inproviste éle alé prandre un bin de mére é revené s'alonjé sure mon kore brulan. Si j'été sure le do, je me konsantré forteman poure rézisté o froa de l'o parse ke je savé le bonere ki alé suivre a réchofé éksprésáman séte « idro pélikule » antre nou, é ke l'éksitasion alé prandre un kou de foué kome je prené se kou de froa.

Ele savé si byn le dépozé sure moa son kore. D'abore sé forme proéminante s'aplatisé aféktuezeman, pui chake parti de sa po se déroulé é me pérmété de la vizioné intériereman é plézaman.

Si éle n'été sureman pa mouié k'a l'ékstériere kan éle joué a sa, je pe dire ke j'é l'inprésion de ne jamé avoare u de repo diurne poure mé… burne.

Je la regardé, sa m'éksité. Ele me regardé, sa m'éksité. Ele m'anbrasé, sa m'éksité. Je l'anbrasé, sa m'éksité. Je la touché, sa m'éksité. Ele me touché, sa m'éksité. Je fantasmé an férman lé zie, sa m'éksité. Elle… non, la, sa ne marche pas !

D'aiere, kan éle n'été pa sure moa, j'été tré souvan a pla vantre a krezé un trou dan le sable, de kélke diskré mouveman de basin, poure kontanté un pe mon éksitasion, poure me détandre, é poure me fére un pe de plase afin d'étre pluse a mon éze…

Le soare, an rantran a la tante, j'avé souvan tré male… (varikoséle pa ankore déselé). Ele save nou fére soufrire !

La journé, éle émé byn fére glisé sé lévre umide sure mon do. J'an avé dé frison léjé é agréable. Ansuite, éle la prené férmeman antre sé lévre... ma po ! E séte altérnanse me prokuré un cho é ankore pluse cho okéle je me seré soumi jusk'o z'anfére.

Ma po de vinte an, adousi, téksturé chodeman pare l'astre stiliste, é salé subtileman pare l'o séan o gou de ma bynfétrise, devé lui provoké l'anvi de partajé de la tandrése. J'émé lui fére sa osi...

Mé la nui, nou z'étion bloti l'un kontre l'otre san alé o dela d'un sértin rézonable kare éle savé byn k'ile ne falé pa tanté lé démon de la nui ! E je réspékté sa désizion malgré lé soufranse ke j'anduré dan ma poche garni, préte a éksplozé !

Nou z'avon méme pasé une nui antiére ansanble, sure la plaje, juste éle é moa, éle sure moa, a nou kité o peti matin ereu de se moman intanse avéke préske le plézire de n'avoare ryn fé, d'émé tou se ki préséde se ki doa venire.

Emé le prézan, mé osi émé l'avenire dan le prézan.

L'avenire k'on éspéré, on alé devoare pasianté avan de le konétre puiske Jasmin devé travaié pandan le moa d'oute poure se fére un pe d'arjan.

On s'été promi de se revoare. Pe t'étre a Pari, ché éle, an séptanbre. A moin k'éle pase son pérmi d'isi la é k'éle me rejoanie a Périgeu. On s'ékriré poure résté proche é poure désidé du joure é du lie.

Avéke Jasmin nou z'avon anfourché no mobiléte é nou some parti parkourire lé de san kilométre ki alé me séparé d'Izabéle, ki résté ankore a Lé Porte une dizéne de joure.

An fé, je n'é okun souvenire de se dépare. Avon nou di o revoare o groupe de kopin é de kopine le soare poure partire le matin de bone ere ? Eté t'ile touse la lorske nou z'avon kité le kanpinge ? Pff, « ché » plu !

L'o revoare avéke Izabéle ? « Ché » plu !

Dan lé piése de la mézon d'une ru de Koulounié Chamié a koté de Périgeu, un sértin Jan Luke tourné an ron le landemin de son arivé.

Le surlandemin ryn ne l'intérésé, ryn n'avé de gou, an fé, ile avé oublié, sure séte ile paradiziake é afrodiziake, lé bagaje ki kontené de koa abyé léjé son kere isi tro loure.

Le landemin du surlandemin ile di a sé paran k'ile ne tyn plu. Ile doa la revoare.

Le landemin matin, me voala parti sake o do poure un périple an oto stope sure une mére d'éspéranse.

Séze voature m'on transporté, sure dé distanse tré diférante, jusk'o pore de La Rochéle, ou j'é pri la navéte jusk'a « mon ile de ma byn émé », é, malgré un jenou douloureu a koze d'une blésure subi o spore, je términé an travérsan a pié une bone parti dé préske trante kilométre réstan.

Je m'été instalé o kanpinge, ché une konésanse ki m'avé aksépté sure son anplaseman san ke je me déklare a l'akeie, é j'avé désidé de fére la surprize o groupe, ki se réunisé dan une sale de je préske tou lé soare avan d'anvizajé une otre sorti.

Me voala partan o vilaje la pere o vantre. E si éle avé déja un otre chéri ?

Me voala dan le vilaje é je kroazé dé kopin étoné a ki je fezé un sinie poure k'ile se téze. Ile me konfirmé k'éle été la é k'éle été triste ke je n'i soa plu. S'été pe t'étre poure me fére plézire... ou poure kaché kélke choze...

Kan éle m'a vu, j'é santi une joa l'anvaire, sé zie parlé pluse k'éle, son sourire été fran, mé nou some résté pudike, nou ne nou some pa jeté dan lé bra l'un de l'otre.

Ele m'a di avoare été avérti ke j'été la, mé éle ne savé pa si je revené poure éle. Ele éspéré se ki vené de se pasé. Ele m'a avoué k'éle avé un peti kopin avan de me konétre é k'ile été venu la rejoindre pare surprize kan je n'été plu la. Ele lui a di ke s'été fini antre e.

Lé kélke joure suivan fure sanblable o premié. Dure, dure, dure ! Je diré méme tandu, dan un sanse pozitife ! Mé le dérnié soare, son dérnié soare isi, alore ke je m'aprété a pasé une soaré d'o revoare a se békoté, éle m'a invité dan une tante prété pare sa kopine.

Sele. La tante poure nou sele poure une parti de la nui...

Je vé lui fére l'amoure. On an révé tou lé de. Ele a l'apréansion de la fye ki a pere de désevoare ou d'étre désu. La fye ki ve ke se soa le bon poure séte toute premiére foa. Ele é dan la situasion de la fye ki panse avoare sufizaman prouvé, o garson k'éle éme, k'éle n'é pa « fasile » é k'éle lui ofre une choze inportante.

Nou z'i some.

On se dézabye.

Je n'avé jamé vréman diskuté de se janre de choze avéke ki ke se soa. Jamé vu un filme porno (Ile n'i an avé k'o sinéma a séte époke). Je touche a péne son sékse, mé je la san mérvéiezeman tré umide. J'é du male a kroare ke s'é moa isi. Téleman de male ke lorske je me mé o desu d'éle, l'éksitasion tro moaiéne ke j'é ne me sufi pa poure la pénétré. Ele ne me karése pa poure éséié d'i remédié, ankore moin une félasion tan éle n'a okune ékspérianse. Ryn de pluse. Fijé pare la onte é la désépsion de ne pa la satisfére, éle ki s'ofré a moa é pa a un otre, ki me fezé konfianse poure séte étape charniére… je m'andore sure éle poure une nui konpléte.

La bouche pateze du matin n'angaje pa pluse a un bézé ke notre frustrasion. Izabéle égare sa min sure mon sékse, ki l'ékere parse k'ile é mouié.

« S'é dégelase ! » di t'éle, avéke la grimase de sirkonstanse.

Je me souvyn alore ke j'avé joui tou sele, san méme me masturbé, juste a la suite d'un réve. Un réve ki avé été pluse konvinkan ke la réalité don je révé depui un moa é ke j'é u a porté de réalizasion.

Un moa a bandé ! Un moa a avoare male ! Un moa a étre kouché l'un sure l'otre avéke un bou de boa ki ranforsé notre éspoare ! Un moa a arboré se « maio de bin poutre aparante » don parle si byn Charlote de Turkaime dan un de sé skétche. Tou sa poure un « moa » mou o méiere moman !

Ele porté, depuis kélke joure, ma gourméte poure preve d'amoure.

Je ne me souvyn toujoure pa de la fason don on s'é kité. Je me souvyn seleman ke, an pasan, dan l'apré midi, devan la mézon vide k'éle vené de kité dan la matiné avéke sa famye, je me randé konte k'éle été vréman parti avéke la gourméte an arjan ke m'avé ofére une de mé tante. Ele me la randra kan on se revéra, a Pari ou a Périgeu.

Kélke kourié on suivi. Kélke échanje de foto. Ele n'a pa pasé son pérmi asé vite é la vi ne m'a pa doné rapideman une okazion évidante d'alé la rejoindre.

Un joure, lore d'une petite sorti a vélo, une inspirasion sure Izabéle m'é pasé pare la téte. Je n'avé pa de stilo alore j'é apri pare kere o fure é a mezure se ki me vené a l'éspri. La kalité du tékste, pondu sure la séle de mon vélo, ne mérite pa de le fére aparétre dan sé paje, mé séte amoure de vakanse a anté mon éspri é mon kere pandan sufizaman de moa poure an fére dé z'ané.

Troa ou katre an pluse tare, an vadrouie sure Pari avéke Bérni, mon ami, nou nou some avansé a son adrése. Ele n'i abité plu.

Antre tan, juste apré sé vakanse mi fige mi rézin, l'armé s'été inpozé sure mon planinge anuéle é a ma kye je rantré anfin dan une fye, un soare de boate de nui, vite fé, dan une voature. A lire apré le chapitre « Familial »...

Chapitre 6 : **Familiale**

Le bazare k'ile i a dan séte poche !
Tou se mélanje, sa se monte lé z'un sure lé z'otre, sa se regroupe an mase kome un ban de poason pui se dispérse kome un groupe an prizon.
On é d'aiere prizonié du bon vouloare de sé satané ormone kan on a dise uite an é tou son ardan.

Je la konésé tré byn depui ma tandre anfanse, ma tante.
Ele a séte an de pluse ke moa. S'été une joli fye avéke ki j'é chauté sure lé li, a se fére dé « gili gili » (mon frére osi été de la parti) é éle m'a méme kasé un morso de dan, vizible ankore a se joure, sérténeman an voulan se dégajé, sufokan pare tro de rire, d'un mouveman réaktife du koude involontéreman brutale.
E ojourdui j'é pluse de dise uite an moin l'intégrité de mé dan.

Mé je n'é pa ke se souvenire, avéke ma tante...
Nou z'avion sérte lé méme proche ansétre, mé an térme d'atraksion dé z'étre, «tro pré» pe tou konprométre...
A t'éle u dé regare siblé a mon androa ?
J'an é u a son anvére...
A t'éle u dé pansé konkupisante a mon ankontre ?
J'an é u pré d'éle, tou kontre...

Je ne fezé pa tro de brui dan lé ru de Chamié avéke ma « pétroléte ». Je n'é sérténeman pa été parféteman réspéktue du kode, mé je n'été pa fou, je pansé o z'otre, alore je modéré lé riske d'aksidan.

Ma tante n'avé pa ankore de voature é se déplasé a pié. Ele avé lésé tonbé mon onkle parse k'ile avé un panchan de boutéie pérpétuéle vére le vére ki se trouvé devan lui é parse ke la violanse an dékoulé.

E pourtan, dan la sobriété, si janti k'ile été !

La, ma tante été séparé é sele, anfin… ofisiéleman.

Depui k'éle été sélibatére, éle avé konsidérableman mégri. Le bezoin de plére a nouvo. La libérté d'étre béle ! E je n'i été pa inpérméable…

Ile m'arivé de la transporté sure ma mobiléte Pejo, moa devan, devan me kontenire, éle dériére, rézoute a me tenire.

E k'éle pase sé bra otoure de ma taie me doné anvi de taié la route, de roulé a m'an fére éksplozé… éksplozé koa ?

Ile nou z'é arivé une foa d'invérsé lé role. Ele a pri le gidon (je ne kroa pa lui avoare propozé inosaman) é je me sui asi sure le porte bagaje. J'é vite u l'inprésion d'avoare un charjeman ore gabari, d'avoare un tro plin, non pa ke le pne soa ékrazé pare un poa inkonvenan puiske nou z'étion dé jene jan léjé, mé je me santé gonflé kome une mongolfiére é, poure ne pa dékolé, je me séré ankore pluse kontre éle, é mé min s'anmitouflé dan la chemize chode de son vantre chalereu. S'été fou

193

se ke je resanté, d'otan k'ile i avé séte nosion d'intérdi a transgrésé ki m'éksité pluse ankore.

Se joure la, je l'é dépozé ché éle. Nou z'avon franchi le portaie, pui travérsé la petite koure parsemé de gravié, dé mini galé ki se froté lé z'un o z'otre lorske no pié i inprimé un masaje. J'été toujoure dériére éle. Je l'akonpanié a l'intériere alore ke je n'avé ryn de spésiale a i fére. Je ne buvé pa de kafé, pa d'alkole é éle le savé. Si éle m'avé demandé si je voulé prandre kélke choze, j'oré pu répondre « non, kélk'un ! ».

Mé z'ormone été groupé é mobile kome se ban de poason, a se fréié une ouvérture dan mé z'idé an brousaie, a fuire l'inkonsevable, a m'antréné vére éle.

Je résté la, jénan o milie du pasaje de sa kuizine égzigu a proféré kélke fraze don je ne métrizé pa l'oriantasion. Ele me répondé tou an s'aféran de droate é de goche. Ele é maniake é le ranjeman é sa marote.

Alore ke se fé resantire pluse intanséman ma désizion d'ajire, mon abdoméne é refondu an étuve, é la chalere iradi dan tou mon torakse jusk'a débordé sureman sure mé jou an un fe roujoaian.

Ma tante pase une foa de pluse devan moa é s'aréte poure fére je ne sé koa sure la table. Mé réaktere s'aktive, lé flame me pouse a l'anlasé. Alore k'éle é de do, je pase mé bra otoure de sa taie avéke une pere vinku de sa réaksion. Pe inporte si je la choke, si éle me repouse avéke un « mé sa va pa, non ? », j'oré ozé !

J'oze é éle n'ote pas mé min ki karése son vantre é me plake dan son do avéke lé zie mi klo é un byn étre kapiteu. Je la ralanti seleman. Ele prononse une

194

banalité ki n'é pa intansionéleman adrésé poure me dékourajé, mé ki, poure mon éspri an fouy, a valere de rejé.

Une minute ? Kélke segonde ? Konbyn a t'on frisoné ? Konbyn a t'on glisé vére séte libérté d'éksprésion ore dé kolié du k'an dira t'on ?

E dire k'éle n'a ryn di ni fé poure m'arété é ke je n'é pa kontinué…

Toujoure la méme choze me konsérnan. Si éle s'été retourné, si éle avé a son toure pozé sé min sure lé miéne poure me retenire, si éle avé panché sa téte an ariére poure ke j'i poze mé lévre, ile i oré u une suite.

Kéle bordéle sa a du étre dan sa téte se koure instan ! E pe t'étre pa ke dan sa téte…

J'é komué séte komunion de volupté an une démonstrasion aféktueze. E la onte a sérténeman prolonjé lé roujere sure mé jou kan j'é relaché mon étrinte. J'é kléreman tiré ma révéranse an gardan la téte ote.

Ele me doné l'inprésion ke ryn d'ékstraordinére ne s'été pasé. Ele a souri kome a l'akoutumé. Ele a plézanté kome a l'akoutumé. On s'é fé la bize kome a l'akoutumé. E, sure ma mobiléte, je sui parti an fumé.

Chapitre intru : « **L'introduksion** »

Avéke mé kopin, a une époke, nou sortion bokou dan lé diskotéke. Surtou o Libértise. Nou z'étion de piétre dragere é nou rantrion toujoure bredouie !

Se soare la, j'avé une konfianse inébranlable. De « l'ékstra moa » an bare !

A péne antré dan la sale, j'anonsé la koulere a mon ami Bérni : « Tu voa séte fye ki danse toute sele sure la piste ? Se soare, j'me la fé ! ».
Un pe pluse tare, j'été toujoure otan ardi é je l'é invité a dansé. Je l'é anbrasé. E j'é pasé la soaré avéke éle. Ele n'avé pa de voature é je n'é pa ozé anprunté séle d'un pote.
Se n'é k'une seméne apré ke j'é finaleman demandé sa voature a Bérni. Ile me l'a prété, lui ki é si maniake ! S'é dan séte Simeka onze san, dan une voa non goudroné de la vile, ke j'é konu ma premiére ékstaze.
Je san ankore sé kuise brulante, j'é ankore la min stupéféte pare l'inondasion de son sékse apré avoare été plonbé pare dé gro sin loure.
Ele été loin d'étre une bonbe, mé j'i é éksplozé ! Je me santé byn kontre se kore charnu é plin de dézire.
Dé fare nou z'on fé nou kalmé é remétre vite fé un véteman. Lé fare son pasé o ralanti pré de nou avan d'akséléré é nou lésé trankile. Une foa mon bige bange achevé, je me santé « un ome » é je n'é pa atandu de reprandre dé forse, je n'é pa pansé a rekomansé, je l'avé fé é s'été tou se ki konté ! De toute fason, lé z'otre atandé la voature poure rantré. On été a la féte de Sin Jorje, pa dan une boate de nui, ile n'alé pa résté toute la nui deore.
On l'a dépozé ché éle. Je l'é akonpanié dan l'antré de son imeble. On s'é anbrasé é éle a pri ma min k'éle a

glisé sou sa jupe. Ele n'avé pa remi sa kulote é éle été ankore pluse mouié. Suréksitasion de vouloare fére l'amoure dan la kaje d'éskalié ajouté o fluide de notre fuzion...

Ele a pasé sa min dan mon pantalon sure mon sékse ki avé retrouvé une ardere ékstréme. Kolé a la ranpe de l'éskalié, je voaié, a travére la vitre de la porte, la voature dan lakéle mé kopin atandé, é ile se douté k'ile se pasé kélke choze puisk'ile z'on anvoaié kélke fraze takine é kélke kou de klaksone.

Ele, sa l'éksité toujoure pluse alore ke moa, nouvéleman dépuselé, je n'été pa ankore asé sure poure aprésié une situasion de se janre. Malgré mon anvi fole de rekomansé, je l'é lésé sure sa fin ki fu pare la méme okazion la fin de notre relasion. Je n'avé pa anvi de poursuivre.

Lé maladi séksuéleman transmisible de l'époke ne fezé pa osi pere ke le sida ojourdui, se ki éksplike no rapore san protéksion.

S'é térible de repansé a sé séne une foa k'on a pluse de véku. K'é se ki m'anpéché de kontinué avéke éle, ne seré se ke poure parfére mon édukasion séksuéle ?

Ele avé surtou anvi de fére l'amoure. E j'été si byn antre sé kuise charnéleman pléne é dévoreze. J'é ankore présizéman an mémoare, vizuéle kome sanzitive, la tandre foli k'éle m'on prokuré. E je n'avé pa séte pere de désevoare ki pe parfoa bloké l'éréksion. J'é émé profondéman se fizike, poure se k'ile m'a prokuré.

Chapitre 8 : **La kokine de la mézanine**

J'arivé, avéke un kopin, a une soaré anivérsére, ché un garson tré sinpa, mé ke je konésé finaleman asé pe. Je me souvyn avoare été resu pare sé paran bronzan nu sure dé amake. La mére ke je n'é pa ozé regardé, pare jéne vi z'a vi du pére, sanblé intérésé pare mon kopin bo méke gran é blon. Mé lere istoare s'aréte la ou éle n'a pa komansé !

La miéne komanse pare la rankontre avéke une fye o tré tré arondi sure son vizaje kome sure son kore. Arondi, mé pa volumineu !
Un bou de fame fizikeman sinpa.
Je diskute avéke éle. Dan un slo, sérténeman, je l'anbrase, é nou désidon de monté a la mézanine ki surplonbe la piste de danse (poure la sirkonstanse puiske sale a manjé abituéleman). Un li é la ! Nou nou z'i alonjon. On s'anbrase fougezeman. Ele é déja oférte. Son vantre é sé sin son lé premié asai pare mé doa. An troa poin je trase un parkoure de karése T (Kourse nonbrile, sin droa, sin goche) sure lekéle je fé mé game avan le doaté vajinale.
Je n'é pa fé un gro éfore poure venire a bou de la férmeture de son pantalon. Ele avé du le brifé poure k'ile me fasilite l'atache a fére soté.
S'é si bon se likide ki anrobe mé doa. E se ma min ki anfile une robe de siprine ou séte fye ke j'anfile manuéleman ?

Je pran alore konsianse ke l'on é dan un androa pasajé.
Ke si l'on va pluse loin, sa va méme se voare d'an ba.
Ele, on diré k'éle s'an fou !
Dan mon ézitasion je déside de fére un bréke.
Je lui di ke je revyn, ke j'é soafe, é je désan prandre un vére. Je ne sé plu koa fére. On pe kontinué a joué a touche pipi é se revoare une otre foa poure finalizé l'akte ! Je n'oze méme plu remonté. Je vé i revenire, mé je vé un pe profité de sé bon gato ki me fon salivé lé papye. Je me gave.
Sé patiseri me koule kome une épave, mé je me gave.
Ele doa se demandé se ke je fé.
Je vyn de sortire avéke séte fye é je me régale otreman mintenan, mé sa devyn un je riské de tréné isi. La tansion me done d'étranje sansasion : le riske ridikule de tou pérdre poure dc la kréme patisiére !
Pluse je me gave é moin je fé gafe ! Konbyn de tan é pasé ?
Je me déside anfin. Je m'éloanie dé table é je lonje le mure ou son dispozé dé chéze. Ele é la, debou, a diskuté avéke un bo gose, asi. Un méke pluse mure ke moa. Pluse gran ke moa. Un méke a minéte. Je fé du surplase. Ele ne me regarde méme pa, mé éle m'a vu, s'é sure. E éle se vanje an dirékte laive an s'aséian sure sé jenou. Se ki m'avé vu sortire avéke éle ne me fon okune remarke. Je ravale ma fiérté. S'é de ma fote. Je la konpran. On n'abandone pa une fye sure le fe, sinon éle se konsume, éle pare an fumé.
Tou sa antre otre poure dé peti foure !

Je me dégouté, mé lé gato ne me dégouté pa poure otan é j'alé m'i retranché poure kélke tranche konsolante, poure kélke pare ki me méneré..., kélke pare ki me méneré... nule pare, mé bon ! S'é bon...

Ile son parti ansanble, avéke un groupe, poure une otre déstinasion.

J'é apri k'ile l'avé largé dan une boate de nui, san méme la « konsomé ». Ele ne mérité kan méme pa sa, la povre.

Je l'é retrouvé dan une diskotéke une otre nui é je l'é invité a dansé. Ele se lésé si byn kolé ke j'é retanté ma chanse é éle m'a lésé i kroare une minute. D'abore, éle m'a lésé l'anbrasé. Pui de moa éle s'é débarasé ! Istoare d'anfonsé un pe pluse le klou, puiske je ne lui avé ryn anfonsé du tou !

Chapitre 9 : A vélo mantere

Notre diskotéke fétiche nou z'abyé de sé lumiére é de sé koin sonbre.

Lé ouikinde k'on i pasé alé de méme avéke dé joa, dé z'iluzion é de franche désépsion.

Se soare la, nou z'avon rankontré un groupe de fye (de, s'é un groupe, non ?) parmi lekéle j'an konésé une du klebe d'atlétisme ou nou z'avion pratiké. Ele n'i vené plu depuis un bou de tan é j'i alé moin souvan osi.

Lé groupe, garson é fye, on pasé une soaré lumineze. M'a t'ile sanblé ! Moa oui an tou ka !

Antre la danse, lé rire, lé takineri, lé diskusion, je sui reparti ereu de séte soaré. Je n'avé pa konu Kéite kome sa oparavan.

Ele été vréman minionéte. De vizaje é de korpulanse. Un p'ti bou ki ne me déplézé pa.

Chakun é donke rantré ché soa !

Je dormé tardiveman é lourdeman kan la voa de maman me kria ékspréséman, « Jan Luke ! Téléfone poure toa ! » :

- 	Bonjoure, s'é Kéite.
- 	Kéite, sa va depui iére soare ? Eksprimé avéke une grande surprize, mé avéke le plézire sértin d'étre révéié pare un sékse féminin, si je pui dire ! D'otan ke je ne lui avé pa doné mon numéro…
- 	Bin oui. Tu voa, tu n'a pa ozé alore s'é moa ki fé le premié pa !

Ne pa ozé, sa s'été dan mé korde. Sé korde ki me ligoté a ne plu fére un pa justeman, a ne pa dékolé d'un siéje ou d'un mur ki lui me soutené dan mon inaktivité, mé je le savé abituéleman kan je n'ozé pa. La, je n'avé u okune intansion !

Alore, soa éle blefé poure me fére admétre a moa méme se k'éle éspéré, soa, inkonsiaman, j'avé lésé transparétre un éspoare si sekré ke je ne le savé pa moa méme. Konpliké, mé je me lésé prandre o je.

Ele ne me déplézé pa é sa devené éksitan. E pui me fére dragé sa ne m'arivé pa tou lé joure. Ile falé lé z'ankourajé sé fye si on voulé ke sa se jénéralize…

Je kontinué donke le dialoge an alan dan son sanse.
D'akore, je n'avé pa ozé !
Le randé vou fu fiksé. On se véré ché éle, kélke joure
pluse tare.

Voasi le joure J, l'ere E, la kéite K.
Dan l'aglomérasion de Périgeu éle abité a l'opozé de
Koulounié Chamié, mé a vélo ile ne falé pa lontan. J'i
roulé trankileman. J'an profité poure pansé a son p'ti
kore adorable sure lekéle je me voaié byn me kolé.
J'imajiné sa po tré douse. S'été jéniale se ki m'arivé,
san l'avoare chérché, san m'étre pri la téte a dragé.
J'été résté naturéle, j'avé plézanté, je m'été amuzé, é
sa lui avé plu.

Ele m'avé avérti ke sé paran rantré a midi. Ile été pluse
de onze ere lorske je sui arivé.
J'é garé dan son peti jardin mon demi kourse oranje.
Okune chanse ke, kome une météorite, ile vire o rouje
tan j'é pri mon tan sure la route !
J'été vréman kontan d'i alé, mé je savé déja ke sa ne
dureré pa é sa me mété male a l'éze. Eté t'éle une
« chode », une fye fasile, ou s'imajiné t'éle éséié un
truke série avéke moa ?

Je n'é okun souvenire de la travérsé de la mézon. Nou
l'avon survolé é avon atéri rapideman dan sa chanbre.
On pe dire k'éle avé doné un élan. Mé je l'é kasé an
reprenan ma politike de sape. J'é diskuté de tou é de
ryn o lie de lui manjé la bouche. Du blabla o lie d'un

gro « smoutche ». Malgré le tan ki défilé, éle a gardé le sourire é un ékxélan éta d'éspri ; selui de l'inisiative.

Ele é pasé a l'aksion ! Ele m'a pousé a l'anbrasé. Ele m'a pousé o sole. Ele a pasé sé janbe de chake koté de mon abdoméne… é j'é pansé ke sé paran alé bynto rantré.

Ile oré été si sinple de venire plu to é de profité o maksimome de séte situasion san me pozé de késtion !

Une minionéte pléne a ra bore d'un téle degré d'intansion, sa ne se refuze pa…

Je lui é rapelé l'arivé iminante de sé paran é lui é propozé d'aprofondire se plézire dan un moman plu propise. Ele a du s'i rézoudre alore ke é puiske son kadran afiché de machin pointu ki alé se monté desu, byn drésé vére le o, poure ne fére k'un kome poure la nargé.

J'avé juste u le tan de peloté son buste a la tai fine insi ke se ki été osi drésé, pointu, é ki dursisé son soutife.

Je n'an revené pa ke Kéite soa kome sa. Ele m'avé époustouflé ! J'alé devoare alé jusk'o bou. On doa prandre son pié avéke éle. On ne s'été pa redoné une date présize, mé je me devé de la rapelé o pluse vite poure me racheté. Poure la remérsié, dan le bon sanse. Poure onoré son jéste. Poure l'onoré !

Sure mon vélo oranje, j'é santi ma téte chofé o rouje é je sui pasé pare le ble, le jone, le vére, é an fin de konte pare le blan livide de selui ki se san male.

Séte fye, sure lakéle j'avou kan méme avoare un pe lornié sure lé piste de kourse a une époke, s'été oféré a moa, san ke je lui koure apré, kome une viktoare sure une piste intérésante ke j'alé pouvoare poursuivre : la dékontraksion, l'asuranse é l'umoure.

Pourtan, je ne sui pa rantré ché moa dirékteman. J'é d'abore roulé san bute dan lé kartié avoazinan é je me sui soudin arété dan une kabine téléfonike. J'é konpozé le numéro de Kéite : « Ekskuze moa, mé je sore déja avéke une fye, é je me san male de la tronpé. Sa éksplike mon konporteman avéke toa depui le soare an boate. Je préfére k'on aréte la. »
Ele n'a pa di gran choze. Je ne sui pa sure k'éle i é kru. Ele n'a pa du byn konprandre se ki se pasé.

Moa, je me santé soulajé, délésté. S'été kome si mon matin été viérje. J'é mouliné a vive alure. Je fandé l'ére kome une fléche sure se vélo ki s'été randu konplise de mé pansé, konplise de se mansonje é ki sanblé se propulsé sele téleman ile roulé vite alore ke je n'avé pa l'inprésion de fére un éfore !

Kéite m'avé seleman inprésioné…
Tou otre garson oré soté sure une téle okazion. An oré profité se joure la é otan ke posible ! Moa, je ne me santé pa a la otere, é un strése pezan me bloké, me fréné, me randé ézitan. Son asuranse m'avé fé pere. Pe t'étre osi k'éle m'aparésé kome une dévoreze de garson

é ke, d'une sérténe fason, sa me dépérsonalizé. Se ki é sure, s'é ke je manké ankore d'anvérgure !

J'é revéku la séne d'inonbrable foa an la konplétan avéke la savere qu'éle promété…

Erezeman k'an prenan de l'aje, j'é osi pri du poale de la béte é su jouire véritableman de situasion similére…

Chapitre 10 : **E toa ? K'a tu pu te…**

Avéke Bérni é un otre kopin, nou z'avon désidé de pasé un ouikinde sékse a Pari. A Sinke san kilométre de ché nou donke.

Kan on a a péne pluse de vinte an se n'é méme pa un délire ke d'élire le sékse roa !

Nou ki n'étion ankore ke pe sujé a se janre de pratike, s'été kan méme une révolusion é dé téte alé… tonbé ?

Non, non ! Ele z'alé monté !

Dé téte alé se drésé ! S'é nou ki vou l'dizon !

Un voaiaje rapide dan la petite Polo de Bérni, é nou voala akei pare l'antrekuise de la Franse : Pigale !

Ryn ke lé lumiére nou chofé déja.

Pourtan s'été pa l'anbianse de la nui, nou some arivé an débu d'apré midi. Ile fo dire k'on avé u le tan de s'aprété psikolojikeman.

Une chape séksuéle kouvré no moindre pansé. Du sékse dan lé ba fon, du sékse o dome, le sékse ki nou z'apéle, le sékse ki nou chope. Mé atansion o kou de boutoare, parse k'isi dan l'onbre du nonbrile sévise lé malfra de se vise, é l'on pe vite se fére plumé, se fére pijoné, se fére ékrazé.

Isi, souvan, la fése man !

Méfian, donke, nou z'avon papyoné dan lé magazin spésializé an nou fezan remarké é éstanpyé « indézirable » tan no ére de fouinere n'inspiré pa lé vandere. Nou some rantré, sorti, rantré, sorti, rantré, …viré !

Lé rabatere, o mine kréieze kome lé nui blanche k'ile konésé (blanche a koze du travaie de nui, Blanche le lie dan lekéle ile z'évolué, é blanche la matiére ki arondisé lere fin de moa…), voaié an nou, o kontrére, l'okazion de nou délésté dé fran byé ke l'on gardé byn o cho dan no poche de pantalon.

On s'é kan méme fé un peti siné. La fameze chéne kablé ki a banalizé se janre de filme n'égzisté pa ankore.

J'avé o moin vu dé foto porno, mé rareman.

Troa filme tourné an kontinu toute la journé é l'on pouvé pasé de l'un a l'otre a notre gré.

Pa une sele spéktatrise féminine. Pare kontre, o mékanisme byn uilé d'une épole, on imajiné san probléme se k'akonplisé sértin ome kaptivé pare lé séne jouisive.

On a pousé la kuriozité a vizioné un lon métraje ou dé z'anjin « lon métré » apartené a de barbu aktife, o lon tife, ki kroazé lere pife dan un akte okluzife é pe t'étre laksatife, mé poure nou rétraktife… on ne voulé pa la « redife » !

Dé barbe a susé, sa nou z'a pluto ékeré.

Lé plase n'été pa atitré é lé titre n'été pa afiché. Ou pe t'étre, mé on s'an fiché, du moman k'une fiche male antré dan une féméle !

An sortan, on avé pa anvi de se fére une barbe a papa. On salivé pluto sure dé lévre mouié ki nou z'angloutiré. Sa se pasé, an fé, un pe plu loin. Dan une otre ru o non d'un sin. Je ne vé pa m'atardé sure se ke sa m'inspire dan le kontékste, s'é tro gro. Mé séle ki m'a soté o zie n'an avé pa dé z'énorme.

On avé pourtan été agiché pare dé jupe « ra la moule », pare dé ba rézye, pare de béle gorje soutenu, pare dé bouche a l'éksprésion goulu é o lange a sirkonvolusion lasive, mé séle ki me fezé de l'éfé été jene. Une vinténe d'ané.

J'oré pu me dire ke s'été l'okazion de m'ofrire a l'ékspérianse dé z'ansiéne, d'éséié une fame plu mure, malgré l'utilizasion longe duré k'éle ne pouvé fizikeman pa éskamoté…

De se fé sureman, j'é porté mon choa sure une nouvéle. Je ne me voaié vréman pa anbrasé une pérsone ki ne me plézé pa !

Ojourdui, ile me seré inposible de rekomansé parse ke je sé ke lé fame son rareman libre d'antré dan séte pratique kome d'an sortire…

Lé choze n'été pa ankore osi klére poure nou.

Nou diskution avéke de fame. Bérni été un artiste négosiatere é ile s'an é doné a kere joa.

S'é a kore joa ke j'aspiré o plu vite, alore j'é finaleman anonsé ke j'i alé. Je la voulé ma blonde. Joli. Byn fichu. Sa petite jupe ki me remué la pulpe.

A sa fréchere, on m'oré di k'éle été viérje, j'oré pu le kroare.

San fran poure un kare d'ere !

Nou z'antamon la monté de l'éskalié. Je la sui. Ele é donke devan moa avéke sé béle kuise pluse k'antiéreman dékouvére. Son peti ku moulé dan sa mini jupe. Dire ke d'isi kélke instan je vé la prandre. Une chalere me pran la poatrine é le ba vantre. Moa dan se kore !

Se kore !

Moa !

Un ome se montre dan un ranfonseman. On sé kome sa k'éle é survéié, o ka ou de movéze idé paseré pare la téte de sé klian.

Nou z'antron dan une chanbre avéke une premiére parti dan lakéle éle ne pére pa de tan. Ele se pase un kou de gan antre lé kuise. Ele me demande d'alé me dézabyé.

Pandan ke je m'égzékute, éle me késtione un pe. Pe t'étre resan t'éle poindre mon maléze ? Mé cheveu brun é mé zie ble lui fon pansé ke je sui italyn. Sa pe étre flatere poure le koté séduktere k'ile trinbale, mé j'éme pa spésialeman !

Matcho. Baratinere. Mafie. E ojourdui je rajouteré... Matérazi !

(Je plézante ! Je sé qu'ile é danjereu de jénéralizé é de fére dé z'amalgame, k'ile fo tenire konte dé z'évolusion, mé ile i a toutefoa dé kulture dominante propre a chake nasion ki tinte no opinion).

Ele me fé dé konpliman sure mon fizike musklé. J'été loin d'étre énorme, mé se n'é pe t'étre pa le janre de kore k'éle kroaze kouraman.

Je sui nu. Ele, pa antiéreman ! Juste le ba. Ele garde son éspése de pule fin. Ele me fé alonjé sure le do, me karése, éféktu un masaje bukale sure ma parti jénitale, é me mé un prézérvatife.

Etonaman, apré toute l'éksitasion ki monté an méme tan ke nou lé z'éskalié… je ne sui pa tré réde !

Pe t'étre la pere de la réusite, kome poure sértin sportife ki son a un poin de la viktoare ?!

Avéke la dureté diskutable mize a ma dispozision, an misionére du joure je me plase o desu d'éle poure tanté de la pénétré. Je ne me souvyn méme pa l'avoare touché. Si, lé sin !

Anfin… sure le soutife.

De san fran si je voulé le o dénudé !

Je me motive otan ke posible an imajinan dé truke ke vou ne soré pa.

Dézolé, je me la jou pérso séte foa !

Totaleman sou la diréksion de séte fye je pran alore konsianse ke si je l'anbrasé sa pouré me redoné de la vigere.

Non ! Ele n'anbrase pa !

Je n'an savé ryn de se truke la moa !

E pui je sé osi se ki a koupé un pe mon élan. Je déside de lui dire : « Dézolé, mé s'é la premiére foa ke je mé un prézérvatife é je n'é plu lé méme sansasion. Je ne sui pa abitué ».

Katre san fran san le prézérvatife !

Non seleman s'é bokou tro chére, mé je n'oré pa pri le riske d'atrapé une MST !

Ele me repran dan sa bouche é sa revyn un pe. Je réalize anfin l'éksploa de rantré. Je lui karése, dan le méme tan, le vantre é le tisu sure sé sin. Ele a été jénéreze... an remontan son pule o desu de sa poatrine, ke je n'oré finaleman pa pu admiré.

Je vé é je vyn pluziere foa, mé éle me fé remarké k'ile va faloare arété, k'on a dépasé le tan inparti. Ele ne me repouse pa poure otan, mé ile fodré ke je jouise vite. Kome si se n'été pa asé laborie kome sa !

Je fini pare bésé pavyon é me retire.

J'avé péié an arivan é, dan mon ka, ile n'i a pa de dédomajeman !

Je n'é méme pa pansé a gardé le kondome kome souvenire. Poure le montré o kopin, pare égzanple ; soaion fou ! Malgré le raté, s'é une premiére foa avéke une pro, kan méme !

Mé non...beurk !

An désandan, l'ome n'été plus la. Ile avé fé son travaie de disuazion avan, é la ile été sureman an pase de rékupéré mon arjan dan la planke de la fye.

Un peti o revoare an la kitan okéle éle a répondu pare un sourire sinpa, é j'é vu Bérni toujoure an diskusion. Ile m'a rejoin vite poure savoare. Je lui é rakonté, é sa l'a démotivé. Pourtan ile avé réusi un toure de forse don ile été fiére : un pri de groupe !
San sinkante fran a de !

L'otre pote revin a son toure. Ile avé réusi, mé ile n'été pa anbalé non plu pare l'ékspérianse.
Poure san fran on avé droa o travaie a la chéne. Poure le travaie a la chiéne voare lé tarife supériere !

Bérni n'i é pa alé !

Kan t'a moa, alore ke je pansé ke dan séte révolusion ki touché notre vi séksuéle dé téte alé se drésé, la miéne é pluto tonbé kome séle de Sin Deni ki, selon la léjande, fu dékapité é abandoné sure un chemin. Mé ile se releva, pri sa téte sou son bra é kontinua sa route… Je n'alé pa résté inpuisan fase a séte dékonvenu !
Non mé !

Chapitre 11 : Atoucheman « trin trin »

Séte Vali la avé un kore parfé !

Koman é t'éle ojourdui an éian été si fabuleze iére ?

San doute é t'ile préférable de résté sure l'imaje de la joli fye ke je konésé déja lorske je l'é kroazé a une féte sure lé ké de L'Ile, la riviére ki travérse Périgeu.

Je me sui asi a koté d'éle é nou z'avon diskuté. Je remarké k'éle prené plézire a séte konvérsasion. A mon gran, a mon jigantéske étoneman, pa poure la konvérsasion, mé poure moa !

Ele ne chérché pa a m'éloanié, éle ne tourné pa la téte an sinie de ra le bole, éle me regardé francheman an parlan é an pluse éle me sourié. Ele été pléneman avéke moa, moa ki n'été k'un peti ga san grande inportanse, alore k'éle kotoaié dé méke réputé, dé grande gele, dé kaide.

Je ne me santé pa a la otere, mé son konporteman me doné du kouraje.

E se ke j'avé vréman une chanse de sortire avéke séte fye ? K'éle fu intélijante ou pa, la n'été pa la késtion, son fizike, déja, ne m'otorizé pa o premié abore a éspéré dé plézire charnéle avéke éle.

Le spéktacle sure l'o s'achevé. S'été koa ? Je n'avé pa suivi !

Alore on s'é levé. Ke fére ? Je m'anhardisé !

A péne kélke pa é je lui prené la min. Un akte fou poure un timide kome moa.Un akte ki prévo parfoa sure mé z'intérminable késtion déstruktrise.

Ele me tené la min ! Regardé, lé jan, éle me tyn la min ! MA min !

Kéle fiérté de me mélé a séte foule, de m'afiché dan séte foule, ki ne se foulé pa une chevye d'aiere tan éle été lante é je me demandé si je devé prandre mon tan osi ou si je devé anbrasé Vali o pluse vite poure konkrétizé ?

Nou montion le chemin goudroné ki mené a la route é nou z'arivion sure le trotoare. Lé jan, an mase, pare vage, jéné la sirkulasion é nou z'étion dan le flo. O bo milie de la route je me désidé a l'anbrasé…
« O mi lie de la rou te » !
Kéle abruti, otre ke moa, oré pu choazire se moman poure se lansé dan une étrinte amoureze ?
Non mé kéle abu, poure un bézé a konsomé avéke aplikasion !
Non mé kéle abu, poure un bézé a konsomé avéke aprésiasion !
La vage suivante profita de l'obéne poure anvaire le makadame dan la foulé puiske nou z'étion toujoure an baraje.
J'imajine k'un ralere a byn du vosiféré kélke injure, surtou fase a une étrinte provokatrise malgré éle. Mé je n'avé pa antandu de kou de klaksone…
L'émosion avé pu me randre momantanéman soure !
Foli douse ou idiosi ke de choazire se moman ?
Inpulsion pluse ke choa !
Toujoure été t'ile, hé, hé… ke j'avé konkrétizé !

Apré un peti toure dan Périgeu, je lui propozé de la rakonpanié.

Ele aksépté. Ele été dan MA voature ! Nou z'étion devan ché éle. Ele m'aprené ke sé paran été absan. Ele voulé byn ke je rantre. Nou z'étion dan sa chanbre. Nou z'étion dan son li une plase. Nou z'étion donke obligatoareman kolé. E nou étion nu sou sé dra léjé…
Lé tanpérature, ékstériere, intra murose, é « intra épidérmose » ne prékonizé pa dé prékosion supériere.

Moa ki ne pouvé imajiné une téle union, je me retrouve dan son li dé le premié soare ! Je kroa byn ke je n'i kroa pa ! Je ne réalize pa ke s'é moa ki sui a séte plase. E si je n'i sui pa, s'é une iluzion, s'é une situasion san konsistanse, san vrésanblanse.
Mon sékse le pran kome sa, puisk'ile ne la pran pa…
Mon éspri gide pourtan ma min sure sé sin ron é férme, sure sé kuise douse é galbé, sure sé anche… ah… sé anche… kéle mérvéie !
Je kroa ke je lé z'é uzé a lé karésé. Toute la nui mé min on aksantué lere kourbe.
(A se moman prési ou j'ékri, je doa lé forsé a revenire sure le klavié poure kontinué d'ékrire tan je lé pran ankore a mimé se moman.)

Lé pérsiéne lése libre koure o longe luere dé lanpadére poure oréolé le kore de Vali.
« Si t'a mizé sure la pérféksion, tu va pouvoare la kontrolé », sanble m'inspiré séte anbianse.

E se kontrole se prézante sou une forme de fouie minusieze de chake parséle d'épidérme, alore ke je ne kontrole absoluman pa ma libido défaiante !
Je lui ordone de s'inprénié dé forme é de la téksture de se kore, mé ryn n'i fé !

Vali é alonjé sure le do. Je sui sure le flan. Ma téte é retenu pare ma min droate, mon koude anfonsé dan l'oréié. Ma janbe goche é an travére dé siéne. Ma min goche é a l'evre. Infatigable, insasiable.

Vali é tro béle !
Un tro plin d'émosion paralize une parti de mon anatomi.
Vali é sureman tro statike osi…

Je ne soré jamé si j'alé étre sa premiére foa ou si éle fezé la planche a chake foa k'éle fezé l'amoure.

La nui é insi pasé a résté l'un kontre l'otre, po kontre po, péne kontre pane.

Nou nou some vu pandan dise joure. Nou z'alion o lake dé nefe fon a Vére poure profité du sable é du soléie é je me souvyn de ma min se baladan sure sé kuise chode é mate alore ke je konduizé ma petite fiate sinke san don j'été si fiére. Ele porté toujoure dé jupe. Ele lé valé byn !

Ele s'é bokou konfié a moa, notaman sure sé z'istoare amoureze raté… !

Nou n'avon pa rééséié de fére l'amoure. Ele a préféré, un joure, arété séte istoare ki, je le konsoa an fin de konte, n'été pa tré anbalante. Je n'éprouvé ryn d'otre ke de l'admirasion poure son kore. E je kroa méme ke, kome je ne feré pa l'amoure a un tablo de pintre ki m'oré sédui je n'oré pe t'étre jamé pu fére l'amoure a Vali !

(Depui se tan, j'é réusi a fére l'amoure a de manifike evre skulturale…)

Je l'é revu dan un magazin de chosure ou éle vené d'étre anboché. Ele sanblé ereze de me revoare kome je l'été de la revoare. Nou n'avon pa reparlé de notre petite avanture, juste de banalité. Pare la suite je m'arété de tan an tan l'anbrasé é kozé un pe. Parfoa je la salué de loin o dérnié moman alore ke, m'éian vu, son regare insistan sanblé atandre se sinie de moa. J'émé a le pansé…

J'é déménajé sure Pari é, dé z'ané pluse tare, an repasan devan se magazin ki égzisté ankore, éle, éle n'i été plu.

Chapitre 12 : **Lé troa sere**

Le kanpinge, j'éme byn.
Nou voala, avéke mon ami Bérni, poure un moa de foli juste a koté de Roaian.

216

Un zéste de flanbe sure lé plaje avéke no reliéfe muskulére. On été francheman pa énorme, mé kan méme o desu dé norme. On a le droa d'étre fiére du rézulta d'un travaie acharné pratiké tou o lon de l'ané sou lé poa é altére, non ?

Pare kontre, on a fé kélke truke don on ne doa pa étre fiére. Du janre a détrésé une korde ki ataché dé pédalo, é de partire an mére an pléne nui…

La premiére foa, du koté nore de l'éstuére de la Jironde, nou z'avon lonjé la kote é sé faléze an partan de la plaje de Roaian poure rejoindre la vile de notre kanpinge. Sou une demi lune, lé z'alge, a la surfase, formé dé tache monstrueze é nou nou z'amuzion a nou fére pere. E nou nou some finaleman fé rééleman pere lorske nou some résté bloké sure une de sé mase sonbre. Inposible d'avansé, mé osi de rekulé. La maré été t'éle montante ou désandante ? Si éle désandé, kéle été la profondere sou no pédale ? Etion nou bloké sur un roché ? Sure un roché de kéle taie ? Ile falé vite se sortire de la ! Alore nou z'avon forsé é forsé ankore jusk'a déploaié une énérji insoupsoné poure grapyé kélke santimétre é anfin se sortire de séte petite angoase.

Nou z'avon l'inprésion k'o loin, sure la route, lé voature ki ralantisé été a no trouse. Nou z'avon akséléré la kadanse poure aksédé an silanse o sable akeian de notre salu. Apré avoare tiré le pédalo poure le métre a l'abri d'une rafle (pare une mére ki oré u dé z'anvi de le matérné), nou z'avon dégérpi an prenan le

217

chemin de notre tante. Le marchan de sable (nou z'an avion ankore plin lé pié…) ne s'é prézanté ke bokou pluse tare. Adrénaline oblije !

La deziéme foa s'été o sude de l'éstuére de la Jironde, a Le Vérdon.
L'anprun fu du méme akabi, méme ere nokturne, mé la nou ne voulion fére k'un janti peti toure an fase de la plaje.
Nou nou z'éloanion du bore. Lorske nou nou retournon nou z'avon déja parkouru kélke bone dizéne de métre.
Un énorme navire, imobilizé, mase sonbre formé pare lé lumiére de Roaian dériére lui, sanble tou pré de nou é nou désidon de l'abordé, de s'an aproché o maksimome.
Lé minute s'égréne, alore ke le bato é toujoure osi loin.
Ile fo se méfié dé z'iluzion d'optike. An fé, ile n'été pa si pré ke sa o dépare !
Le pire, s'é ke, pérpandikuléreman, nou z'étion vére l'avan de se batiman navale é k'a prézan nou some vére l'ariére.
Sa ve dire… sa ve donke dire ke nou dérivon !
Nou n'avion absoluman pa pansé a sa !
Demi toure imédia, ile é tan de rantré. Surtou ke nou some fatigé. Conpétitere dan l'ame, nou z'émon la pérformanse é, juske la, nou n'avon pa ékonomizé no forse.
Si nou z'avion su, nou z'an orion éparnié un pe. An éfé, la kote se raproche, mé an méme tan nou some tou

pré de la sorti de l'éstuére… le kouran nou z'antréne vére la mére, vére le larje…

Nou some an pléne nui, avéke un bore de tére ki se dérobe, avéke un oséan é son orizon noare é inkiétan ki nou promé dé fréiere si nou féblison. S'é le moman d'utilizé notre ékspérianse sportive dan une aksion vitale !

Inposible de remonté le kouran. Lé lumiére de notre petite plaje de dépare son minuskule. Sele éspoare, ratrapé la rive avan une involontére é katastrofike grande sorti an mére…

Nou some an naje a glisé a la surfase de l'o avéke une volonté konsidérable. La transpirasion ruiséle antre la sourse de notre inisiative é l'abise de notre krinte.

Malgré tou, l'éksitasion é de la parti.

Nou devon parfoa déroulé poure rékupéré un pe é ne pa pérdre définitiveman é fataleman la rézérve énérjétike difisileman renouvelable dan sé kondision d'urjanse.

Apré de z'ere de lute, nou some sorti du kouran, nou lonjon la kote.

Nou pouvon anfin rantré avéke un pédalaje an dékontraksion.

Nou some sové !

Sé de nui son dé souvenire fore é pourtan la pérle dé sansasion nou z'atandé an plin joure, sure le sable é non sure la mére.

Troa fye. Troa sere. Sele… anfin… troa, sele… san méke aparan koa !

Apré se ke nou z'avion véku, ile nou z'été pluse fasile de trouvé du kouraje poure lé z'abordé. Ele sanblé pluse aksésible k'un navire ankré a une distance tronpeze…

Nou ne nou some pa disputé poure fére un choa. La pluse ronde é la moin joli été l'éné. J'é préféré la pluse jene, Bérni la kadéte.

No de future petite kopine vené juste pasé un ouikinde avéke lere grande sere ki été avéke son kopin sure un anplaseman proche du notre.

La grande sere… parlon z'an !

Ele s'été fé antandre dan le kanpinge !

De joure kome de nui, kan éle fezé l'amoure, éle jouisé de fason kriante. Je n'avé jamé antandu une fye krié an jouisan. La premiére foa k'éle nou z'a ofére se spéktakle odio, s'été an plin joure.

« In pré sio nan », é… éksitan !

Un soare nou z'inviton sé sere a nou randre vizite a la tante. Nou lé z'avion méme invité a dormire avéke nou. Nou z'i some. Ele son la. Je ne sé plu tro se ke nou z'avon fé avan, mé nou voala kouché, nu, Bérni avéke sa kopine, moa avéke la miéne, chake kouple de son koté dan séte tante sinke plase.

Ele é lonjilinie avéke de longe janbe. Ele a un kore tonike é anjélike don je profite pléneman avéke mé

karése sure toute sa longere, mé lorske je ve m'angajé o sin de sé kuise, diable ! Ele me refuze l'antré !
Alore je kontinu a baladé mé min jusk'a m'an fatigé.
Pui nou nou z'andormon.
Juste a koté, sa ne s'é pa bokou mie pasé.
De mon koté, la plu jene été tro jene é je n'été pa asé konvinkan, é je n'été surtou pa asé insistan a koze du tro gran réspé ke j'é poure le janre féminin. Un réspé ki, malerezeman, andige mé z'inisiative. Je ne m'obstine jamé fase a un refu. E se une érere ?

Ele son rantré ché éle, je ne sé plu dan kéle vile.
No vakanse se déroulé trankileman, avéke toujoure no divértiseman pa toujoure rézonable, mé pa méchan poure otan !
Un matin, une létre nou z'informé k'éle revené nou voare le ouikinde suivan. Ele n'oré pa de tante. Nou z'alion donke lé lojé dan la nui du samedi o dimanche…

Nou some samedi soare. Nou some kouché. A goche an antran, je sui akonpanié de ma kopine ki é o pluse pré de la toale. Nou some an pijama. A droate an antran, Bérni é akonpanié de sa kopine ki é o pluse pré de la toale. Ile son an pijama. O santre, é alonjé sure le do, sele, la sere ki lé z'a akonpanié.
Situasion délikate. Situasion kokase. Koman ne pa se remémoré lé jouisanse remarkable, lé jouisanse sonore a outranse de séte fye ki se retrouve la, o milie de nou…

Lorske nou l'antandion intérloké tou le kanpinge, nou ne pouvion nou douté ke séte fye paseré une nui antiére dan notre tante !

Déja ke ryn ne s'été pasé la dérniére foa, séte sere o milie n'aranje ryn é je déside de ne ryn tanté. Idéme a l'otre bou de l'éspase tante. Un éspase tan, ki é sourse de suere chode, ki nou grize pare sa lantere é sa pezantere. Je di « nou » parse ke Bérni resanté é ajisé kome moa, chakun de notre koté de la grande sere. Ile me l'a rakonté apré.

Je sui donke kontre la jene, mé ma min goche fé bande a pare. E a pare sa… je bande !

La tansion é grande, j'é bezoin de ranplire profondéman mé poumon. Lé « poumon ékstériere » de la grande sere son byn ranpli osi ! On l'a byn vu dan son maio de bin sure la plaje !

A koa pe t'éle pansé, la, antre de ga ki l'éflere ?

Ma min goche ézite. Ma min goche tatone le sole. Ma min goche é goche. Mé z'idé gochise. Mé muskle frémise.

Mon majere, pluse mature sureman, montre l'égzanple. Du do du doa, ile se kole diskréteman sure… sure la…sure la po de séte fye. Mé oui, la po ?!

E t'éle nu, ou sa chemize de nui é t'éle remonté an boujan ?

Voala un bon moman ke nou some kouché, mé ile seré étonan ke dan un paréie moman éle soa déja andormi. Je panse pluto k'an fezan sanblan la mome man é mouie !

Oui, mé sa égziste lé jan ki s'andorme vite. Ele é pe t'étre fatigé de sa seméne !

Je vé prolonjé mé fréiere an alan plu loin. D'otre doa se joanie o majere é ile se kanpe a séte androa du kore si dou é stratéjike k'é séte parti de la anche si proche du vantre, du pubise, é de la kuise.

Je n'oze pa retourné ma min poure transformé mon atoucheman an véritable étrinte. E si éle été naive, k'éle n'avé pa konsianse de sa pozision, é ke la présion la révéié é la choké ?

Je ne pran pa pluse de riske. Une dérniére diskréte amabilité é je me sépare de se bérso d'émosion.

E dire ke Bérni a fé paréie de son koté !

Difisile de pansé k'éle ne s'é randu konte de ryn. Pourtan éle n'a pa répondu pare un jéste, pare un mouveman du kore. Enigme « ad vitam aeternam » !

Poure dé fye k'on émé pa d'amoure, k'on alé jamé revoare, é ki n'été pa spésialeman chode ou tou o moin pa ékspérimanté, on oré byn pu éséié un truke avéke la sere ! Kite a s'ékskuzé si éle ne voulé pa ! On a san doute loupé une béle okazion de prandre du plézire. Ki sé si éle ne s'é pa konkréteman masturbé kan nou z'avon bifurké vére lé réve ?

Sure la mére nou z'avon u de la chance an ne dérivan pa vére le larje sure no pédalo. Sou la tante nou n'avon pa sézi la chance de dérivé vére une proche kontré, kome s'é balo.

Chapitre 13 : **Korida…**

Dan se jumelaje avéke la komune éspaniole de « Venta De Banos », séte ané la nou resevion. Lé jene devé étre lojé ché l'abitan é notre famye alé a la rankontre de selui don éle s'okuperé pandan kélke joure ; de, si je me souvyn byn.

« Selui » fu an fé « séle » ! Une ankadrante du groupe.

Ele été toute fine é éle avé lé cheveu koure se ki ne va pa a toute lé fye, éle oui !

Se doa étre le segon soare ke nou some sorti tou lé de a la féte o boure de Koulounié Chamié. A forse de nou z'éfleré an marchan no min se son uni préske naturéleman. Pa no lévre. Notre sérénité avé ofisializé ékspréséman séte union poure une duré sureman tou osi éksprése.

Poure la nui, le li de ma sere akeie Bézia. S'é la chanbre an fase de séle de mé paran. Ma chanbre é a l'étaje supériere, sou lé konble.

Inposible de m'andormire kan je sé k'éle é si proche, ke je lui plé, k'éle me plé, mé ke je n'é méme pa trouvé l'okazion de lui dire k'éle pouvé monté me retrouvé. Je n'é pa ozé.

Ile sanble k'éle n'oze pa non plu, puiske le tan pase é ke je ne voa ryn venire.

Ane, mon chére ane, ne voa tu ryn venire ?

Une tro grande réfléksion ne me bloke pa, kome s'é souvan le ka, o kontrére l'apéle du sékse m'ankouraje.

Je me sui ékipé de kousin d'ére de marke « diskrésion » poure ne pa révéié mé paran é j'ouvre dirékteman la porte. Je lui di un mo poure la rasuré é je me glise dan le li. Ele ne me repouse pa. Ele sanblé pluto m'atandre. J'antame dé préliminére. Tou se pase byn. Je sui dure, éle é umide. Mon doa dékouvre la paroa supériere du vajin. Sa surfase é néteman strié. Etranje sansasion d'otan ke l'antré é étroate, séré. J'i anfonse mon pénise. Ele me resoa dan une ékstaze inoui. Le dérnié avanturié de séte kache o trézore doa étre loin depui lontan... je me di. Je sui byn. Ele pouse dé jémiseman préske osito é dan la foulé me repouse a l'ékstériere !

Mé paran ne se son pa révéié. Ou alore, ile z'on fé la sourde oréie...

Je n'avé pa de prézérvatife é éle ne prené pa la pilule, se ki lui avé fé pere. Mé éle avé sureman voulu se santire pénétré, ne seré se ke kélke segonde.

An paréie okazion d'otre oré kan méme profité de la situasion an propozan dé fason diférante de se fére plézire mutuéleman. Félasion, sodomi é kunilinguse son lé prinsipale an matiére de séksualité softe. Mé moa, kan j'été véksé a l'époke, j'arété tou, je gaché tou. Je sui reparti dan mon li san méme lui propozé de m'i akonpanié une parti de la nui poure se divértire otreman, poure lui fére ékouté mé chantere préféré é lui fére dékouvrire mé postére romantike tou an s'anlasan, an diskutan, an rian... I'a pa k'le sékse dan la vi !

Je me santé kome un toro mi a more alore k'une banderye m'avé juste égratinié...

L'ané suivante lé z'éspaniole son revenu. Bézia osi. On akeié pérsone a la mézon séte foa. Je sui alé voare un peti matche de foute ki opozé lé fransé a lere z'invité ispanike. Lé fye joué osi, don Bézia. Apré la rankontre éle é venu me dire bonjoure é je ne sé plu koman éle s'é éksprimé poure me fére konprandre ke séte ané on pouré le fére san probléme...

Tré byn !

Le soare méme tou lé jene été réuni dan un santre aéré poure dé féstivité. J'i sui alé tréné. La fye ki m'a atiré n'été pa séle ki vené de me prométre lé mon é mérvéie okéle je n'avé pa u droa l'ané présédante, mé une éspaniole pluse jene é méme pa majere.

J'avé kraké sure sa boté. Sa po mate. Sé cheveu lon, ni brun ni blon. E surtou sa voa kasé. J'adore lé voa kasé.

Aparaman je lui plézé osi é nou nou some retrouvé asi sure un éskalié ékstériere, dan la pénonbre de la nui tonbante.

Diskusion amuzante ou chakun ésé de se fére konprandre dan une lange aproksimative é dé jéste.

Bézia é pasé é j'é santi une forme de raje é de doulere dan son regare, mé éle n'a pa provoké de skandale.

Méme si je n'été pa sure d'obtenire le maksimome an une soaré, s'été kan méme l'otre béle étranjére ke je voulé se soare la.

J'é ramené du monde a la mézon don dé kouple ki s'été formé.

Nou z'étion touse dan ma grande chanbre, sou lé konble, é j'é amené ma béle dan la chanbre de mon frére absan, juste a koté. Nou nou some anbrasé, dan le noare. Asi sure le rebore du li nou nou some anbrasé ankore. E ankore. E ankore. E je n'é méme pa tanté une inkursion dan son pantalon.

Kéle kon ?

Je ne me souvyn plu koman son parti lé z'otre, mé je l'é dépozé o peti joure devan la mézon de sa famye d'akeie. On s'é anbrasé longeman une dérniére foa é éle a sublimé séte séparasion pare sa voa kasé.

A son aje séte « istoaréte » de bézé lui avé t'éle sufi ou m'avé t'éle pri poure un charlo ? S'atandé t'éle a pluse an antran dan la chanbre de mon franjin ? Je n'é méme pa éséié, je ne soré jamé é sa n'a plu d'inportanse. Sinon poure alimanté mé regré…

Lé fransé reparté avéke e, an Espanie. De retoure an Franse, l'un d'e m'a apri k'éle été sorti avéke un otre ga duran le voaiaje. E ile sanble ke Bézia lui é montré une sérténe… antipati !

Chapitre 14 : **Niké**

Ma gran mére matérnéle, apré le désé de mon gran pére, s'é fé kélke méke !

Le dérnié, malerezeman désédé a son toure depui, nou z'a pérmi d'agrandire un tan la famye. Eféktiveman nou z'avon konu sa petite fye, une jene pléne de vi é d'anvi de rire ki fezé dé z'étude poure étre anséniante.

Nou z'avon profité pléneman de séte relasion amiko familiale.

Ke de krize lé soare ou éle vené a la mézon ! A s'an fére male o vantre, a randre kramoazi no jou trituré pare une surdoze de bone umere, a se fére anporté pare un toran lakrimale !

Dan le délire d'un soare on l'a rebatizé aféktuezeman Niké. Se surnon « poste ite » é réguliéreman kolé a no souvenire ereu.

Lore d'une sorti an voature, la rigolade a dévié vére dé sou antandu ki on fé tilte dan ma petite téte. Fase a dé késtion indiskréte de Niké, j'é choazi d'étre fran d'ou séte réponse : « Oui, j'é une kopine ! ».

Le bouton de mon kole de chemize, an sotan de son orifise de bone tenu, avé fé dé z'émule o z'étaje infériere ; l'éksitasion, d'orijine multiple, m'avé débraié… Lé vitre, sou la vapere de notre sudasion, avé glisé dan lé portiére…

Depui k'on la frékanté, on vivé dan l'éspoare kazi pérmanan de la voare aparétre, k'éle nou z'anonse sa venu, ou k'éle aksépte notre invitasion. Ele randé vizite a son gran pére préske chake vakanse.

Un matin, éle é arivé a la mézon a l'inproviste. Frére é sere été absan.

Je l'é antandu demandé a ma mére : « Je pe alé le révéié ? »

Osito la réponse pozitive émize, sé pa se son fé dou dan l'éskalié.

Je férmé rareman ma porte. J'émé antandre la vi de la mézon lorske je me levé tare. Ma toute petite sere ki joué. La pluse grande ki parlé avéke maman. Maman ki s'okupé de la véséle, ki resevé une ami, ki téléfoné ou ki chérché papa partou de la kave o jardin : « Jile ! Jile ! ». Soa ile réparé, préparé du matériéle poure dé travo, korijé lé kopi de sé z'éléve, soa ile diskuté avéke un de no voazin, touse osi sinpa lé z'un ke lé otre.

Niké a antrouvére pluse larjeman la porte ; « Toke toke ! Je pe antré ? »

Ele é résté un instan debou poure diskuté. Ile n'i avé pa une grande klarté avéke lé rido tiré, mé je la distingé parféteman avéke sa silouéte fine é sé cheveu frizé. Ele s'é alore asize tou pré de moa sure le bore de mon matela, ki été a méme le sole.

Nou n'avon plu prononsé un mo. Je me pozé byn sure dé késtion. Ele se motivé sureman a l'aksion.

Finaleman éle s'alonje é poze délikateman sa téte sure mon vantre. On é byn, antre kopin kopine, kouché sure le méme li…

La pénonbre de la chanbre ne pe ke relevé la klarté du mésaje.

Je ne mé pa lontan a pozé ma min a mon toure sure son vantre. Séte min nomade voaiaje sure lé mon de Niké. Kan le kontakte du tékstile me lase, pare desou je pase. K'ile é dou d'avoare une prézanse féminine inéspéré dé la brume dé réve disipé. Ele done droa a une prolongasion de l'éréksion matinale avéke une rézon on ne pe pluse konkréte…

Le fé de ne pa vouloare m'angajé vréman dan une avanture paraléle m'insite a présizé mé z'intansion, a étre pluse dirékte. Sa pozision alonjé lui rantre naturéleman le vantre é ofre une ouvérture, un éspase sou la sinture a mé doa ki se fon pluse présan. J'amorse une fouye o kore a une suspékte ki sanble se randre a l'anvi danse. J'atin l'élastike de sa toute petite kulote kan éle balé mé éspoare (d'une liézon a vouloare konsomé sure plase) an ékartan mé z'anbision d'un revére de la min pe volontére, mé rédibitoare.

Ele m'avé fé konprandre ke je l'intérésé, mé pe t'étre pa poure une sinple istoare de fése. E si je n'avé pa réfléchi le moin du monde sure l'akte ke l'on s'aprété a fére alore ke ma mére n'été pa si loin, k'éle oré pu antandre ou se douté, Niké, éle, i avé sureman pansé é ne devé pa étre a son éze…

Ele se léve poure métre un térme a notre tantasion. A mon toure j'opte pour une pozision debou, dan un pijama don se refu a tué la turjésanse ki le tandé ankore kome une tante trante segonde pluse to…

Ele é sure le pa de « l'aporte é ranporte tou ! » o moman ou éle se retourne :
-       J'é anvi de t'anbrasé…
-       Fo pa ézité ! Lui répondé je san ézité non plu.
Ele se kole a moa é le fé longeman avéke une férme tandrése. Sa motivasion sé fére abstraksion de l'aléne du réveie ki é rareman de bon gou ché ki ke se soa…

Je ne l'anlase pa, je me lése fére. Nou désandon ansuite, kome s'ile ne s'été ryn pasé.

Mé o ba de l'éskalié éle se retourne ankore, se jéte a mon kou, é m'anbrase fougezeman séte foa.

A se moman éle n'a pa pere d'étre vu pare ma mére (ki, soa di an pasan, seré résté netre). Son intuision de fye lui susure sureman k'une téle okazion avéke moa ne se prézantera plu.

S'é kome un akte de dézéspoare dan lekéle éle jou son va tou.

An éfé, la sosiété l'a mené ore de ma porté é nou n'avion pa de téléfone portable, pa d'intérnéte a séte époke. La dérniére foa ke je l'é kroazé s'été ché no gran paran rekonpozé. Ele été akonpanié. Ele m'a prézanté son chéri, je lui é prézanté ma chéri. J'é souvan pansé ke l'okazion se reprézanteré d'une fason ou d'une otre. « J'é u » pansé !

Chapitre 15 : **J'éme té j'nou, le réste je m'an fou ?**

Un soare, je désidé d'alé sele dan une boate de nui. Je pansé antre otre choze ke je pouré me laché pluse fasileman puiske okun de mé z'ami ne pouré jujé la fason de m'i prandre é surtou si je me prené un van…

J'alé inové osi puiske, avéke lé kopin, nou n'étion jamé sorti si pré de ché nou, dan notre vile méme, juste apré le pon de la sité.

Je m'été aprété poure ke sa done ! Ke sa l'fase ! Avéke, malgré tou, dan le stile, la sinplisité ki me karaktérize.

Je ne savé ryn de séte androa.
Une foa a l'intériere, je m'asoa é ne bouje plu d'un poale.
Espasé iréguliéreman é parfoa do a do, de nonbreu siéje ba okupe l'éspase. La surfase de la piste de danse é dérizoare.
Lé jan arive tare, surtou dan sé lie a la kliantéle « adulte byn soné ».
Je me sui donke atrapé dé fourmi dan lé fése, mé poure otan éle ne m'on pa fé dékolé le tisu de mon pantalon du tisu du siéje.

Je la voa émérjé d'un groupe de séte ou uite pérsone, une petite jupe noare flotan sure dé kolan noare kouvran dé janbe byn féte poure moa…
Ele fé le toure de lere siéje é se dirije vére… dan ma diréksion… vére moa… isi méme !
Ele é fase a moa. Ke me ve t'éle, moa ki ne me sui pa montré, moa ki n'é atiré l'atansion d'okune fason ?
-       E se ke je pe m'asoare sure vo jenou ?
Ke m'arive t'ile ? E se une blage, un bizutaje, une prostitué ? Je ne pe kan méme pa la ranvoaié, si s'été série…
-       Oui, byn sure !
Ele s'instale.
Je sui adosé é éle é asize sure mé kuise, lé bra kroazé.
Ele ne me regarde pa. Ele ne me parle pa. Ele atan. Ele

atan pe t'étre ke j'angaje la konvérsasion. Mé la sele ki le soa, l'é dan ma boate kraniéne :

Ma véne rézon : « Di lui k'éle te plé. K'éle te plé osi ! »

Ma foutu rézon : « Non, aréte, s'é tro louche… »

Ma véne rézon : « Di lui ke sa te fé plézire k'éle soa la ! »

Ma foutu rézon : « Non, s'é nule, éle te tan sureman un piéje… »

Ma véne rézon : « Demande lui si tu pe lui pasé lé bra otoure de la taie, ou mie, pase lui lé bra otoure de la taie ! »

Ma foutu rézon : « Sé z'ami regarde pare isi, s'é san doute un pari, éle va te lésé an plan o premié jéste vére éle… »

Ma véne rézon : « Va z'i, fé kélke choze ! T'a pa u bezoin d'ofrire un vére, de trouvé une rézon poure l'akosté, de parlé pandan dé z'ere, éle te tonbe dan lé bra toute kuite ! Sure lé janbe poure l'instan, mé ile ne te réste k'a finalizé poure k'éle soa dan té bra ! On pe dire k'éle t'a maché le travaie ! »

Ma foutu rézon : « Tro bo poure étre vré. Ele va te rire o né. An pluse la muzike é tro forte pour se fére konprandre é sa va tou foaré. Si éle ve vréman de toa, éle va te prandre pare le kou é la tu sera sure ! Atan ankore un pe poure voare. »

Apré d'intérminable minute d'une minable mani, poin d'intérogasion sure poin d'intérogasion ile n'i u poin de finalizasion ! Ele s'é levé d'un kou san méme me regardé, san ryn dire. Sanse unike ke selui de pérsevoare de fason flou se ki kréve lé zie.
Pérsone n'a ri kan éle a rejoin le groupe. Okun regare partikulié vére moa.
E lé regré de m'anvaire poure la éniéme foa…
K'avé je donke de si inportan a pérdre poure ne ryn tanté ?

Je l'é revu bokou pluse tare dan la soaré avéke un otre garson. L'avé t'ile dragé ou avé t'éle trouvé, an utilizan l'idantike métode, une asize ki ne soa pa bankale séte foa ?
Ryn n'ékskuzé mon imobilisme fase a une asé béle pérsone ki avé demandé la pérmision de pozé sé fése sure moa, alore k'un bin de siéje lui oré sérténeman fé pluse de byn.

Je sui ereu ojourdui dan ma vi santimantale, ma vi de famye, mé ile é toujoure étranje de se dire ke poure dé bra pasé otoure d'une taie ma vi oré pe t'étre été totaleman diférante…

234

Je regréte donke mé z'akte mankan, dan mé relasion avéke lé fye, ryn ke poure l'asouviseman k'ile pouvé m'aporté instantanéman ou konsékutiveman, san jujé de l'inpakte probable sure mon avenire ki an oré dékoulé…

Chapitre 16 : **Amiéle**

Ele été de l'aje de ma sere donke séte an de moin ke moa. Lé tré tré fré de sa jenése é sé forme formidable a mé sanse me soumété souvan l'idé de la déziré. Mé une kopine a ma franjine é, an pluse, pluse jene ke moa d'otan d'an, s'été a rejeté !

J'adore la foto, kome are é poure lé souvenire ki soutiéne souvan lé survivan, mé, moa vivan, je n'oré pa bezoin de kliché poure revivre la séne ki a iluminé se chemin boazé menan a ma demere.

Je me trouvé a de san métre de ma porte, sure se chemin ki été an kontre o pare rapore a la route ou j'é apérsu Amiéle. Lé de se rejoanié kome no jou dan le bonjoure ki a suivi. Je kroa k'éle rantré du lisé é moa d'an vile. J'angajé lé premié mo :
- S'é pa souvan k'on se kroaze !
- S'é vré ! Tu doa rantré tou de suite ? On pe diskuté un pe ? J'éme byn marché dan lé boa.
Ele me syé !
Je n'avé pa ozé, éle oui !

Inspiré pare un Eole buisonié nou z'avon flané sou lé z'arbre du péché... la ou lé z'éspri fou jére la jenése influansable, é aséne une grase o tantasion nésante.

- Je pe te prandre la min ?

Ele gardé le cape de son idé, je me lésé gouvérné.

- Avéke plézire, mé tu sé ke je sui toujoure avéke ma chéri !

Lé z'ame délétére nou posédé, lé lame adultére tranché lé dérniére volonté ki rézisté an moa. Je lui é pri la min. nou nou some anfonsé dan le boa é, une foa a l'abri dé regare, nou nou some raproché, kolé, anbrasé.

- Tu é toute sele ché toa ?

L'éksitasion m'avé doné du kouraje.

- Oui, mé paran ne rantre pa tou de suite.

- Tu m'invite ?

- Oui.

Ele abité une dé premiére mézon du kartié. Nou z'avon gardé no min anlasé, mé je dominé le maléze de notre diféranse d'aje fase o koméraje ke sela oré pu antréné.

Je sui rareman antré ché éle. Je trouvé a mon gou séte grande sale prinsipale ou kuizine sale a manjé é salon ne fezé k'un. Mé sa chanbre été izolé é nou z'avon to fé de l'okupé. Ele m'a abandoné troa minute poure alé o toaléte. Je l'é atandu an me demandan kéle alé étre la suite...

Alore k'a séte ere si, j'oré du me trouvé dan la mézon a kélke pas d'isi a prandre une kolasion, j'été sure un otre li ke le myn, abasourdi, a atandre le retoure d'une fye don j'été a mile lie de pansé k'éle me déziré.

La voasi. Ele s'asié pré de moa. On s'anbrase a nouvo é, naturéleman, je lui karése le kore, je komanse a la dévétire é éle s'i abandone.

Ele é a prézan antiéreman nu, alonjé sure son li une plase, oférte a mé dézire. Je me mé a jenou sure le sole é poze dé bézé umide sure tou son épidérme. A l'aproche de son ba vantre j'éloanie un pe pluse l'une de l'otre sé kuise déja byn dézuni, é ma lange profite osito dé lévre douse ki l'akeie. An lere intériere un bouké inkongru mé léjé s'é imisé dan le flo dé z'éfluve voluptueze. Je le noa dan mon dézire de léché é de lésé une anprinte émosionéle dan le kore d'Amiéle.

Apré avoare égzérsé o mie, avéke mé moayn é ma petite ékspérianse, je réalize k'éle n'éprouve ke pe de plézire…

Ne son t'ile pa ankore an évéie ou sui je mové de ché mové ?

Séte réséptivité ki kapoté ne m'insité plu a pousé pluse loin no éba.

J'avé pérdu de ma supérbe é je me kontanté de la karésé, de l'anlasé, jusk'o moman ou éle m'a alérté parse ke la voature de sé paran krisé sure lé gravié.

Je n'avé pozé okun véteman alore je me sui rapideman plasé devan le bare pré de l'antré. Lé paran m'on salué avéke un gran sourire kome si j'avé l'abitude de me trouvé la, é Amiéle é aparu pe apré, le plu naturéleman du monde. Nou z'avon diskuté un pe é j'é pri konjé d'e.

Je sui sorti avéke une émosion difuze é konfuze.

Ereu de séte divine surprize, mé chifoné pare l'insatisfaksion.

Ele ou moa ?

Se n'été pa une késtion de fiérté, mé pluto une inkiétude poure éle si okun otre ne lui doné se k'éle été an droa de resantire.

Kélke moa pluse tare, alore ke nou z'an étion résté la, éle frape ché moa poure un sérvise ou poure voare ma sere, je ne sé plu tro.

J'été sele.

Je lui propoze d'antré un instan. Ele aksépte é j'ésé osito, san la bruské, de profité de la situasion.

Un manke de takte ? La désépsion ke je lui oré lésé ? Le fé ke je n'é pa éséié de prolonjé se ke nou z'avion komansé ? Ou vréman se k'éle a invoké ? « Non, é ta kopine... ».

Toujoure é t'ile ke je n'é pa insisté é éle é reparti.

Depui, je la voaié avéke son kopin. Eté t'ile a la otere ? Avé t'ile la chanse d'avoare konu la nésanse dé sanse d'Amiéle ?

Ile z'on déménajé. Ile se son kité. J'é déménajé a mon toure.

Fin d'une istoare, seleman de min, san landemin.

Chapitre 17 : **D'omaje**

J'avé rankontré un kopin de muskulasion sure un parkinge de grande surfase alimantére. Ile été akonpanié d'une fye pluse grande ke lui, é un pe pluse grande ke moa. An pluse de sa taie éle avé un peti né, une robe kourte, dé tache de rousere, dé cheveu mi lon é brun, é dé kuise byn vizible lésan nétre lé fantasme d'une chode chére a chérire.

Je diskuté avéke lui, mé ne pansé k'a éle. E je me randi konte, finaleman, k'éle me regardé pluto fikseman. Ele ne parésé pa présé de kité l'asanblé. Ele ne prené pa pare a la konvérsasion, mé éle été béle é byn avéke nou, é je la soupsoné d'étre surtou avéke moa.

J'avé l'inprésion d'iluminé son vizaje poupon. J'émé déja son sourire léjé.

Je m'aséié dan ma voature lé zie brian é l'éspri vagabondan dan d'andiablé sfére adultérine.

Sela devé an résté a l'imajinasion kare je n'éséré ryn pare réspé poure mon kopin.

Un soare, je m'arété a la dérniére sale de muskulasion ankore ouvére a séte ere tardive. Je pratiké asé réguliéreman le bodi buldinge é j'émé vizité sé lie é tréné dan sé anbianse.

Surprize ! Ele s'antréné la !

Ele n'a pa tréné poure venire échanjé dé mo avéke moa !

Je me santé konfian avéke éle. Ma timidité n'intimé plu a une antame insérténe dan lé térme. Mé mo touché juste, mé takineri lui flerisé dé lévre malisieze, mé z'aluzion siblé l'insité a me vizé avéke insistanse poure me dézarsoné.

On se konésé. Seleman kélke minute é on se konésé déja.

Ormi le kouran vite pasé antre nou, je savé se k'éle voulé de moa, éle savé se ke le sékse maskulin voulé d'éle. L'oriantasion été on ne pe pluse klére !

J'é omi de présizé k'éle avé kité mon/son kopin. Kéle chanse ! Pa poure lui puisk'ile an a soufére m'a t'on di. Ele, pare kontre, avé soufére d'un aksidan de la route. Une voature lui avé roulé sure la chevye. Ele été dan le platre.

On a kan méme pri notre tan. On se téléfoné tou lé joure jusk'a se k'éle m'invite un joure ché éle, pluse présizéman ché sé paran. On été toujoure sure le kanapé de la sale a manjé é sé paran n'été jamé la. Ile travaié. Mé éle ne voulé pa k'on fase l'amoure dan séte mézon. On s'anbrasé, je lui palpé un pe lé sin sure lé véteman, on rié, je l'anséré tandreman.

Ele se moké souvan de la petitése de mé z'épole parse ke son ékse, ki été pourtan moin volumineu ke moa dan l'ansanble, avé se ke l'on apéle dan le jargon kulturiste « Dé téte de bébé » o bou dé klavikule. Alore ke ché moa séte parti a toujoure été un poin féble.

Un joure éle me di k'éle ve prandre un aparte.

Pe de tan apré, éle vyn m'aprandre ke s'é fé é éle m'invite a i pasé la nui.

Eté t'éle présé de prandre sa libérté ou alore de se fére prandre toute une nui pare moa ?

Je ne prandré pa onbraje d'aprandre ojourdui ke s'été une garsoniére é ke je n'été k'une date dan une programasion. Mé je ne kroa pa.

Le tan de vizité l'unike piése de la mansarde é no bézé nou méte an lévitasion o desu du li. On se dévé rapideman é on pase o choze sérieze, sou lé dra.
An deore du platre, toujoure é dureman prézan, je koné le manke de tonisité de son kore, mé la j'an pran pluse konsianse. Sé gro sin son byn atiran malgré tou. Ele é vréman savoureze avéke sé multiple tache koulere chokola sure lé jou é sure le né é éle ariveré a me fére kroare ke poure éle s'é le joure J, le joure Jan Luke !

Alore une térible sansasion fréne mon éksitasion. Je panse a une otre fye. Je panse a séle avéke ki je konétré pare la suite une istoare d'amoure de séte an. Une istoare déja komansé a se moman la, mé don lé rupture frékante m'otorizé kélke z'ékare. No diskorde pouvé duré de de z'ere a de moa. Mé je l'émé é éle m'émé.

Se soare, malgré la situasion konprométante, je ne pe fére fi d'éle.
Je sui ankore an éta de fére l'amoure. Je pénétre ma partenére, mé je me san koupable. Mon amoure panse pe t'étre a moa alore ke je pran du plézire avéke une otre, ke je done du plézire a une otre. Ile n'é pa imanse, se plézire, puiske je me retire tré vite é m'asoa sure le rebore du li.

Ele réste stupéféte. Ke se pase t'ile ? K'a t'éle fé ou pa fé ?

Je lui éksplike égzakteman. Ele réplike éksékrableman. Mé je konpati. S'é léjitime. S'é préske monstrue se k'éle vyn de vivre.

Je ne pe plu fére marche ariére. Je me léve, me rabye é me dirije vére la porte. Je me tourne vére éle. Ele n'afiche plu se sourire léjé ke j'émé. Ele a o kontrére dé zie de lou. Pe t'étre m'oré t'éle dévoré a minui apré une métamorfoze konpléte…

Koa ke je dize, éle le prandra male, s'é normale.

O moman ou j'atrape la poanié de la porte éle se mé a me urlé de foutre le kan de ché éle, k'éle ne ve plu me voare ; istoare de prandre le desu, de retourné la situasion a son minse avantaje.

S'é francheman nule kome épiloge kan on koné le komanseman, lé z'éspoare, la préparasion.

Surtou ke términé se ke nou z'avion komansé se soare la n'oré pa pluse porté a konsékanse ke de s'arété la ou je l'é fé.

Séte nui la, j'é éré lontan dan lé ru de Périgeu avéke une boule bizare ki parkouré mé z'organe vito. Ele s'éjékté de ma téte poure alé s'ékrazé dan mé z'antraie, éle klaké dé poin ganian an remontan vére le kere, pui éle retonbé dan le vantre mou de mé z'étérnéle regré. E se je bileu me fezé okété a chake nouvéle trajéktoare santimantale.

242

Kélke moa pluse tare, j'é kroazé un kopin, gyeré, ke je ne voaié pa souvan. « Ile paré ke t'é pa un bon kou o li ?! ». Je savé, byn évidaman, de ki sa vené, mé pourkoa lui avoare di a lui ? Ile la konésé d'ou ?

Ile m'a rakonté avoare kouché avéke éle é dan lere diskusion j'été aparu kome konésanse komune. Alore éle a débalé toute sa rankere !

J'é balbusié kélke z'éksplikasion. J'été partajé antre la onte d'étre konsidéré kome un mové kou é séle de mon akte inkalifiable.

Kélke moa pluse tare, j'é apri sa more. Oui, sa more. Ele s'été rabiboché avéke son ékse. Ele s'antréné dure sou lé bare de muskulasion. Ele oré énorméman progrésé d'apré se k'on m'a di. Mé une maladi l'oré frapé. Lé dérnié tan éle se montré avéke un foulare sure la téte. Lé rumere été suspisieze. Je n'an sé pa pluse. Pa de chanse ou tro de riske, koa ke se soa, éle ne mérité pa sa. De se ke j'é konu d'éle, éle ne mérité pa sa. E j'é fé parti dé kélke dérniére movéze choze de sa vi. Oui, malerezeman, j'é fé parti dé kélke dérniére movéze choze de sa vi.

Chapitre 18 : « San... » poure san !

Apré mon tron komun, ile me résté a pasé la parti spésifike du diplome ki me pérmété d'ansénié la kulture fizike.

Je l'é pasé sure dise séte seméne dan un établiseman o milie dé montanie.
L'ére i été sin é j'i é konu dé sin a dané un sin !

On été proche de la fin du staje, mé o débu dé bo joure.
An aktivité de détante nou pratikion toujoure la muskulasion an sale, mé poure lé mordu du spore, nou jouion osi o baskéte an sale insi ke foute é ténise poure s'aéré.
Apré la poze repa de midi, avéke un kopin osi fou ke moa, nou z'avon pozé no chosure de spore poure joué pié nu sure le térin de ténise an revéteman dure, janre makadame.
Le sole été cho é la po de no pié été ankore séle de l'ivére : kokouné pandan dé moa pare dé choséte é dé chosure, donke fine é frajile.

Nou santion byn k'ile se pasé kélke choze, mé l'anvi de joué prédominé.
Apré pluse d'une demi ere de kourse, de chanjeman de diréksion, de so, nou nou z'arétion é konstation lé déga plantére ki fure la koze de notre retare an koure puiske nou fume, é parse ke sa fumé préske, doulourezeman kontrin de fére une alte a l'infirmeri.

Le landemin, nou n'avion pa d'otre choa ke de nou repozé é nou some alé lézardé o soléie sure une plase antouré de tai. S'été ankore du n'inporte koa puiske se métre an maio de bin a l'ere du plu gran réioneman de l'astre se n'é pa konséié é s'é vréman danjereu ojourdui a koze dé « trou dan le siéle », ki pluse é san protéksion solére.

La plase été déja an parti okupé pare dé fye d'un otre brevé d'éta.

L'une d'éle, san étre un kanon, été a mon gou s'ile i avé moayn de pasé un bon moman ansanble. S'été une fye a lunéte... été se un sinie ?

Mon kopin an a u mare de séte chalere. Ile m'a lésé.

Lé kopine de séte fye on fé de méme.

Nou some tou lé de a kélke métre l'un de l'otre, a se « zieté » de tan an tan.

S'é tro gro ! Je ne pe pa lésé m'échapé une okazion paréie. Je ne lése pa le tan a ma véne rézon é a ma foutu rézon d'angajé lere dialoge intérne. Je me léve é m'alonje pré d'éle sure ma sérviéte. Mon maio é byn tandu pare ma vérje vigoureze, mé je ne lui ékspoze kan méme pa sou le né !

Hum... poure otan, si éle ne la touche pa dé zie, s'é k'éle é présbite !

Je m'apérsoa vite k'éle n'é pa résté la, sele, pare azare.

Ele é anchanté ke l'on diskute méme si s'é seleman du bo tan. Le bo tan ki, soa di an pasan, nou z'ora kan méme pérmi de nou rankontré. Ele me paré téleman la poure moa ke je l'anbrase asé vite. Ele n'é pa surprize é pran osi sa pare. Mon maio rétrési un pe pluse...

Le landemin, mon kopin de chanbre désidé de rantré voare sa famye poure la nui. Kéle obéne !

J'an profite… « nou » z'an profiton osito.

Ele antre dan la chanbre. Nou n'avon ryn a nou dire. Ile ne fé pa noare parse ke lé lanpadére ékstériere jéte kélke ékla de lumiére dan lé vitre san protéksion. Je ne pran donke pa la péne d'ékléré pluse la piése.

Avan de se dézabyé, éle poze sé lunéte. A postériori éle me fé pansé a Adriéne, dan Roki 1, don le vizaje aparé finaleman kome pluto joli alore ke lé viléne lunéte gaché tou.

Une foa dévétu, nou z'antron dan le li.

Je dékouvre alore rééleman sé sin. Sa jenése lé porte byn kanpé, kome de iglou byn cho ki me soutiéne libidinezeman é ke je vé fondre an transpirasion dan pe de tan.

Méme lorsk'éle s'alonje sure le do ile réste asé séré. Ile réste ron. Ile réste plin. Ile réste a lere fére onere.

An altérnanse avéke une prize pluse férme, je lé z'éflere. Son vantre réste pluto pla, mé je lui akorde osi l'inportanse k'ile mérite a mijoté l'éksitasion.

Je ve alore me brulé lé doa dan sa kulote k'éle a gardé sure éle.

Mé éle m'aréte. Ele é dézolé. Ele n'é pa venu sele…

Je ne panse pa k'éle roujise osi sure lé pométe an m'anonsan sela, parse k'éle é motivé, parse k'éle ne seré pa venu si éle se santé male a l'éze a koze de séte andikape manstruéle mansuéle.

Sa komansé pourtan si byn avan séte info !

Je me remé de ma désépsion é lui propoze de le fére kan méme. Ele ne le ve pa. Je n'insiste pa.

Sa bouche gonflé pare le plézire, son kore voluptue, sé zie brian d'émérvéieman. E… mérde ! On ne pe pa an résté la !

Séte foa je ne gacheré pa tou pare ma suséptibilité, pare ma timidité, pare mon manke d'asuranse.

Je doa tiré kélke choze de séte situasion. Je me lése gidé pare la dousere de sa po an la karésan avéke mé min, pui avéke tou mon kore, pui avéke mon sékse seleman.

Je sui a chevale sure son vantre é j'i proméne mon pénise, pui sure sa poatrine, pui sure son vizage. Ele férme lé zie poure aprésié é aksantu la karése an kolan byn sé jou, sé lévre, é méme sé popiére kontre mon glan é ma anpe.

Ele n'i poze pa lé doa. Je panse ke s'é sa premiére foa.

Je lui demande alore de le lésé antré dan sa bouche. Ele l'antrouvre. J'élarji le pasaje. Ele ne réziste pa. Sa lui plé.

Je lui demande d'ouvrire un pe pluse gran poure ke sé dan ne frote pa. D'éle méme éle resére a soué l'étrinte bukale é je glise épérduman dan une salive chode.

Ele se lése fére konsiansiezeman. Le tan é… suspandu.

Vyn alore le moman ou j'é anvi de jouire é je l'an avérti poure ne pa la surprandre, poure ne pa la choké.

Byn m'an a pri parse k'éle n'é pa préte a sa.

Ile me réste donke a fére ankore onere a sé sin poure mon bouké finale.

Je m'i instale, byn antre lé de, é s'é éle ki lé mintyn poure le masaje érotike. An pluse de sa partisipasion, je remarke k'éle pran plézire a obsérvé se ke nou fezon. No zie se kroaze souvan, mé mon sékse la kaptive osi. Pandan k'éle s'inprénie de tou sa, je lui fé pare de mon bonere…

Une foa asouvi, une amértume m'améne a voare séte rankontre kome un raté. Sérte j'é joui, mé je regréte téleman de ne pa avoare pu lui ofrire osi un orgasme. E pui, je kroa vréman k'éle oré pérdu sa virjinité avéke moa. J'di sa j'di ryn ! J'an sé ryn du tou finaleman.

On s'é kité san parlé de se revoare. On ne s'é pratikeman ryn di ore rapore séksuéle.
Le landemin, o référktoare, je l'é salué de loin.

A Périgeu, j'avé toujoure séte ami « réguliére » ke j'émé vréman, mé don j'éksploaté parfoa no tan frékan de séparasion (a koze de diféran k'on ne savé pa réglé rapideman) an m'ofran, o méiere de ma bravoure, un pe de bon tan a l'ékstériere kan une okazion se prézanté.

La fin de seméne voaié kléreman la fin de notre liézon.
On ne s'été plu adrésé la parole depui la sorti de chanbre.

Kélke joure pluse tare, ché moa a Périgeu, je resevé une létre. Ele avé trouvé mon adrése. Kéle trétre ou kéle trétrése la lui avé doné ou lui avé prononsé mon non ?

Moa ki ne konésé ke son prénon é lé jumo k'éle porté sou son manton, éle, éle ne s'avoué pa vinku é savouré l'idé de rejoué.

Kourié flatere ke j'é lu avéke une sérténe fiérté, mé osi avéke la krinte k'éle ne veie pa me laché.

Moa ki garde tou, abituéleman, je ne sui pa sure d'avoare ankore se mo dan mé z'archive. J'avé téleman pere k'ile soa dékouvére é k'ile me porte tore. Je devé absoluman éfasé toute trase de se déli de li….

An réponse a se kourié, je n'é pa pri un malin plézire a étre san pitié dan mé propo, mé j'é été san pitié ! Je voulé k'éle konpréne d'anblé, poure k'éle n'é pa l'idé d'une deziéme tantative avéke l'éspoare de me konvinkre d'éséié malgré la distanse, de me konvinkre k'on é fé l'un poure l'otre, k'éle fera tou se ke je voudré, k'éle m'atandra… anfin un de sé truke ki ne pouvé an okun ka kolé a la situasion !

D'otre m'oré injurié, éle n'a pa répondu.

« Je te remérsi poure ta retenu é je te pri de m'ékskuzé poure ma létre disuazive é dan lakéle je ne pouvé pa me pérmétre de te remérsié poure l'agréable moman pasé avéke toa. Je ne devé pa prandre le riske de te doné le moindre éspoare. »

Chapitre 19 : **Ku... lturiste**

Toujoure a se fameu staje, ki s'étalé sure pluziere seméne d'une ané skolére, ile falé étre fore mantaleman poure ne pa se lésé distrére pare se ki préféré s'amuzé isi, mé travaié dure duran lé de ou troa seméne a la mézon.

Ché moa je n'i arivé pa, é isi j'avé souvan tandanse a suivre lé boute an trin.

J'avé partisipé aktiveman, pare égzanple, a l'échanje du kontenu konplé de de chanbre poure ke, an i rantran, lé stajiére konsérné é un doute sure lere rééle okupasion dé lie.

Ile n'on pa douté du tou é la fye m'an a voulu un maksimome parse k'éle été ékstrémeman fatigé se soare la. Ele ne pansé k'a se kouché, mé éle a du tou réintégré. Ele ne kroaié pa ke je pouré m'abésé a sé gamineri.

Kan le rire dé spéktatere a pérdu de sa supérbe, j'é repri mon kostume abituéle. Selui ke notre petite viktime pansé ke je ne kité jamé, selui du garson rézérvé ki avé pluse tandanse a édé k'a inportuné. Ele ne s'é donke pa kouché tro tare. Je n'atandé pa de remérsiman é j'é été antandu !

On s'antandé byn tou lé de é je l'é vréman désu se soare la. Ele été indiférante o z'otre pérturbatere.

Antre stajiére dilétantiste, on s'instalé réguliéreman dan le kouloare poure diskuté é rire dé pitreri de sértin.

Pa toujoure fasile poure lé bosere de se konsantré dan se brouaa.

La majorité dé chanbre résté ouvére poure komuniké pluse rapideman, poure ne pa loupé un truke intérésan.

Malgré mon koté timide, é épizodikeman solitére, je m'avanturé un soare dan la piése d'une fye don un artikle lui avé été konsakré, une dé seméne présédante, dan le magazine Le Monde Du Muskle parse k'éle avé ganié un konkoure de kulturisme ou de fitnése.

Ele boukiné, sele sure son li.

Kélke joure plu to, le azare nou z'avé fé nou retrouvé juste tou lé de dan la sale de muskulasion. Nou nou étion antréné chakun de notre koté, mé nou z'avion osi diskuté ansanble.

Ele n'avé pa une grose poatrine é sé péctoro asé dévelopé okupé byn la plase sure sa kaje torasike. Ele avé voulu ke je konstate pare moa méme lere tonisité an kontraksion.

J'i avé donke pozé une min !

Je n'avé pa tro su si je devé m'i atardé, pasé a un pe pluse de dousere poure dérivé sure un spore ki s'adapté a de nonbreu supore, don sé z'aparéie de muskulasion ki akeie de nonbreu fantasme…

Je m'i été vu une fraksion de segonde, mé j'avé préféré pansé k'éle été posédé pare la naiveté é sa me décharjé d'un riske a prandre. J'an é sureman oublié de décharjé ma bare du dévelopé kouché. Le poa de séte tantasion m'éian un pe fé pérdre la téte. E pourtan le riske, s'été koa ? K'éle dize o z'otre ke j'avé éséié de l'anbrasé é k'éle n'avé pa voulu ? Mé kéle male i a t'ile a tanté sa chanse avéke une fye ki vou plé ? D'otre oré été pluse antreprenan. Ele plézé a touse !

Je kroa osi ke j'avé voulu k'éle konpréne ke je n'été pa un méke ki soté sure la moindre okazion ki se prézanté à lui. Sesi poure ke l'on réste proche o dela d'une relasion séksuéle. Pare la suite j'an oré profité poure prandre la tanpérature de notre relasion é konkrétizé si le mérkure été pozitife. Je doa présizé, antre parantéze, k'éle n'été pa moindre, séte okazion, parse ke si éle n'avé pa dé gro sin, éle avé un bo fésié asorti d'une taie fine insi k'un joli vizaje. Une béle brune o cheveu lon.

Kélke joure pluse tare, éle boukine donke, alonjé sure son li, avéke la porte grande ouvére.
Je m'an apérsoa an trénan dan le kouloare.
Je me pran alore un mure de konfianse dan la tronche.
Ile m'aréte néte a l'antré de sa chanbre.
-       Sa va ? Je te déranje ?
-       Non, non !
-       Je pe m'asoare ?
-       Oui, oui ! E éle s'ékarte poure me lésé un pe de plase sure le peti li.

J'échape ankore de ou troa banalité é je libére mon konporteman. Je komanse pare pozé une min dériére éle, se ki pozisione mon buste o desu du syn.
Ele ne réaji pa. Okune éksprésion de surprize. Pa une késtion ou une mize an garde sure mé z'évantuéle

intansion. Je fléchi donke mon bra jusk'a pozé mon koude é avoare mon kore kolé o syn pérpandikuléreman.

Pa pluse de réaksion. Ele ne pe pa étre naive o poin de pansé ke je m'instale sure éle an bon kopin ? Nou ne some pa dé proche de longe date, non plu… !

Ma konfianse démultiplié, j'antrepran une présantasion raproché de no lévre.

Sa réponse aktive n'a de méme sanse ke la diréksion de no téte puiske la siéne s'éloanie de la miéne. Ele refuze mon bézé.

Oh, pa tré énérjikeman, mé s'é sufizan poure me prandre, séte foa, un mure de doute dan la tronche !

Ele me chuchote préske un « Non, Jan Luke… ».

Ele prétékste k'éle voudré travaié.

Ryn de tré katégorike, mé fidéle a mon abitude je me bloke. Je réste un bon moman dan séte pozision, kome lé statu uméne de Ponpéi ki n'on pa trouvé d'échapatoare.

L'anbianse de pluse an pluse pezante komanse a m'ankilozé. Je tourne la téte é voa pasé du monde. Si je lé voa, ile me voa osi ! Je komanse a me santire ridikule. Kélk'un a pe t'étre asisté a la séne…

Je bouje anfin é lui anonse ke je la lése trankile. Je sore dan la foulé.

Nou venion d'éfiloché notre kordialité.

Le dérnié joure, dan le buse ki alé nou dépozé a la gare poure la dérniére foa, nou nou some asi sure dé siéje kolé…

Nou z'avon diskuté jantiman san fére aluzion a se ki s'été pasé dan la chanbre. J'i é pansé pourtan ! Nou z'avon échanjé no numéro de téléfone.

Pluse d'un an apré, alore ke je ne voaié plu mon amoure depui de ou troa moa é ke sela parésé définitife pluse k'a l'akoutumé, j'é apelé « ma » béle kulturiste. Ele vivé a Pari é moa an réjion parizíéne, a Arjanteie, tranzitoareman ché mon frére é sa kopine, le tan de recherché un anploa. Avéke une forme d'inpasianse dan la voa, éle m'a invité a pasé ché z'éle un apré midi. Me voala dan son studio. Ele me di ke son ami travaie. Ele va s'instalé sure le li é me di d'i prandre plase. Je m'i alonje osi é nou diskuton de choze divérse é varié. Avarié poure sérténe...

La soneri de son téléfone retanti é éle répon. Je ne pe k'antandre la konvérsasion. S'é son ami, selui avéke ki éle vi é kouche isi méme ou nou some. S'é la premiére foa ke je sui dan une situasion, a mon sanse, ékivoke. Mé z'inprésion osi son anbigu. J'imajine foleman k'éle se raproche de moa tou an kontinuan a diskuté, k'éle passe sa min sou ma chemize é k'éle me karése, pui k'éle m'insite a fére de méme é ke je vé bokou plu loin...

Ne konésan pa son intérlokutere, n'éian okune imaje konkréte ki pouré opozé dé remore a mé z'idé libértine, je ne sui gidé ke pare une éksitasion émosionéle. Emosionéle, mé pa séksuéle. E pa séksuéle pe t'étre parse ke l'idé « ke sa pouré osi arivé a mon ami

254

prochéne ché un otre ome » se tape l'inkruste o milie de mé fantasme !
Kéle dézordre !

Espére t'éle ke j'antrepréne kélke choze ?

Ma véne rézon arive a la charje : « Ele t'a kan méme invité ché z'éle alore k'éle sé se k'éle t'inspire… sa ne va pe t'étre pa avéke son kopin é éle atan sureman ke tu ésé ankore de l'anbrasé ! »

Ma foutu rézon se raméne osi, byn sure : « Malerezeman poure toa, éle avé u osi un apérsu de ton rapide *bésé pavyon*… é je kroa k'éle sé ke tu é refroadi pare son refu. Ele n'atan ryn de toa ! »
Je ne me souvyn pa étre résté tré lontan. Je l'é kité an sachan ke je ne la rapéleré pa.

Depui se nouvo fiasko j'avé, kome d'abitude, rekolé avéke ma vré chéri don nou z'antamion notre sétiéme é ultime ané de liézon amoureze… é tou koure osi !
Dé moa avé pasé lorsk'un soare mon franjin me pasa le konbiné de son téléfone parse ke s'été kélk'un poure moa.
S'été « ma » séduizante kulturiste ki n'été pa byn du tou. Dé probléme avéke son kopin. Mé se soare la ma chéri été prézante é éle a vite konpri ke s'été une fye ki m'apelé. Kome éle me soupsoné d'avoare profité de notre séparasion poure fére dé rankontre, éle s'é lansé dan une krize de jalouzi ki pouvé vite viré o skandale.

J'é balbusié poure ékspliké rapideman la situasion é j'é rakroché.

Elé n'avé pa l'ére byn é j'é kan méme rakroché ! Pire, je ne sé pa se ki m'a fé pere, mé je ne l'é jamé rapelé !

Si, si ! Dé z'ané pluse tare, mé le numéro n'été plu valable !

J'éspére vréman ke je n'été pa indispansable poure éle a se moman la, é je n'an revyn toujoure pa ke se soa moa k'éle é apelé. Joli fye, intérésante, je l'imajiné antouré d'ami, mé, étonaman, éle n'an avé pe t'étre pa tan ke sa…

Chapitre 20 : **Poupine**

Si ma sere savé sa… !

Ele avé une kopine ke je pouré nomé Poupine.

Séte dérniére nou z'avé akonpanié a Pari poure voare mon frére o chanpiona de Franse d'atlétisme. La journé s'ékoula jantiman, mé se vizaje poupin, o reliéfe mutin, fi de moa son bégin.

Le soare, a l'aparteman de mon franjin, éle se mouvé dan une chemize de nui an soa ki se lésé parfoa porté kélke segonde pare une anche poure me la fére maté é me fantazié, avan de retonbé é redoné une linie droate o tissu.

Poupine n'été pa un kanon, mé éle été loin d'étre un ton ! Ele été ékipé sufisaman poure provoké l'anvi, poure konbatre l'indiféranse. E éle dégajé une dousere tan ouaté k'o ton de sa voa je glisé dan le dézire de profité.

Si je me souvyn byn, notre ote (pourtan Don Juan), ki ne pére pa une okazion é ki été san kopine se soare la, lui avé propozé une plase pré de lui poure ékilibré lé de li don ile dispozé…

Avé t'éle refuzé vi z'a vi de notre sere ou poure une otre rézon ?

Ile a falu alé se kouché parse ke, parse ke, parse ke s'été l'ere voala tou !
Fatigé ? Pa moa an tou ka ! La savoare a moin d'un métre de moa, juste dériére ma sere ki dormé antre nou, sa tené lé rido de mé zie byn o. E le filme je le voaié sure l'ékran naturéle d'une piése san lumiére. Mé koman le vivre ?

Le matela o sole, sure lekéle nou some, ankonbre lé troa kare de l'éspase. Apré pluziere minute mé zie se son abitué o noare é s'é a kou sure une pléne lune ki dispanse une klarté suplémantére poure me doné dé z'idé é m'édé un pe. An éfé dé kro me pouse a trouvé une solusion… é le lou garou ki s'instale dan mon kore n'a pa ke lé dan ki pouse…
Seleman voala, ma seréte me tyn an kaje…
L'atmosfére se distré a anvoaié une jérbe de pousiére d'éksitasion, pui une semanse de doute la rekouvre avan de s'i mélé. Anbrouiamini de santiman…

Je ne pe pa lui parlé sou péne de révéié notre viji. Séle si a lé zie byn férmé é doa navigé vére dé déstinasion onirike ki n'on okune chanse de kroazé le réve don je m'antéte a vouloare randre rééle.

Je déside de m'akoudé, plasé sure mon flan, ma téte suporté pare ma min poure ke séte pozision m'ofre une okazion de prandre dé z'informasion sure se ki se pase de l'otre koté. S'é pluto asoupi, mé je ne me rézinie pa, je doa savoare. Je survole le buste an baraje de la min droate pui, avéke une palpitasion térible é l'inkiétude ke Poupine sursote é me demande a ote voa, voare skandalizé, se ke je sui an trin de fére, j'éflere son bra.

Ile ne se pase ryn. Ele doa dormire profondéman.

Je poze pluse francheman ma min é je karése son bra.

Pa pluse de réaksion.

J'é dé pikoteman dan la téte, une monté d'adrénaline, é l'asuranse ke je ne feré pa marche ariére.

Koman va t'éle kité son aiere ? Dan un kri déchiran ?

Non ! S'é an m'avanturan dan le kre de sa anche, byn marké pare sa pozision latérale, ke j'antan son frison joué sure lé mikro file de sa chemize de nui. Un ultra son poure le néke pluse ultra de séte nui intrigante.

Mon opiniatreté rékonpansé, je vé é je vyn de ma min insousiante sure sé rondere ki m'invite. Ele ne dore pa, éle me resoa sinke doa sure sin grale ke je ve atindre…

Mé se débu de bonere a an éfé sé limite é moa, séte nui la, je n'an é pa…

Je ve boujé le moin bruskeman possible alore je poze la min dériére le do de ma sere. Pui un pié. Je me trouve donke juste o desu d'éle a fére atansion de ne pa la frolé. Mé muskle tranble, tan je sui konsantré, apliké, é pétri de pere.

Me voasi a déstinasion, o sole, o koté de poupine. Ele a lé zie ouvére. Ele me regarde avéke un sourire. Je l'anbrase. Je pase ma min (séle ki n'avé pa ankore profité de la situasion) sou le dra é je palpe avéke déléktasion tou se ki se prézante, tou l'agréable d'une po toride é idéaleman détandu pare un demi soméie.

Manifésteman, éle a osi anvizajé ke sela se produize.

Je ne m'aréte pa an si bon chemin é, apré le vantre, téatre dé plu bo gliseman de l'antrin, je file ou l'on anfile un kostume orgasmike.

Mé le véstiére é déja pri pare une kulote ki se pran poure une sinture. Poure une sinture de chasteté byn sure ! E moa, je doa étre tro « sintré » poure éle !

Séte kulote é bokou tro séré sure séte povre petite. Ele l'anpéche d'ékarté lé kuise !

Je ne poze pa de késtion sure son refu. S'é pa non plu l'androa choazi poure une éksplikasion ! Pare kontre je m'an trouve dé tone, kome a mon abitude : « Pa kome sa, je l'é jamé fé ». « J'é mé raniania ». « Pa isi, on é pa tou sele ». « Kan je joui, je urle ». « Pa la premiére nui » etc…

Je me rézinie a franchire, dan l'otre sanse, ma petite andormi ki jou le baraje, mé pluse rapideman k'a l'alé kome s'ile n'i avé plu d'inportanse a se k'éle me surpréne.

Je sui :

Satisfé de ne pa avoare été rejeté.
Emu d'avoare touché sa po.
Remué d'avoare dékouvére sé forme.
Ekstazié d'avoare été éksité.

Je ne sui pa :
Kontan de ne pa avoare pu aprofondire.
Asuré de retrouvé une okazion pluse néte avéke éle.

Pourtan éle a pri un studio sure Périgeu é nou l'avon
édé a anménajé dé meble. Kan on parté, éle m'a di :
« Tu poura pasé me voare... »
Lé moa on pasé san ke j'i pase. Apré se ke j'avé ozé la
ba, je n'ozé pa isi ! Je lésé fére kome si le moman
idéale alé se prézanté, je soré le rekonétre, l'évidanse
alé me pousé devan sa porte. E pluse je repousé, pluse
le doute k'éle é chanjé d'avi me gratouillé.
Mé un joure j'é éféktué un staje de profe de
muskulasion dan le klebe juste an fase de ché éle. E
apré minte ézitasion je me sui anfin anhardi poure
monté lé marche jusk'a sa porte.
Apré avoare échanjé de no nouvéle, j'é tanté ma
chanse, mé éle s'é refuzé a moa.
Je n'é pa du tou insisté, ni chérché a savoare pourkoa,
ni chérché a m'ékskuzé d'avoare atandu si lontan, alore
k'an me repousan éle avé pe t'étre sinpleman voulu me
fére konprandre ke je n'alé pa dispozé d'éle kan bon
me sanblé, k'éle été désu de ne pa m'avoare vu pluse
to, ke je l'avé oublié é k'ile avé falu ke je travaie an
fase poure me souvenire d'éle...

Mé oré t'éle kru a ma timidité parfoa ékstréme ki koné osi dé sote de karaktére… ?

Pourkoa é je atandu si lontan ? Pourkoa ?

Chapitre 21 : Le fantasme de la fame mure

Dan séte période de vi a Arjanteie, j'é travaié dan un klebe de remize an forme a Pavyon sou boa. Vin minute an voature, mé une ere troa kare pare lé transpore an komun !

Se nouvo klebe ouvré juste é j'i été le premié é sele profe de muskulasion. Le patron m'avé asuré ke mé z'ere suplémantére me seré péié… dé ke posible. Je n'avé pa u d'otre choa ke d'aksépté, s'été déja byn de trouvé un travaie dan un milie ki me plézé.

Sise joure pare seméne, duran troa moa, j'asuré kotidiéneman katorze ere de travaie, é an ajoutan lé troa ere é demi de trajé ile me résté donke sise ere é demi poure manjé é dormire. Je vené travaié osi le dimanche matin, mé je pouvé prandre la voature de mon franjin se joure la.

An seméne, je prené le dérnié trin a la gare Sin Lazare. Ile n'i avé ke dé z'ome a séte ere tardive.

Apré troa moa de se réjime orére, un deziéme profe a été anboché é sela m'a pérmi de pouvoare rantré plu to. E dan le trin, a sé z'ere, ile n'i avé pa ke dé z'ome.

De se fé, un soare, je remarke une fame d'un sértin aje. La soasanténe anviron. Le double du myn a séte époke !

Ele avé du an fére se retourné dé z'ome kélke z'ané oparavan ! La ankore, éle ne lése pa tou le monde de glase...

Lé rou dé z'ané, pasé sureman tro vite sure sé kourbe charnéle, avé lésé un pe de gome s'i akumulé é lé charjé d'un charme proban a mé zie...

Sé rondere m'éksite. Ele é sure un siéje de l'otre ranjé. Je la voa de fase.

Ele a un gran dékoleté é une onorable poatrine byn an plase. Le printan osi é si byn an plase k'ile me fé flerire dé z'idé é pousé un bourjon.

Pluse je la regarde é pluse j'anvizaje une tantative, mé on n'é pa sele é je n'oze pa boujé sachan ke tou lé regare konvérjeron vére nou.

-      Ile se konése ou ile la drage ?
-      Un jene ki se pran poure un jigolo !
-      Koman va t'ile s'i prandre ?
-      Ele va an profité la mami ou éle va le jeté ?

E pourkoa pa, pourkoa ne pa étre l'atraksion, la distraksion, de sé travaiere épuizé é moroze ? Je ne m'an san pa le kouraje.

Alore je me kontante de fantasmé.

O bou de kélke minute, éle s'an apérsoa.

Ele se redrése, reléve le manton é projéte son regare loin devan.

Ele aranje son chemizié. Ele fé sanblan de vouloare rataché un bouton de fason a me montré k'éle sé ou je mate !

L'instin de séduksion. Dé jéste prési malgré lere aspé anbarasé.

Ele é kokéte é s'é ankore pluse plézan.

Ele ne regarde pa dan ma diréksion, mé éle panse a moa. Sa transparé téleman k'une forte éréksion m'oblije a apuyé ma min sure mon pantalon poure éparpyé dan tou mon kore un plézire tro konsantré.

Ma véne rézon : « Va z'i, k'é se ke t'atan ? Ele é tou émoustyé ! »

Ma foutu rézon : « Mé non, éle é kontante de plére ankore, mé son mari l'atan é a son aje éle ne le tronpera pa. »

Ma véne rézon : « Si tu ne fé ryn tu ne sora jamé si éle é sele ou pa, é pui éle é agichante, s'é pluto la marke d'une fame ki éspére... »

« Espére ? Espére ? Ele s'pére an konjékture ton indésizion ! An atandan t'arive bynto a déstinasion é tu l'ora oublié demin : avéke toute lé jene é joli fye ke tu antréne o klebe... », konklu ma foutu rézon.

Dise an oparavan je me fezé dé filme sure la mére d'un pote ki avé été voazin pandan kélke z'ané. Je la voaié prandre le soléie sure sa térase é sa me chofé osi...

Se n'été pa ankore la mode dé kougare, mé séte atiranse d'un jene pare une fame mure, pluse ékspérimanté, n'été pa l'apanaje de la jénérasion suivante. J'avé déja fantasmé sure une fame de la karanténe lore d'un travaie d'été a dise uite an, é souvan dan la ru. Sela m'avé méme kouté un peti aksidan de la route, puisk'an me retournan sure une béle fame marchan sure un trotoare j'avé erté la voature ki me présédé é ki avé fréné bruskeman. E la, dan se trin, je santé une posibilté de réalizé séte anvi partikuliére. Je voaié byn ke séte fame dégajé une volonté de plére ki ne pouvé k'alé de pére avéke une idé dériére la téte.

S'é l'okazion révé !
Mé je ne dékole toujoure pa de mon siéje é le ralantiseman du RER fé s'anbalé mon kere.
Ou désan t'éle ?
Ele me done la réponse an rasanblan sé petite afére. Ele balé ansuite le vagon d'un regare fugase poure se ranségnié sure mé mouveman. Espére t'éle ou a t'éle pere ke je la suive ?
Je réste imobile. J'atan l'aré totale avan de me levé.
Ele me tourne le do é désan.
Je réste a distanse.
Je me poze ankore dé ta de késtion. Ele me pran pe t'étre poure un détraké ki lui ve du male, é s'é poure sa k'éle me survéié du koin de l'eie ?!

Je me prépare a la suivre si éle tourne a goche. Ele tourne a droate, s'é ankore mie, s'é mon chemin.

J'aksélére le pa, mé je ne sé pa, kome s'é souvan mon ka, si je vé kontinué ma route an la doublan san ozé lui adrésé la parole ou si je vé l'abordé francheman. Je me lanse, le déklike se fera ou pa o moman krusiale.

Apré avoare lésé pluziere pérsone dériére moa, je sui sure lé talon de ma konvoaté. Son pa é trankile, élé n'a pa l'ére de s'inkiété d'un individu suspé ki seré a sé trouse. E s'é méme sa démarche atantiste ki motive mé premié mo an arivan a son nivo.

-      Je pe vou z'akonpanié un pe ?
-      Oui, byn sure.

Voala, éle n'é pa surprize, éle m'atandé !

Se soulajeman m'éde a résté zéne poure la suite de la konvérsasion.

La dousere du tan, la marche, é son ére détandu i son osi poure kélke choze. Je n'é okun tranbleman dan lé z'iskio janbié, ni lé machoare ki klake.

Ele m'apran ke son mari é désédé voala kélke z'ané. Ele vi sele…

Sérténe de mé pansé se konfirme.

L'ere é antre chyn é lou kan nou travérson la sité. Nou z'arivon o ba d'un gran batiman. Ele s'aréte devan l'éskalié é me di, avéke lé zie d'une biche ki ouvre sa klériére a dé boa de male, k'éle abite isi. Une latanse nou déstabilize.

Je sui le premié a reprandre la parole. Je lui propoze k'on se revoa dé le landemin sure le ké.

Ele aksépte.

J'é anfin obtenu de mon anploaiere un joure de repo dan la seméne, alore je vé san tardé an fére bon uzaje…

La nui porteré t'éle konséie ?

An tou ka j'an porté dé so de késtion ! J'an pozé dé probléme poure me rézoudre a fére o mie ! J'an franchisé dé pon d'intérogasion puiske la réponse ne koulé pa de sourse !

A la fiérté é l'éksitasion de pouvoare réalizé se fantasme suivi la satisfaksion d'une gloare akonpli. Savoare ke s'été posible parésé soudin préske me sufire.

E s'ile avé falu antretenire une longe relasion amikale avan d'anfin fére l'amoure avéke éle, je n'oré pa u la pasianse.

E si éle avé soufére dan sa vi é k'éle me konsidéré kome un éspoare, je n'oré pa voulu l'anfonsé un pe pluse moraleman.

E si, é si…

Avéke dé « si » j'é koupé mon anvi !

Le landemin, j'alé a l'ere konvenu a l'androa konvenu.

Ele été déja la. Ele été byn la.

Je n'é pa pérdu kouraje. Moa, j'été la, an fé, poure lui anonsé ke je n'iré pa pluse loin avéke éle.

Je sé ke je l'é fé avéke takte puisk'éle m'a konpri é n'a pa sanblé m'an vouloare. Mé pe t'étre a t'éle pansé ke s'été a prévoare, k'éle ne mérité pa mie, k'éle avé été sote de se fére dé z'iluzion é k'éle devé vite fére kome si ryn de tou sela n'avé u lie.

E je été monstrue une foa de pluse a koze d'inkiétude inutile ?

Je panse, o moin, k'éle a aprésié mon onéteté de ne pa l'avoare abandoné lacheman an disparésan. J'é konu sa é je n'éme pa le fére o z'otre.

Kome d'abitude j'é regrété. Surtou lé joure ou j'avé de grose anvi séksuéle. Je me dizé ke j'avé été un inbésile. La, je m'imajiné avéke éle. Parfoa éle me surprené pare sé pratike totaleman libre, d'otre foa je l'éduké… Je ne soré jamé…

Chapitre 22 : Ah… Anita !

Kélke moa avan séte épizode, mon premié poste de profésere de muskulasion dura troa moa é ne fu pa déklaré. S'été un ranplaseman. S'é isi ke j'é rankontré Anita.
Ah… Anita !

Je ne lui é pa demandé sé z'orijine, mé je pariré poure italiéne. Tou an longere. Pa une onse de grése. Une bone umere pérmanante. Pouvan altérné une grande aktivité é un kalme de réptile. Cheveu korbo. Gran zie ron de renare. E surtou… du chyn ! Ele avé du chyn !

Un joli fizike, mé on remarké surtou k'éle avé du chyn !

Sela ne lésé pérsone indiféran, é nonbreu été se é séle ki le lui avé di.

Poure l'instan éle me dizé k'éle avé bezoin de raférmire sé fése. Alore je lui propozé dé égzérsise é je la regardé lé z'égzékuté. Je kontrolé sa pozision. Je m'asuré, de vizu, de la bone kontraksion de sé muskle…

Ele n'avé pa le fésié byn bonbé ki réste ma référanse, mé, valorizé a la chute de sa taie tré fine, ile avé une rondere romanéske. Chakune de sé pozision, chakune de sé kontraksion, été une insitasion a l'avanture…

E devan l'insistanse d'Anita poure ke je l'obsérve avéke atansion, notaman sure lé z'égzérsise poure l'ariére de la kuise ou le fésié, je ne me privé pa de l'admiré !

« Regarde byn, di moa si sa va kome je fé ?! »

Ele vené réguliéreman é a chake foa on konvérsé lontan. Sa ne jéné pa tro mon travaie parse k'éle n'été prézante k'a la dérniére ere, lorsk'ile n'i avé plu bokou de monde.

Pluziere ome, avéke lékéle j'avé de bone relasion, m'avé déja prédi ke s'été du tou kui poure moa.

Sa lere krevé lé zie, mé pourkoa séte fye, sure ki chakun lornié é don pluziere la konésé byn avan moa, s'intérésé t'éle pluse a moa k'o z'otre ?

Mon statu de profe pe t'étre ?

Un soare, poure m'évité le trajé an buse, éle me propoza de me dépozé dirékteman a la gare. Dan la voature, je n'é pa ozé abuzé de la situasion. Ele m'ofré un sérvise alore je n'alé pa osito tanté de sortire avéke éle. « Kéle profitere ! », pansé je k'éle panseré.

E dire ke s'été sureman prémédité de sa pare...

De banalité an banalité notre o revoare, an pluse du gou amére poure mon manke d'odase du soare, m'a lésé une béle pérspéktive a antrevoare. J'é préske antandu sa désépsion devan mon mutisme.

Je kroa ke s'é dé la séanse suivante ke je l'é invité o réstoran.

L'invitasion, an tou ka, a été konkrétizé le ouikinde suivan. J'été asé dékontrakté avéke éle, moa ki ne sui pa tré bavare an fase a fase.

Le fé k'éle ne soa pa fumeze ajouté a l'atmosfére séne ki nou réunisé. Sé lon sile noare me charmé san méme papyoté, é je n'an revené toujoure pa d'étre selui ki, a se moman, se délékté de sa bouche mastikan, tou an l'imajinan m'astikan...

E si diné ansanble ne sinifi pa ke kouché ansanble é la suite lojike, s'été anvizajable, posible, souété pare nou de avan se repa. Un tré de karaktére ki se dévoaleré kome rédibitoare, une bourde monumantale, un konporteman inarmonie, son kélke z'aspé ki oré pu métre an périle notre future relasion séksuéle.

Séte foa ankore, je n'é pa voulu abuzé de la situasion. J'é joué le méke pasian. Pluse sériezeman, j'avou ke je ne savé pa koman m'i prandre !

J'été venu an transpore an komun é éle m'avé donke dépozé, une foa sorti du réstoran, a une stasion de métro san ke, s'ajisan de fére le premié pa konkluan, je réusise a me débloké.

De bizou, a bynto, je férmé la portiére é, sure de moa, me retournan a péne, je désandé lé z'éskalié ki mené o giché. Mé je ne konésé pa ankore tré byn séte vi soutéréne, é notaman lé z'orére.

La grye francheman férmé avé du étre ébobie an voaian ma téte de provinsiale désu de n'avoare pa ankore ouvére une liézon inédite, é désu d'étre bloké devan une antré intérdite.

Vite, vite, j'éspéré k'éle fu ankore la.

Je remonté lé marche an kouran avéke l'éspoare furtife k'éle m'invitéré a résté dormire ché éle. S'été une okazion révé !

Disparu ! Méme pa sé fe o loin ke j'oré pu poursuivre a grande anjanbé.

Je me sui vite ransénié opré de pasan poure konétre l'ere d'ouvérture. J'avé anviron katre ere a tué, s'été pa la more ! Juste k'un froa nokturne alé me malmené, istoare de me fére resasé une ou de oportunité ki m'oré pe t'étre évité de subire séte modéste épreve.

Ma petite ame d'avanturié m'a pérmi de l'apréandé avéke filozofi é d'adopté une atitude adapté.

J'é marché.

J'é fé un pe de léche vitrine, un pe de vizite dé lie, marché me réchofé. Pui, poure suporté trankileman lé dérnié instan, je me sui abrité du van fré matinale dan une kabine téléfonike. Je n'avé prévu okun véteman poure la sirkonstanse.

J'é kroazé osi kélke mésie é jene jan ki n'avé pa l'ére d'étre pérdu, mé ki pérdé lere regare dan le myn poure me sondé une premiére foa, kontan sure une segonde sonde pluse aprofondi si afinité…

Le landemin, j'é rakonté séte malankontreze nui a Anita.
Ni une ni de, éle m'a lansé k'éle oré préféré me gardé avéke éle !
J'é soté anfin sure l'okasion poure lui dire ke moa osi.
Kome, an pluse, éle vivé sele an aparteman, a la fin de la seméne je pénétré lé lie.

Nou ne prenon pa le tan de vizité le de piése. Nou nou dézabyon poure antré dan sé dra de satin. Sa po é de méme téksture.
Pare kontre éle me prézante du latékse de téksture diférante, avéke ou san stri, de forme diférante, de koulere diférante. Ele é ékipé, éle sé resevoare…
S'é la deziéme foa de ma vi ke je vé utilizé un prézérvatife. Ile fo ke je m'i abitu, pare lé tan ki koure a la katastrofe !
Anita a dé forme agréable é proporsioné, mé sa finése jénérale me déstabilize. Je ne sui pa abitué a se janre de fizike. Si o moin l'umidifikasion de son sékse été abondante, sa pouré konpansé é m'éksité vréman, mé se n'é pa le ka é je me rédi tou juste sufisaman poure anfilé le kaoutchou ki ne pe k'agravé la situasion.

Notre ardere diminu o fure é a mezure ke l'on pran konsianse de mon éta… de kaoutchou mou.

Je lui éksplike… je lui éksplike ryn ! Je ne sé pa se ki m'arive, voala tou !

Ele n'a ankore jamé konu sa, moa si !

Ele me di ke se n'é pa grave, k'on va résté l'un kontre l'otre. Ele ariveré a me fére kroare k'éle le panse vréman tan éle garde sa gété.

Alore, an atandan, an éspéran ke sa reviéne, on diskute.

Ele me montre sa koléksion de petite kulote é de soutyn gorje an soa. Stringe, kulote bréziliéne, boksére… la klase ! Tou sa doa lui alé a mérvéie.

Nu devan un miroare, on konpare no fésié é no kuise. Kéle diféranse inprésionante ! Ele, fine, é moa komansan a atindre un bon volume muskulére.

On se bloti l'un kontre l'otre, on se manje une kochoneri, on se regarde dé klipe a la télé (antre otre le premié suksé de Art Mengo), é pui on fé une dérniére tantative… avorté !

Ah… Anita ! Toa ki avé du chyn, tu n'été pa une chiéne. Tu m'a niché dan ton li san métre okun moayn an evre poure rétablire l'éréksion.

E moa, je n'é pa ozé te demandé de prandre lé choze an min… ou mie, an bouche. Mé dan se kontékste, j'été surtou okupé a avoare onte.

Kome koa, te konsérnan, ile ne fo pa toujoure se fié o z'aparanse !

Ou alore tu n'a pa voulu te laché dé la premiére nui poure ke je ne panse pa ke tu été une salope, puiske

272

bokou d'ome, apré avoare u se k'ile voulé, dénigre é méprize la fye ki lere a pourtan doné du plézire.

Ele éspéré sureman pluse de moa puiske, malgré séte situasion dézéspérante, on a mintenu notre relasion. Platonike, mé relasion kan méme.
Je ne me santé pa konfian poure un nouvéle ésé dan un li. Pluse j'i pansé, pluse je douté.
Pourtan éle me plézé bokou é on s'antandé byn. Ele, éle atandé pasiaman ke l'on rekomanse .
Ele n'avé pa pri onbraje de ma pane, é j'oré pu pansé k'éle ne kontinué ke poure m'aporté un soutyn konpasionéle. La suite me prouvera ke non.

S'é présizéman dan séte période ke j'é voulu reprandre, inosaman, dé nouvéle de ma fameze chéri ke je ne voaié plu depui dé moa. Je n'avé jamé konu se probléme avéke éle, é s'été pe t'étre une fason de me rakroché a une forme de réusite. Un rékonfore.
Un cou d'file é s'été reparti ! Nou z'étion désidéman inkorijible !

Sure se, je n'avé plu k'a anonsé a Anita k'ile été préférable ke nou nou z'an tenion la. Ele ne l'a pa male pri.
J'avé términé mon ranplaseman o klebe é je n'avé plu de kontakte direkte avéke éle. Je n'ozé méme plu lui téléfoné.

Je l'é rankontré, de ou troa moa apré, devan le klebe de remize an forme de Pavyon Sou Boa dan lekéle j'avé trouvé un nouvo poste de profe.

Ele m'a promi k'éle i rantreré me voare un joure. Se k'éle fi !

E apré ke je lui é fé vizité la sale, k'on é byn diskuté, éle me regarde dan lé zie é me di ke je pe venire ché éle kan je ve, k'éle émeré byn rekomansé avéke moa.

La, éle m'a dékonsérté !

Un an é demi pluse tare, séparé définitiveman de ma fameze chéri, j'été a nouvo sélibatére, é un otre klebe m'akeié an son sin, an sé sin…

Isi, je fezé l'ouvérture é la férmeture an échanje d'un aparteman de fonksion dan l'ansinte méme. J'été profe de muskulasion é de jime tradisionéle, je jéré a l'okazion lé profe de danse, de karaté, d'aérobike, je fezé lé kourse é je préparé le kafé, lé sandouitche é lé protéine an poudre poure lé klian. J'antretené le jakouzi, é je m'okupé de l'akeie é dé z'inskripsion. Béle intansité pandan lé dise uite moa k'ora duré séte ékspérianse avan ke lé patron ne vande la sale.

Mé lore dé premié joure, dan un tan more, j'é repansé a Anita. A se k'éle m'avé di la dérniére foa k'on s'été vu. S'été la une béle okazion, d'otan ke j'abité pluse pré de ché éle é ke j'avé osi un aparteman pérsonéle.

Résté a savoare si éle été libre, éle osi.

Asi trankileman o buro d'akeie, je sorté mon répértoare. Je n'avé pa loin a chérché : Anita, premiére paje, premié prénon !

J'é pri le téléfone du klebe, j'é konpozé le numéro, é s'é éle ki a répondu. Jéniale, éle été toujoure la !

Je n'é pa u le tan de me prézanté, éle m'avé rekonu. Dan le ton de sa voa transparésé son sourire. Sa satisfaksion, sa joa, m'on ému. O poin ke j'é voulu plézanté, pare anbara, an atandan de trouvé mé mo, é ke j'é fé la bourde inpardonable : « Avéke ton non, t'é byn plasé, t'é an téte de liste dan mon répértoare. »

Ele, gran silanse de stupéfaksion. Moa, onteu. Ele, éle trouvé la une rézon de m'oublié. Moa, j'avé pérdu la rézon.

Je n'é méme pa éséié de ratrapé le kou. La konsékanse sanblé inéluktable. Tou se ke je j'oré pu dire oré pu étre retenu kontre moa. Poure fére stile d'alé naturéleman o bou de mé z'intansion, kome si tou été normale, je lui é doné mon numéro de téléfone, san konviksion okune. Ele ne m'a pa di d'atandre, k'éle n'avé pa de stilo ou de papié sou la min. Ele ne m'a pa doné l'inprésion d'ékrire, pluto séle de n'an avoare plu ryn a fére !

La réjouisanse ne porté plu son intonasion kan on a rakroché. J'été sureman rouje téleman j'avé dé pikoteman é une grande chalere dan tou le kore. Je me fezé tou peti devan lé klian, je ne voulé parlé a pérsone. Se fure no dérnié mo.

Dérnié mo, mé je l'é ankore kroazé préske dise an pluse tare. Dan un gran santre komérsiale d'Olné sou boa. Ele ne m'a pa vu, ereze k'éle été, bra desu bra desou avéke un garson don je n'é pa u le tan de jujé le fizike. Pare kontre, éle été fizikeman fidéle a séle ke j'avé konu. Ele avé toujoure du chyn. Mé son sourire été rézérvé a selui ki l'avé sureman konblé... lui !

Chapitre 23 : A l'opitale

J'é une movéze élastisité dé véne sure la janbe goche, se ki s'é tradui pare dé varise. An mile nefe san katre vin dise, a Orléan, je me sui fé opéré.
Je vivé avéke Siléne. Se fu la dérniére ané pasé avéke éle. Sure lé séte ané ou nou some sorti ansanble, ile a sufi de sinke moa de vi an komun, an aparteman, poure nou séparé définitiveman. Un pe kome sé jan ki se mari anfin apré une istoare de pluziere ané, mé divorse finaleman kélke moa pluse tare.
Nou nou émion vréman, mé no divérjanse sure sértin aspé de la vi on u rézon de notre kouple. La fin fu larmoaiante, bruyante é... brulante puisk'éle a mi le fe a toute lé foto de notre sépténa amoureu ! Moa, méme si sa se términe tré male, j'é bezoin de gardé lé bon souvenire.

Nou z'étion donke dan séte vile étape de l'épopé, a la fin kuizante, de fe Jane D'Arke. E mon parkoure fléché me mené a la pointe d'un bistouri poure m'anlevé varise é varikoséle.

Bynto l'opérasion, mé avan : la préparasion. Une infirmiére se prézante poure me razé le pubise.

K'ile an soa insi !

Ele me demande d'oté mé véteman é je m'égzékute iliko présto.

Je doa vou dire k'éle été pluto byn. E se n'é pa poure anjolivé la séne ke je la dékri joli. Méche blonde sure cheveu koure é sure chouéte fasiése. E son kore avé dé proporsion idéale poure me sérvire de manekin dan mé fantasme de sekouriste lore de mé z'intérvansion buko bukale é buko otre…

Ele devé sérténeman é souvan étre solisité pare lé chirurjyn é lé z'infirmié dériére lé porte dé remize médikale…

Mon sékse é planté o milie du dékore. Je ne sé pa koman me konporté. Pa fasile de résté naturéle dan une téle situasion.

Ele porte dé gan fin an latékse. Ele me raze é lorske ma vérje la jéne, éle la mé de koté le plu naturéleman du monde !

Je n'é okune éksitasion. D'une sérténe fason sa me ran onteu de ne pa randre omaje onorableman a se fizike ki ne me lése pa indiféran malgré l'absanse de preve ke je done, mé d'un otre koté je seré onteu de lui drésé sou le né un instruman don éle n'a pa utilité duran son sérvise, mé d'un otre koté ankore la vu kotidiéne de séte éspése de machin l'a pe t'étre blazé.

Je m'anki de sa réaksion fase a une monté soudéne de tansion séksuéle ché un pasian :

- Ke féte vou si un ome a une éréksion lorske vou lui razé le pubise ?
- Je lui mé de l'étére otoure du sékse !

La késtion ki né dan ma téte, mé sore san le moindre son vocale :
- E moa, si sa m'arivé ?

Térible kome la jéne m'inibe !
Térible kome le késtioneman m'inibe !

Je me konsantre poure résté naturéle. Je garde un sértin aplon. La sele petite satisfaksion ke je pe avoare a se moman la, s'é ke, malgré l'absanse d'éréksion franche, mon pénise é kan méme un pe gorjé de san grase a l'éfé de la manipulasion nésésére de la jene infirmiére. Ile a donke une aparanse avantajeze. Se ki, poure moa, konpanse an parti le dézonere éprouvé.

Une foa son travaie términé, éle m'abandone é je sui malmené pare mon sérvo jusk'o moman ou éle revyn poure m'akonpanié a l'étaje infériere.
Dan le kouloare éle échanje dé regare parlan avéke d'otre infirmiére a ki éle sanble me prézanté. Dé sourire son éskamoté, dé mo son chuchoté.
Une otre infirmiére, takine, propoze de ranplasé mon ofisiéle poure me mené an ba, mé séle si refuze avéke un ére détérminé é anjoué.

J'é vréman l'inprésion de lui plére é je voudré sézire une okazion poure lui doné mon numéro de téléfone, mé Siléne revyn a mon éspri é je lése tonbé l'idé, don la désante de l'asansere multipli sa vitése de chute. Ile fo ke séte movéze idé s'ékraze an bouy poure ke je ne puise plu an rekonstitué lé morso.

Se fantasme de nonbreu ome, je panse avoare u la posibilité de l'akonplire, mé si j'avé été sélibatére, é se ke j'oré vréman ozé tanté kélke choze avéke séte infirmiére…?

Chapitre 24 : Moa, dragere de supérmarché !

Je sui timide, é pourtan ile m'é arivé de dragé dan lé trin, dan la ru, dan lé supérmarché.
Avéke pe de réusite, mé a chake foa j'été fiére de m'étre surpasé. Je n'é jamé u la bone téknike, mé, méme si je l'avé konu, je n'oré pa u le talan pour l'apliké… Je réste rareman luside é mé manke de spontanéité é d'oportunisme me pérde vite.

J'été revenu vivre ché mon franjin, a Arjanteie, apré séte parantéze orléanéze de sinke moa avéke ma chéri ki nou z'ora pérmi… de nou kité définitiveman.
Sélibatére depui tro de seméne, sa me démanjé…

An fezan dé kourse o supérmarché de l'ésplanade, je remarké, fezan la ke a kélke kése de la miéne, une béle fame o cheveu blon dékoloré é bouklé. Ele été vétu d'un pule larje é lon é d'une jupe baba koule. Sé kulote de chevale été insi amoindri. Ele m'atiré malgré sé défo, é une éksitasion frémisé dan mon torakse. Je devé ajire !

Ele m'avé osi remarké. Ele n'été pa étinte pare une netralité du vizaje, byn o kontrére ! Sé z'éksprésion traisé sé pansé, jusk'a la déklarasion kléré de son sourire. La, je kroa vréman k'éle souété une aksion de ma pare. Je me seré santi onteu si je n'avé ryn tanté.

J'é péié avan éle, é j'é tréné volontéreman dan le magazin an transféran lanteman mé produi du kadi o sake plastike. Se lapse de tan a sufi a la fose blonde poure sortire du magazin avan moa. Je lui é anboaté le pa é, sinkante métre apré la sorti, je me sui jeté dan le vide, dan son éspase.

Malgré le van de fase ékstrémeman fore, j'é réusi a me porté a son nivo. S'é dire ma motivasion suite a l'éksitasion ke son sourire avé provoké dan tou mon étre. Se van ne m'édé pa pare sa diréksion, mé le fé k'ile kontrarié la marche de séte fame an s'angoufran dan sé saché plastike m'avé insité a lui propozé mon éde. Kéle obéne ! Je pouvé, grase o van, justifié a sé zie ma rézon de l'abordé.

On sé touse pourkoa, dan l'imanse majorité dé ka, un ome tante de komuniké avéke une fame. Le bute supréme é pare aiere konpri dan le dérnié vérbe de la fraze présédante… Mé ile se doave de joué, de makyé lere z'intansion poure ne pa éfréié, parse ke lé fame éme rareman alé droa o bute, parse k'éle z'éme byn kroare o gran santiman avan tou.

Alore moa, gran timide a mé z'ere tro nonbreze, je me lése avoare pare séte a priori é j'é pere ke mé z'intansion aparése kome le né o milie de la figure.

Je l'é donke akonpanié sure une santéne de métre a péne, jusk'o ba de son imeble.

Ele a aksépté, avéke un sourire radie, de me doné son numéro de téléfone.

Pandan kélke joure nou z'avon diskuté a distanse. De ma chanbre je voaié la fenétre de la siéne.

Ele vivé avéke son ami, mé éle n'été pa kontre un peti ékstra…

Ele été oblijé de pasé sure « mon » trotoare poure se randre a la gare du Vale d'Arjanteie, mé s'été le soare, a son retoure, ke j'an profité poure la regardé. Sa me rapelé mé dise an, kan j'été atizé pare lé pasaje frékan de Tima ki alé acheté dé bonbon.

Pare kontre sértin joure sé véteman mété un pe tro an évidanse sé défo fizike alore je m'anprésé d'an fére fi parse ke je ne voulé pa ke sa fase retonbé le souflé ki abité mon anvi.

On a désidé de se voare a la gare Sin Lazare, a la sorti de son travaie, poure rézérvé une chanbre d'otéle. La rézérvasion n'étan évidaman pa l'objéktife ultime, doa je le présizé… ?

Le randé vou é pri. Je sui épri du randé vou. Mé o porte du randé vou, ke m'anonse t'éle d'antré de je ?

K'éle é dézolé, mé un débarkeman a u lie dan la nui. E le rézulta é sanglan !
Pare kontre, éle a kan méme tré anvi, alore si sa ne me déranje pa…
Bin voala, s'é le kou de grase ! J'avé tou fé poure résté animé pare séte échéanse é voala k'an une fraze je me san dégonflé irémédiableman.
Malerezeman éle n'a pa lé z'atou fizike poure me konvinkre d'afronté son éta.

Je lui di préféré reporté notre… sinke a séte.
Ele aksépte avéke désépsion é nou voaiajon ansanble poure le retoure.
Nou z'alon a l'étaje du RER. Le vagon é préske vide.

Osito asi nou nou kolon l'un a l'otre. Ele me pran la min. No bouche se mélanje. No lange jou, a défo d'avoare fé joué no kore o konplé.
Ele porte une mini jupe é dé kolan noare é fin. Une anvi de pasé ma min antre sé janbe me titye. Ele n'atan ke sa…
Tou an l'anbrasan, je karése l'intériere de sé kuise é éle aprouve an lé z'ouvran le minimome posible poure me koinsé é ogmanté la présion sure le bouton de mize an fe de son antrekuise ; la ou je devré glisé de plézire an se moman si j'avé aksépté son invitasion une demi ere pluse to…
Mon atoucheman sure le kolan, san konpansé se k'éle éspéré sérténeman o so du li le matin méme, sanble lui aporté une petite satisfaksion.

282

Ile n'é pa tro tare poure chanjé d'avi puisk'ile n'i a pérsone a l'aparteman de mon franjin é je komanse a regrété, mé j'é pere ansuite de regrété d'avoare regrété si je revyn sure ma désizion.

Lé garson dize ke lé fye ne save pa se k'éle vele, mé n'étan pa un méke poure ki un trou é un trou, je pe konprandre lé variasion émosionéle du janre féminin. J'éme osi k'ile i é le peti truke an pluse. Pare kontre sa okazione dé raté é dé regré a rajouté a se provoké pare la timidité… é sa komanse a fére bokou !

Ojourdui ankore, lé joure ou j'i panse, je me di ke j'oré kan méme du éséié. Ele n'avé pe t'étre pa gran choze ! Une petite toaléte juste avan é on se seré sureman byn amuzé.

E dire ke dan sé méme kondision fiziolojike, avéke la fye du staje s'é moa ki voulé é éle non…

Je lui é anonsé kélke joure apré, pare konbiné téléfonike, ke j'arété la.

La rézon ? Okun souvenire ! J'é du an konbiné une bidon k'éle n'a pe t'étre pa avalé, mé k'éle n'a pa jujé bon de relevé.

Kélke moa pluse tare, je l'é kroazé a la gare Sin Lazare, ereze d'étre antouré de troa ou katre ga, d'o moin dise an de moin k'éle, la dragan aktiveman.

Eté t'éle kome sa avan notre rankontre ou notre rankontre a t'éle été le déklanchere de sa déboche ?

On s'é salué d'un sinple sourire. S'é san doute un regré ki m'a fé intérprété le syn kome narkoa…

Chapitre 25 : **Du tapi de marche o somié de kouche**

Se bon vie klebe d'Olné sou boa !

Ojourdui, se lie é mékonésable téleman ile é nefe. Ile é okupé pare un kabiné d'avoka.

Ma chanbre dan lakéle je n'é jamé u le tan d'achevé lé travo de rénovasion, séte chanbre préske toujoure an bordéle parse ke je n'avé pa le tan de m'an okupé, doa antandre ojourdui dé mo disiplinére, un jargon juridiksionéle utilizé dan d'otre chanbre...

Mé pe t'étre ke sértin soare, posédé pare l'éspri lubrike ki okupe la plase, dé sekrétére ou avokate réste i fére dé z'ere suplémantére kome o bon vie tan é o bone pratike de séte piése…

Je doa dire ke, malgré mé fonksion multiple dan se klebe, moa osi je me sui soumi é j'é kouru apré lé z'ere suplémantére…

Je n'avé k'une porte a franchire poure pasé de mon aparteman a la sale de muskulasion, é invérseman.

Alabéle. Un kore de sportive. Ele me késtioné réguliéreman poure savoare koa fére poure travaié téle ou téle parti anatomike. Ele voulé ganié an volume, san devenire ipértrofié poure otan.

S'été pasionan de voare une si joli fye se doné a fon dan dé z'égzérsise de dévelopeman muskulére é lé z'égzékuté parféteman.

No dialoge se borné a dé ransénieman téknike.

Avéke sa silouéte lonjilinie, sé cheveu blon, é son bo vizaje, bokou lui oré konséié de se dirijé pluto vére poupé barbi ke vére kulturiste ! Moa, sa me plézé de la voare transpiré an kontraktan sé koadrisépse, sé dorso, sé bisépse ou sé jumo.

Nou z'avon antretenu séte relasion de profe a éléve pandan préske un an é demi.

Pui kélke choze s'é déklanché, ou dévoalé, un moa avan ke l'un dé propriétére du klebe, ke j'émé bokou pourtan é avéke ki j'avé, jusk'isi, de tré bon rapore, chanje de ton poure se débarasé de moa, poure libéré l'aparteman afin de pouvoare vandre l'ansanble dé loko. Je n'an feré pa pluse de komantére é pé a son ame (fason de parlé puiske je sui agnostike). On m'a di k'ile n'été plu de notre monde a koze d'un peti krabe déstruktere.

Ile n'i avé plu bokou de klian, mé Alabéle été ankore la. Ele utilizé le tapi de marche apré avoare éféktué son travaie muskulére intanse, kome a l'akoutumé.
Je me sui aproché poure ékouté le konte randu de sa séanse é j'é vite konpri k'éle été dispozé a diskuté pluse. Pluse on an dizé, pluse on an avé a dire é, apré kélke minute, plu pérsone n'égzisté a pare nou.

Ele !
Jamé je n'oré imajiné k'éle porteré un intéré sure moa otre ke selui de lui dispansé dé rekomandasion téknike.

Avéke son naturéle d'éspri, matiné d'une sérténe sofistikasion fizike, é sa rechérche de pérféksion, je ne savé pa tro sure kéle tipe d'ome éle se retourné. Je pansé étre loin de sé kritére é je me kontanté jusk'isi de me régalé de sé forme, vizuéleman.

Moa !
S'été byn a moa k'éle konfié se je ne sé koa de pérséptible. Ele été vréman avéke moa lorsk'éle anchéné sure mé fin de fraze, é k'une réponse antréné une késtion, é k'un sujé été sujé a prolongasion, é ke la prolongasion s'étérnizé.
J'été sure dé z'éskalié roulan ! San le moindre éfore je monté vére un somé ! Inimajinable, kélke minute oparavan ! Je me lésé préske gidé pare éle. E s'é tou naturéleman ke je lui é propozé ke l'on se revoa dan un kontékste otre ke sportife. Ele n'a pa ézité une segonde poure répondre.

Nou voala dan un réstoran. Ele é avéke moa é nou some... avéke sa sere !
Poure notre premié randé vou, éle a pri un chaperon.
Nou z'avon byn ri. De fye vréman sinpa é ki éme s'amuzé.
Forte de se premié kontakte ankourajan, éle m'a invité dan une féte familiale ki se déroulé dan un janre de diskotéke. Nou ne sortion pa ankore ansanble, mé poure éle la suite sanblé évidante.
Ele a dansé. Nou z'avon dansé. Pui éle a dansé ankore é ankore, avéke d'otre kavalié. J'é aksépté de la

rejoindre sure la piste poure de ou troa dérniére chanson, mé ma kéte de mase muskulére m'inpozé dé z'aktivité fizike réduite an deore dé z'antréneman déja tré fatigan ! Ele, éle parésé inépuizable !

Le koté pozitife, s'é ke si éle kroké toujoure d'osi grose pare kome je la voaié fére la féte é la kulture fizike, sa oguré de bo éba amoureu… !

Le koté inkiétan, s'é ke si éle me voaié déja kome un mari potansiéle, son ritme andiablé m'éfréié parse ke je n'été pa amoureu !

Pare kontre, j'avé téribleman anvi de lui fére l'amoure !

Ele aksépte, un joure, de venire ché moa. Je la fé antré pare ma porte ékstériere, se ki fé un pe oublié le klebe. Je di « un pe » parse k'on antan forteman la muzike dé koure d'aérobike, de stépe ou de modérne djaze.

Mon aparteman ki koné l'altérnanse antre l'akséptable é le bordéle se trouve, se joure la, pluto dan la deziéme tandanse.

Mon li, pa fé, é pré a nou resevoare. Mé volé son férmé é le soléie doa vizé juste poure lansé sé dérnié réion a travére lé jalouzi. Nou, nou vizon le santre du li é nou nou z'i anbrason longeman.

Je dézabye son buste, mé… pa touche o soutyn gorje ! Poure le ba, éle ve byn ke je lui déboutone le pantalon, mé pa pluse !

J'é anvi de me dézabyé antiéreman é la, éle ne di pa non ! Mé éle n'an profite pa non plu… dé foa k'éle se lése tanté pare la situasion, k'éle ne se kontrole plu !

Alore ke le soléie épuize sé munision, nou z'ékonomizon notre énérji an nou kontantan de bézé (lé bizou, pa l'akte malerezeman...), de diskuté é de nou kajolé.

Un moman agréable, d'akore, mé j'é anvi de urlé k'ile manke un truke !

Ele doa rantré, éle ne pasera pa la nui isi. Je m'an douté.

Ele ne ve pa brulé lé z'étape.

Dan le kouloare, devan la porte de sorti antrouvére, éle m'anbrase intérminableman avéke un antouziasme partajé. Mé *sesi* apéle *sela* é si *sela* ne vyn pa ile fo an finire avéke *sesi* !

Apré *sesi*, éle me di, é sa me touche, k'éle n'a jamé anbrasé avéke otan de plézire é ke j'anbrase tré byn.

Mérsi du konpliman, mé j'émeré téleman k'on ésé *sela* poure voare se ke tu an panse...

Je ne lui é pa di ça, mé on ora jamé fé *sela* puisqu'on ne s'é jamé revu apré *sesi*.

Je sorté osi, depui pe, avéke un « bijou » ki été an instanse de divorse é poure ki je komansé a éprouvé dé santiman. Ele n'été pa d'un naturéle jalou. On se konésé depui pluse d'un an é je lui avé rakonté mé z'avanture. Ele été méme souvan de bon konséie. Mé séte foa, éle m'avé demandé de choazire : Alabéle ou éle !

S'été poure marké le kou, poure me montré k'éle éspéré kélke choze de série antre nou.

On avé déja dé z'atome krochu byn akroché, alore je me sui pérmi une négosasion poure éséié d'avoare lé de. Mé, séte foa, éle n'an démordé pa !

J'é été rézonable, j'é aksédé a sa rekéte.
Aparaman s'été inportan poure éle, é j'oré pe t'étre fé soufrire Alabéle puiske je n'anvizajé pa mon avenire avéke éle...
J'é ékspliké la situasion a Alabéle, an étan o pluse pré de la vérité. Ele été tré désu, mé pa déchiré. Ele a méme aksépté ke je la rapéle de tan an tan. Se ke j'é fé iréguliéreman. E la dérniére foa, de ou troa an apré, éle s'antréné toujoure, dan un otre klebe. Son ami pratiké osi la muskulasion, mé lui, ile pratiké osi Alébéle... le vénare !

Chapitre 26 : **Troa anploa de « bare »**

Séte istoare s'inbrike dan la présédante, se kroaze avéke éle, s'antrelase avéke éle, mé je vé surtou parlé de la fin.

Un peti toure pare la jenéze, kan méme, poure planté le dékore.

Lé patron du klebe avé un péché minion poure mintenire une bone anbianse é évidaman raporté dé... fran : organizé dé soaré dansante avéke lé z'adéran !

O débu de séle si, j'été o giché. Une béle kliante antyéze a ki je doné dé koure de jime tradisionéle an seméne, mé avéke ki je n'avé pa ankore u l'okazion de diskuté, s'é aproché de moa é a angajé la konvérsasion. Ele n'é pa alé voare l'un dé patron, bo méke, klase, zie remarkableman ble, stile flanbere italyn. Ele n'é alé voare pérsone d'otre ke moa ! J'avé du male a le kroare, moa l'insinifian !

Ele vené s'antréné vétu d'un survéteman ble ki avé fé son tan, ki été sufizaman larje poure ne pa la métre an valere (tou lé z'ome du klebe l'avé repéré malgré sa), mé a l'okazion de séte petite féte sa tenu été tou otre ! Remarkable !

Notre istoare d'amoure, pa toujoure fasile, a duré uite moa.

A chake foa k'on alé kélke pare, éle se fezé dragé. A la banke, sure le marché, dan lé maniféstasion, sure le trotoare, é la plupare du tan j'été a koté d'éle ou on se tené pare la min ! Moa, j'été invizible ou alore ile se dizé k'ile valé mie ke moa !

S'été son kotidyn, é éle été téleman abitué k'éle oublié, osito le van pasé.

Ele pouvé choazire parmi lé z'ome lé pluse bo. Ele émé le lukse é je n'an avé pa. Ele émé le sékse é je sui sure ke j'é rareman été a la otere de sé éspéranse parse ke souvan fatigé pare le ritme d'anfére – byn k'agréable – ke je mené.

Alore pourkoa moa ?

Apré sé longe étude, éle é reparti vivre an Martinike avéke sé fye. Ele voulé ke je la rejoanie définitiveman. Moa osi je voulé.

J'é pri un moa de vakanse poure prandre la tanpérature... tré supériere a la métropole, sa m'a fé drole ! Je n'é pa u le tan d'i trouvé un anploa série alore je sui rantré avéke, dan mé valize, dé kontakte a aprofondire.

Mé lé seméne ki on suivi l'on vu intégré une sékte, éle si intélijante é avéke la téte téleman sure lé z'épole. Ele avé totaleman chanjé é ne voulé plu ke je viéne.

Je me sui aranjé avéke mé patron poure i repartire é réglé se probléme rapideman.

Je sui arivé ché éle, pare surprize, an pléne réunion !

Ele m'a prézanté o disiple, o métre, é j'é ékouté... relijiezeman. J'é méme pozé une késtion anbarasante poure instalé un maléze. Ele me l'a viveman reproché pare la suite.

Poure éle, s'été fini antre nou !

Pare kontre, ile m'a sanblé évidan ke le « métre » avé dé vu sure éle ! A moin k'ile n'avé déja komansé...

Je n'é pa pu la rézoné ni poure nou ni poure l'arnake spirituéle don éle été viktime.

Je sui rantré an métropole la more dan l'ame é l'amoure more. J'oré du péié une béle surcharje a l'aéropore avéke toute la péne ke je ramené de la ba.

Pare kontre, éle a péié son tribu a la sékte an se fezan volé tou sé bijou ! Ele avé refuzé (éle n'été donke pa

totaleman sou lere anprize, tan mie !) de ne plu porté de bijou, alore ke séte « prizon san mure » l'intérdizé !
Puni !

Je l'é su parse k'éle m'a apelé, pe de tan apré mon retoure, poure ke je fase kome si j'été son mari, o téléfone, é ke sa disuade le flike, prézan a son domisile, ki prené son rapore tou an la dragan avéke insistanse.
Ile été, d'apré éle, antreprenan o poin de l'inkiété.
J'é joué le je. Je ne sui pa toujoure rankunié.

De moa pluse tare, alore ke j'avé tranché an akséptan séte situasion é an suportan séte éta de kere, éle me téléfone a nouvo.
Une afére klasé ki me dépase, un kadavre ki se makye é refé surfase !
Ele doa venire a Pari poure normalizé dé z'afére, pouré t'éle lojé ché moa ?
A séte époke, j'é ankore dé santiman fore poure éle, mé j'aksépte san me fére la moindre iluzion.

La voala ché moa. Nou diskuton kome dé z'ami, san pluse.
O moman de se kouché, je lui propoze mon li. Je dormiré sure le kanapé. Ele me répon ke sa ne la jéne pa si je dore osi dan le li.
On va fére kome sa !
Ele se kouche avan moa. Ele porte une chemize de nui.
Je porte un kaleson é un ti cherte.

Ele é alonjé sure le do é boukine je ne sé koa. Je ne m'i intérése pa, je sui alonjé a koté d'éle é je la regarde. Nou some tou lé de sou lé dra é kouvérture.

Je me fé antandre tandreman :
- Je pe me métre kontre toa ?
- Si tu ve.

Déja, sé troa mo prononsé son une déflagrasion santimantale dan tou mon étre. Je sui bouian pare si é turjésan pare la. Je poze ma téte pré de son épole, mon bra sure son vantre, une janbe sure une dé siéne, mé éle kontinu sa lékture san méme me regardé.

Je sui byn. Son vantre é tropikale, la, juste sou le tisu léjé ki me sépare de sa po.

Ile i a kélke joure de sa, éle n'été k'un souvenire ke je kultivé mazochisteman an kontanplan dé foto. Séte nui, je sui avéke éle, je sui kolé a éle.

Je me riske a boujé ma min. Je lui karése le vantre. Ele ne m'aréte pa, mé éle kontinu sa lékture kome s'ile ne se pasé ryn.

Alore je déborde sure une anche. Toujoure pa de réaksion.

Je kontinu sure la kuise, é la je sui sure sa douse po téleman sa chemize é kourte.

J'é éksésiveman cho. J'émeré étre nu.

Je déside de remonté ma min. Mé an réstan kolé a la po je pase inévitableman sou la chemize de nui. E la, je remarke k'éle n'a ni kaleson koure ni kulote !

Je n'oze boujé okune otre parti de mon kore poure ne pa konprométre se périple érotike. Sé t'on jamé ?

An kontournan la kourbe da sa anche, je me dirije o santre ou j'éflere le léjé bonbé charnu de son triangle pubyn jadise bichoné pare mé jou, pare ma bouche. Je férme mé popiére poure mie me figuré lé parti ke je touche, mé j'ouvre parfoa mé zie poure voare si éle férme anfin lé syn, sinie k'éle prandré osi du plézire é k'éle me doneré karte blanche sure sa po brune.

Mé éle sanble toujoure konsantré sure son livre.

Ele réste totaleman pasive.

S'é téribleman éksitan, mé j'é bezoin de son asantiman. Je déside de tanté le diable k'éle se fé an me donan, pare son imobilité, l'iluzion ke s'é posible.

Alore je jou avéke son sékse, je prése délikateman sé lévre ou je lé z'ékarte. Je sui si pré d'i arivé ke je déside de kité le lie poure umékté mon doa é fére une tantative de pénétrasion.

Une foa le premié baraje franchi – lé grose lévre – sa glise tou sele. Ele é mouié kome jamé. Je pran posésion de séte androa an m'i bénian d'un doaté san relache. S'é téleman bon !

Mon majere é mon indékse dan son vajin, éle ne bouje toujoure pa d'un pouse. Pa un apézeman aparan ! S'é dézanparan !

Mé petite voa de l'intériere se raméne alore.

E antre séle ki panse k'éle se fiche byn de moa, k'éle ve me fére soufrire poure se vanjé de mon irupsion inpronptu lore de sa fameze réunion séktére, é l'otre ki panse ke je doa insisté, la prandre forséman parse k'éle ne m'oré pa lésé fére tou sa si éle ne voulé vréman pa, je ne sé plu ou doné de la téte. Séte téte don le kuire chevelu pérlé de suere ile i a kélke segonde, é ki é pri, a prézan, d'un pikoteman provenan d'une sansasion de maléze.

Je me san tou d'un kou ridikule.

Je devré o moin lui parlé, lui demandé si éle a anvi k'on fase l'amoure, mé éle me riré pe t'étre o né an me demandan si sa ne se voaié pa ?!

Je devré lui oté le livre dé min é l'anbrasé, mé éle me demanderé se ke je fé é me diré k'éle m'a lésé fére jusk'a une sérténe limite poure me satisfére, é mintenan stope !

Otiste ! Je sui dan la po d'un otiste ! Je sui un otiste okazionéle !

E pui, avéke tou se doute ki s'é drésé, ma libido a fébli, mon pénise é a la péne, je ne pouré méme pa la prandre de forse si s'é le sénario k'éle s'é monté.

Je poze, kome o komanseman, ma min sure son vantre é je sui fijé.

Poure mon plézire é poure éséié otreman de la fére s'ékstériorizé, pourkoa ne l'é je pa léché ? Ah oui, je me souvyn, parse k'éle a rédi sé manbre kan j'é éséié de lé disjoindre !

Finaleman, égzaspéré, je me léve bruskeman, j'anfile une tenu de spore é je file m'antréné a la sale. Ile é pluse d'une ere du matin, mé j'é bezoin de libéré tou sé ne ki m'oprése.

J'é plu la bare, j'me bare sou lé bare !

Ele ne m'a pa apelé, éle n'a pa fé un jéste poure me retenire. Ele ne vyn pa non plu me rejoindre. Ele antan pourtan lé machine fonksioné, lé poa konié. On lé z'antan de ma chanbre. Ele sé ou je sui, mé éle ne se maniféste pa.

Apré ma douche, je retrouve mon kalme.
Ele dore lorske je revyn me kouché. Je lui tourne le do é je garde une distanse.
Je somnole lorke, alore k'éle é andormi profondéman, je l'antan parlé dan son réve. Ele prononse mon prénon, je l'antan dire k'éle m'éme. La, j'é kome un soulajeman é mé zie plere un pe. Je me bloti kontre éle é je m'andore a mon toure.

Le landemin, je la lése dormire ankore kan je vé ouvrire le klebe.
Ele pare dan la journé s'okupé de sé z'afére.
Le soare konfirme notre séparasion, m'enléve l'iluzion ke m'avé fé nétre sé mo échapé a l'insu de sa konsianse é don je ne lui é ryn di.
Tou sa poure une foto d'éle, dorman nu é de do, prize, a son insu osi, lore de mon premié séjoure ché éle, an outre mére.
Ele ki n'été pa pudike, ki m'avé déja lésé la fotografié dan son pluse sinple aparéie, j'éstime ke le skandale k'éle a fé poure sa été ègzajéré.
Chérché t'éle un moayn de tou détruire poure ne ryn regrété ?

On s'é préske batu lorsk'éle a voulu ouvrire mon aparéie foto poure déroulé la pélikule (o ka ou j'oré repri une foto dan la nui... ?). Je l'é sové, mé pa le flache ki a kasé kan l'aparéie é tonbé.

Dise an apré, j'é repri kontakte avéke éle poure une rankontre amikale lore de vakanse an Martinike avéke ma famye. Mon kere ne s'é pa anbalé o son de sa voa é je n'é pa pu dispozé d'une voature poure le randé vou ke l'on s'été fiksé...

Chapitre 27 : « **Prépare toa, j'arive... !** »

Ansénié an sénian, s'é le dure labere du profésere de muskulasion ki doa se sénié... poure satisfére sé z'éléve égzijante !

Ele n'été pa une bonbe, mé pa male non plu.
J'éme byn la konsistanse é la rondere dan lé sin, lé lévre, lé fése, é éle n'avé ryn de tou sa.
Mé éle été adorable dan la vi. Toujoure riante. E tré prézante o klebe. Je voaié byn ke je lui plézé.

Dan une séanse, alore ke je la gidé sure un aparéie, le vokabulére téknike a subréptiseman pri une forme pluse intime.
On s'été fabriké un kokon de propo soanie, d'avan gou soaie, de frison joaie.

An térme de profésionalisme, j'antré dan une dimansion inkongru.

Je me lésé porté pare la maji de l'anbianse. Le dézire, k'éle réspiré, sustanté ma libido. Je n'été plu métre de la situasion alore k'éle n'avé ryn inisié volontéreman.

J'an sui arivé a lui propozé de venire ché moa, la porte a koté a kélke aparéie de nou, le soare méme. Apré la tenere de notre échanje, si éle akspété, ile ne pouvé pa i avoare d'ékivoke sure la fason don alé se términé notre soaré…

Ele a di « oui ».

A se moman, apré l'émosion a netron ki m'avé anvai, une désante vértijineze me fi regrété tou se ki vené de se pasé !

Je n'été plu sure d'avoare sufizaman anvi d'éle poure réusire a lui fére l'amoure.

Savoare ke s'été posible me kontanté, é j'avé pere ke lé détaie fizike, k'égzijé mon dézire é ki lui fezé défo, péze an défavere du bon dérouleman de notre union korporéle.

Koman fére marche ariére ?

D'abore prandre ma doze (s'é une imaje), séte rézérve de kouraje ki m'évite de me débiné lacheman kome s'é le ka ché tro d'invidu.

Ansuite, étre le pluse onéte… posible. Parse ke je panse ke lorsk'ile é posible d'amortire la doulere an makyan d'une touche léjére, ile ne fo pa s'an privé.

Je lui é di kélke choze du stile : « Je n'oré pa du te fére séte propozision, je kroa k'ile vo mie anulé se soare. Pe t'étre une otre foa ? »

298

Ele n'a pa pozé de késtion. Ele n'a montré okune désépsion, kome si, poure éle, se n'été ke parti remize.

Un soare, éle me téléfone, é éle ne tourne pa otoure du po :
- Salu Jan Luke, t'é tou sele ?
- Salu, hum... oui !
- Alore prépare toa, j'arive, j'é anvi de toa !
- Mé, mé...
- I a pa de mé, je sui la dan dise minute ! E éle rakroche.

Je doa dire ke s'é ékstrémeman stimulan. S'é un soufle d'évazion, un kou de foué sure lé z'ere sirkonskrite a mon orloje. Vite, lé z'éguye s'anbale, j'é a péne le tan d'un ranjeman suksin k'éle sone a la porte.

Ele é supérbe avéke son léjé makyaje é sa robe noare é kourte. Je dormé parfoa dan le klike klake de la sale de séjoure, é je l'é ouvére se soare la.

Une foa an o, dan séte piése, éle m'anlase é m'anbrase. S'é jéniale d'étre l'objé d'un dézire inpasian !

On se dézabye san se kité de la po.

Nou some nu, fougeu, tro fougeu.

Notre anvi sérébrale n'a pa u le tan de komuniké avéke no parti jénitale.

Ele, éle é limite umide, é moa, je n'é pa asé de rédere.

Se ke je krénié se produi.

Ele me di ke se n'é pa grave. Ele me montre, pare une mine radieze, k'éle é ereze d'étre la, dan un li avéke moa.

Mé, fore de mé ékspérianse dézastreze, mon inkapasité pasajére ne doa pa la lézé poure otan. Alore ma bouche luksurieze antame une désante vértijineze, déstinasion « randre ereze ».

Je mé tou mon savoare fére « lingouistike » an pratike. Je komunike avéke son klitorise, avéke sé lévre ékstérne, intérne... mé ke l'on m'intérne ! Sa me ran fou de ne pa la randre fole !

Kéle bo kouple nou formon tou lé de. Moa inpuisan, éle frijide !

Un chyn seré parti peno, la ke antre lé janbe.

Ele s'an va, optimiste, san ke antre sé janbe.

Je resoa kan méme un kourié ou éle n'é pa fiére d'avoare aji insi, surtou pare pere de pérdre notre amitié.

Evidaman nou réston ami. Nou koréspondon é nou nou voaion réguliéreman. Je profite alore dé stimuli séksuéle d'une journé chode poure lui fére a pe pré le méme kou de débarké ché éle apré l'avoare mize devan le fé a akonplire !

Je ne suporte pa séte échéke ! Poure moa kome poure éle.

Une foa dan son aparteman, poure ne pa se présipité é lésé douseman s'akséléré lé palpitasion, je pran le tan de regardé sa dékorasion é lé foto akroché o mure.

Surprize, an fé, ile n'i a k'une foto é s'é moa !

Ele é amoureze !

Je n'an fé pa pluse de ka, é nou nou z'alojon sur son kanapé.

Je remarke ke la fenétre é ouvérte é done sure séle d'un otre aparteman.

Ele me di ke s'é un kouple ki abite la. Nou ne la férmon pa...

S'é si bon de fére l'amoure o gran joure. Méme si éle n'é pa tou a fé kome je l'oré voulu, je pran plézire a l'obsérvé an la défezan de sé véteman.

J'é l'inprésion ke ryn ne la déranje, k'éle akséptéré tou de moa.

Je sui serin. Je ne me poze okune késtion. On sé ke l'on a okune obligasion de rézulta, k'étre la, a se karésé, s'é déja un asouviseman.

Séte foa, nou some pré.

Séte foa, j'antre o konfin de no éspéranse.

S'é fasile é sa dure.

Devan, dériére, desu, desou, nonbreu son lé retourneman de pozision. Un kou d'eie de tan an tan o rido dé voazin é mon éksitasion é dékuplé !

Ele éme se lésé manevré. J'éme osi la voare sou toute lé kouture, mé j'émeré voare son étofe de sansible. Juré, je ne jouiré ke lorsk'éle ora joui !

Je la remérsi de ne pa avoare simulé. S'é raté, s'é kome sa !

Byn sure k'éle oré voulu son orgasme ! Moa osi j'oré voulu lui ofrire !

Etonaman, je n'é resanti okune frustrasion de ne pa avoare joui. J'été préske byn a repartire avéke un ankonbreman dan le pantalon.

A mon anivérsére suivan, alore ke je n'été plu libre amourezeman, éle m'a anvoaié une létre avéke un mésaje ékstré d'une chanson de Fransoaze Ardi :
« E si tu kroa un joure ke tu m'éme
Ne kroa pa ke té souvenire me jéne
Vyn me retrouvé… »

MODIFICATION AVEC MODERATION

« A »

Il ne porte plus aucun accent :
j'arrive à une heure → j'arrive a une heure

« C »

Il est remplacé par « s » pour le son « se » :
ça → sa / ce → se / ci → si / çu → su

« E » (compléter avec « TERMINAISONS »)

Il apparait derrière la dernière consonne d'un mot, si elle est audible :
fer → fère / direct → dirècte / set → sète / bal → bale
sauf → saufe / bannir → banire (voir « DOUBLE LETTRES »)

Le « e » ne s'emploie plus à la fin des mots se terminant par des voyelles pour marquer le féminin (ou pas), et par conséquent pour ceux au masculin qui prenaient quand même un « e » :
lycée → lysé / buée → bué / rue → ru

« F»

Remplace le « ph » par « f » pour le son « fe » :

une phrase → une fraze (voir « Z »)

« G », « J »

Le « j » remplace le « g » qui est suivi de « e » ou « i » :
je mange → je manje / givré → jivré
Le « g » se prononce « gue ». Le « u » après le « g » n'est donc plus nécessaire :
vague → vage. Mais « gn » fait toujours « nieu » (montagnard).

« H »

L'enlever lorsqu'il est muet :
éther → étère / harpe→ arpe (voir « ACCENTS »)

« M », « N »

Le « m » est remplacé par un « n » dans ce cas :
parfum → parfun
Et devant un b, un p ou un m :
bombe → bonbe / rampe → ranpe / emmener → anmener (voir « AN »)

« S »

Plus besoin de deux « s » entre 2 voyelles :
pousser → pouser
Remplacer le « t » par un « s » pour « tion » :

attention → atansion (voir « AN »)

« X »

Remplace « cc » :
accepte → axèpte (voir « E »)

La prononciation initiale du « x » étant « icse » il faut enlever le « c » dans certains mots :
exception → éxèpsion (voir « E » ainsi que « S »)

Sinon, dans les mots on le prononce comme d'habitude « écse » ou « ègze » :
excuser → éxcuzer (« écs ») (voir « ACCENT », « Z »)
exiger → èxijer (« ègz ») (voir « G », « J »)

« Z »

Remplace le « s » pour le son « ze » :
une phrase → une fraze (voir « F »)

« AN »

Le seul restant !
entretien → antretyn (voir « IEN ») / intermittent → intérmitant (voir « ACCENTS » et « DOUBLES LETTRES ») /

« IEN »

Si l'on découpe le phonème, on obtient « i » et « in ».
On remplacera donc cette syllabe par « yn », le « y »
ayant la valeur de deux « i » :
viens → vyn (voir « TERMINAISONS »)
chien → chyn

« ACCORDS avec AUXILIAIRES ETRE et AVOIR »

Les participes passés ne s'accordent plus ni en genre ni
en nombre :
les filles qu'ils ont accompagnées → les fille qu'ils ont
aconpagné (voir « PLURIEL)
…sauf si l'on veut utiliser la consonne terminale.
Facultatif et au ressenti de chacun :
« elle est ouvèrte » ou « elle est ouvère »

« IMPARFAIT DU SUBJONCTIF et PLUS-QUE-PARFAIT DU SUBJONCTIF »

Ces temps peu employés sont abandonnés.

« DOUBLES LETTRES »

Elles n'existent plus même si on en arrive à former un mot existant déjà avec une autre signification (il existe déjà des mots avec plusieurs significations).
Si nécessaire, un accent sera apposé pour obtenir le même son :
lettre → lètre / j'appelle → j'apèle / comme → come

« PLURIEL »

Eliminer les « s » au pluriel, ainsi que les « x » :
des arbres → des arbre / des bijoux → des bijou

Les mots en « al » ne s'accordent plus en « aux » (les exceptions deviennent la règle : un bal, des bals) :
un cheval → des chevale / un bocal → des bocale (voir « E » et « PLURIEL »)

« TERMINAISONS » (compléter avec « E »)

Enlever les consonnes en fin de mot si le mot ne peut pas être allongé :
transfert → transfère (voir « E »)

temps → tanp → tanporizer (voir « M », « Z » et « AN »)

…les garder (facultatif) si elles servent à allonger un mot…
rond (ron) → rondeure / une souris (souri) → sourisière (« souricière » avant cette modification modérée, voir « C »)

…ou les ajouter (facultatif) si elles peuvent servir à allonger un mot :
un abri → abrit, abriter

Mais elles peuvent être enlevées si elles ne se retrouvent pas dans le mot allongé :
paradis → paradi, paradiziaque (voir « Z »)

Les terminaisons des verbes conjugués sont amputées des « s », « t », « ent » et parfois « e » :
je noye → je noi / j'étais → j'étai / ils étaient → ils étai / nous courons → nous couron / nous sommes → nous some / ils iront → ils iron / tu sors → tu sore

« ACCENTS » (compléter avec « E »)

L'accent circonflexe n'existe plus du tout :
sûr → sure (voir « TERMINAISONS ») / être → ètre

Les autres disparaissent quand ils ne sont pas audibles :
où → ou / là → la

Et s'il faut des accents, qu'on en mette où on les entend !
électricité → élèctrisité (voir « C »)
hexagone → èxagone (voir « H »)
exitation → éxitasion (voir « S »)

Le tréma n'existe plus que lorsqu'il est utile, c'est-à-dire pour séparer phonétiquement le « i » d'une voyelle accolée :
paranoïaque, maïs → maïse (voir « E »), haïr → aïre (voir « H » et « E »)
Sinon :
aigüe (nouvelle orthographe de 2014) → aigu (voir « E »)
rongeüre (nouvelle orthographe de 2014) → ronjeure (voir « g », « j »)

« SIMPLIFICATIONS »

Les lettres qui n'ont d'autre utilité que de compliquer l'orthographe pourraient être enlevées sans que ce soit considéré comme une faute.
Sceller → séler (voir « ACCENTS », « DOUBLES LETTRES »)
Doigt → doit (voir « TERMINAISONS »)

ISBN : 9782322044214
Dépôt légal : décembre 2015

312